当代中国最具实力中青年作家书系

田耳 著

姓田的树们

中国言实出版社

图书在版编目（CIP）数据

姓田的树们 / 田耳著 . -- 北京：中国言实出版社，
2018.8

（当代中国最具实力中青年作家书系 / 付秀莹主编）

ISBN 978-7-5171-2871-7

Ⅰ.①姓… Ⅱ.①田… Ⅲ.①中篇小说—小说集—中
国—当代②短篇小说—小说集—中国—当代 Ⅳ.① I247.7

中国版本图书馆 CIP 数据核字（2018）第 173031 号

责任编辑：李　岩
责任校对：宫媛媛
责任印制：佟贵兆
封面设计：仙　境

出版发行　中国言实出版社
　　　　　地　　址：北京市朝阳区北苑路 180 号加利大厦 5 号楼 105 室
　　　　　邮　　编：100101
　　　　　编辑部：北京市海淀区北太平庄路甲 1 号
　　　　　邮　　编：100088
　　　　　电　　话：64924853（总编室）　64924716（发行部）
　　　　　网　　址：www.zgyscbs.cn
　　　　　E-mail：zgyscbs@263.net
经　　销　新华书店
印　　刷　三河市祥达印刷包装有限公司
版　　次　2018 年 10 月第 1 版　2018 年 10 月第 1 次印刷
规　　格　710 毫米 ×1000 毫米 1/16　16.25 印张
字　　数　184 千字
定　　价　42.00 元　　ISBN 978-7-5171-2871-7

猛虎嗅蔷薇，或者密林里那些身影

作为同行，当我面对这一套"当代中国最具实力中青年作家书系"的时候，心里既有感佩，亦有骄傲。这些当代作家中的佼佼者们，他们活跃在中国当代文学现场，以他们的文字，以他们对时代生活的深刻洞察、对复杂人性的执着追问，以他们对小说这门艺术的理想追求，抵达了这一代人所能够抵达的高度。作为女性作家，当我面对这些男性作家作品的时候，心里既有惊诧，更有震动。相较于女性，他们看待这个世界的眼光是如此的不同。在某种意义上，他们的视野更加宽阔，更加辽远。他们的姿态更加从容，更加镇定。有时候，他们也犹疑，彷徨，踌躇不定，他们在那些人性的罅隙里流连，张望，试图从习焉不察的细部，窥见外部世界的整体图景。然而更多的时候，他们是自信的，确定的。他们仿佛雄鹰，目光锐利，势如闪电，他们在高空翱翔，风从耳边呼啸而过。山河浩荡，岁月绵延，世界就在他们脚下。

在读者眼中，李浩或许属于那种有着强烈个性气质的作家，具有鲜明的个人标识。多年来，李浩近乎执拗地致力于小说艺术的探索，建构起独属于自己的艺术王国。他是谦逊的，又是孤高的，貌似温和家常，其实内心里饲养着野生的猛兽，凶猛而傲慢。

他是野心勃勃的小说家，不甘于通达却庸常的大路，深山密林的冒险于他有着更大的诱惑。

同为"河北四侠"，刘建东则属于藏在民间的高手，大隐于市，是另一种不轻易露相的"真人"。低调，内敛，甚至沉默。他深谙小说之道，是得以窥见小说堂奥的有幸的少数。以出道时间计，刘建东成名甚早。对于创作，他是严苛的，审慎的。他只肯留下那些精心打磨的宝贝，他绝不允许自己有半点闪失。从这个意义上，他是悲观的吧。时间如此无情，而又如此有情。大浪淘沙，总有一些东西终将远去。

骨子里面，或许叶舟更是一个诗人。他在文字里吟唱，醉酒，偃仰啸歌，浪迹天涯。莫名其妙地，我总是在他的小说深处，隐约看见一个诗人的背影，月下舞剑，散发弄舟，立在群峰之巅，对着苍茫天地，高声唱出心中深藏的爱与哀愁，悲伤与痛楚。叶舟的小说有一种浓郁的诗性的气质，跳跃的，不羁的，沉迷的，有时候柔肠百转，有时候豪气干云。

从精神气质上，或许胡性能与刘建东有相通之处。他不张扬，不喧哗，在这个热闹的时代，他懂得沉默的珍贵。他的作品也并不算多，却几乎篇篇锦绣，字字留痕。大约，他是爱惜自己的羽毛的吧。他从不肯挥霍一个小说家的声名。生活中的胡性能是平和的，他只在小说里暴露他与世界的紧张关系。他是复杂的，正如他的小说，又温和又锋利，又驳杂又单纯。

刘玉栋则显然具有典型的山东人的精神特质，沉稳，有力，方正而素朴。他以悲悯之心，注视着大地上的万物。他的文字里饱含着深切的忧思，对故乡土地的深情，对前尘往事的追念，对人间情意的珍重，对世道人心的体察，他用文字构建了一个自足的精神世界，他在这世界里自由飞翔。小说家刘玉栋飞翔的姿势耐人寻味，不炫技，不夸耀，却自有动人心魄的力量。

广西作家群中，田耳和朱山坡是文学新势力的优秀代表，同为七〇后一代，田耳有一种与生俱来的小说家的敏感气质，外部世界的细微涟漪，都有可能在他内心深处掀起惊涛骇浪。他看着那浪潮起起落落，风吹过来，鸟群躁动不安，俗世尘土飞扬，一篇小说的种子或许由此慢慢发芽，生长。他期待着与灵感邂逅时的怦然心动，享受着一个小说家隐秘的不为人知的幸福时光。朱山坡则一直坚持在"南方"写作。他丝毫不掩饰自己的执拗，也不打算解释自己的"偏狭"。南方经验，南方记忆，南方气息，南方叙事，构成了丰富而独特的文学的"南方"。他执着地构建着自己的"南方"，也构建着自己的小说中国。这是一个小说家的自信，也是一个小说家的强悍。

江南多才俊。同为浙江作家，东君、海飞、哲贵却有着强烈的差异性。多年来，哲贵把温州作为自己的精神起源地，信河街温州系列成为他鲜明的文学地标。他写时代洪流中人心的俯仰不定，精神的颠沛流离。他在文字里仰天长啸，低眉叹息。生活中的哲贵，即便是酒后，也淡定而沉着。作为小说家的哲贵，他只在文字里喧哗与骚动。而海飞，文学成就之外，近年来更在影视领域高歌猛进，声名日炽。敏锐的艺术触角，细腻的感受能力，赋予了他独特的个人气息，黏稠的、忧郁的、汹涌的、丰富的暗示性，出人意料的想象力，看似波澜不惊，实则激情暗涌，成为独有的"这一个"。与海飞、哲贵不同，东君的写作，却是另一种风貌。他的文字浸染着典型的江南气质，流淌着浓郁的书卷味道，古典的，传统的，温雅的，醇正的，哀而不伤，含蓄蕴藉。东君深受中国传统文化浸润濡染，深得传统精髓之妙。从某种意义上，他既是传统的，又是现代的。在人们蜂拥"向外"的时候，他选择了"向内"。他是当代作家中优秀的异数。

在同代作家中，黄孝阳有着强烈的探索勇气和激情，他以自己充满野心的文本，努力拓展着小说的思想疆域和艺术边界。他是不甘平庸的写作者，永远对写作的难度心怀敬畏。他飞扬跋扈的想象力，一意孤行的先锋姿态，以及由此敞开的内部精神空间，新鲜的，陌生的，万物生长，充满勃勃生机，挑战着我们的审美惰性，也培育着我们的阅读趣味。

中国当代文学现场，藏龙卧虎，总有一些身影隐匿，有一些身影闪现。无论是显是隐，他们都是这个世界的在场者、亲历者和创造者。他们以斑斓的淋漓的笔墨，勾勒着我们这个时代复杂蜿蜒的精神地形图。或者高歌，或者低唱。或者微笑，或者流泪。他们在文字的密林里徜徉，奔跑。心有猛虎，细嗅蔷薇。

是为序。

戊戌年盛夏，时京城大热

（作者系当代作家，《长篇小说选刊》主编）

目录

掰月亮砸人

砍火畲的村人在河这边山地上看见对河屋杵岩下面，鹅卵石和芭茅弄成的那矮房里蹿出火烟。村人打几声吆喝，扯嗓子冲对面河喊，是狗小吗？河谷把村人的声音间得稀疏，一字一顿，飘飘摇摇传了过去。隔好一阵，才听见对河回应一声。村人又嚷了一句，狗小你哪时回来的？狗小咿里呜噜答些什么，村人没听清。村人只隐约听见狗小答话中间杂啜泣的声音。被风一吹，河谷里诸多的声响枝枝蔓蔓，浑浊不清。砍火畲的村人还要看顾火势，不让火苗蹿入别家的沙地。收工后村人告诉一路上碰见的人，叫花子狗小又回来了。听见这话的人哦的一声，然后又自顾走路。

田老稀的婆娘瞧见男人扛了篙回来，手里提着酒和卤包。这时天色像一块旧抹布抻开了，灰黑灰黑，看着有几分脏。婆娘说，今天营生还好？田老稀说，拉了两个官，说是南京城下来的大员。韩保长今天跟在后头走得勤快，大员拿他当小马弁用。大员听不明白乡话，韩保长给翻转，但韩保长官话讲得寒碜死人，听得我屁眼都痒了。婆娘说，净说怪话，又不是拿屁眼听。大员下到我们这地方做何事？田老稀大概知道大员是要去铁马寨子探查巫蛊一类事项的。撑船时候他问那个挑脚客盐拐，盐拐这样告诉他。搭船的人客里头，除了韩保长他就认得盐拐。据说这挑脚客专爱偷嘴，一次主家雇他挑盐巴，到地方复秤，仍是短去两斤。主家无奈地说，看来，以后只有让他挑粪了。田老稀当时问盐拐，盐拐子哎，今天偷了几口？盐拐苦着脸说，挑的全都是洋铁皮的匣子，找不到地方下嘴，要不然牙都要崩脱。说着，盐拐用挑杠磕了磕那行李，发出叮叮叮的硬响。韩保长就在船那头骂了，说，博士的仪器匣子是你们狗东西当响器乱敲的吗？韩保长骂人也操起了官话。

婆娘问南京城来的大员什么样，博士又是哪一品级。她这一辈子县城没去过，比保长甲长大的官没见过，见见保甲长，还得是秋后派租谷公捐那阵。田老稀也说不上来，只是说，穿六个兜的衣服，盘帽大得像铁锅倒扣着，不过是瓷白色的。婆娘在自己身上比划，想不透衣服上六个兜怎么摆放。田老稀就指着胳膊，说，这上面也有，八成是放鼻烟的，抬抬胳膊就能扯一鼻子。城里人净想出些懒主意。婆娘给田老稀端来饭甑。饭甑一直在灶火前焙着，还热。田老稀扒了卤包里的菜，倒半碗酒，摆开架势吃。田老稀问，稗子批了吗？婆娘说，批了。又问，草灰沤进粪窖吗？婆娘说，沤了。问完，田老稀才动起筷子。

婆娘又想起个事，说，叫花子狗小今天回来了。田老稀说，晓得了。婆娘说，我不讲你怎么晓得？田老稀说，我最早看见他的。他眼瞎了。这狗日的，做叫花子都还没到头，以后就变成了瞎子狗小。

清早田老稀接了口信，扛着篙去河口接人。刚走到岔道口上，看见老远飘来一个人。那人脚在地上碎步移动，而瘦长如麻秸一样的身体则向两边荡开，像挑重担的人踩着晃步。但那人肩上分明没压挑子，只是挂了木棍。那人穿一件不贴体的白衣，布钮没扣，两片衣襟就摆起来。田老稀在村上活几十年，确定村子没有这种走相的人。天色仍然暗着，田老稀看不分明，于是他放下篙点一块烟。那个人就飘到了眼前。田老稀猛嘬了几口烟，看清了来人，说，狗日的，原来是你啊叫花子狗小，吓我一跳。狗小茫然转过脸来，说，老稀麻子，我回来了。田老稀说，发财了吧，有一身细布衣服，啧，不会是讨来的吧？嘿，还挂一根文明杆。你以为你是老爷？说着田老稀在细布衣裳上摸了一把，吓了一跳，说，怎么瘦得像柴扈一样？你发了财也不晓得吃几坨肥肉，光买身衣服给别人看？狗小辩解地说，不是文明杆，半路捡的破棍子。老稀麻子，我差点，嗯，死在外头了老稀。他的声音很细，还发梗。停一停，狗小又说，老稀，我的眼瞎了。田老稀不信，狗小两只眼分明还忽闪忽闪。他叉开两指作势往狗小眼窝子里面插。指甲都划着狗小的眼皮了，狗小还不晓得眨动。看样子，是瞎了。田老稀就说，反正，活着回来就好，死在外头的话，别人也不晓得你死了，那就麻烦。

那头船客还在等，田老稀没问个究竟，只在狗小肩头上拍了一下，然后往河口赶去。狗小继续摸索着，寻屋杵岩的方向走去。田老稀扭转头，看着狗小那身白衣在黏湿的早雾里飘摇，活像说书人口中白无常那形象。

扒完了甑里的饭，田老稀问，骡崽回来了么？婆娘嗯了一声，说，早睡下了。又问，那桑女呢？婆娘这才说，还没有。田老稀燃上灯檠，在油灯下破篾。他要再做几个抓篓子。平日熄灯的辰光，桑女才踅身进门，捧起灶台上那只碗，咣唧就喝下半碗凉水。田老稀问，怎么这么晚？桑女说，牛进了鬼打墙，伏大伏下帮我找了半天，才找见。田老稀说，又把牛赶去屋杵岩了？桑女说，嗯，那里的草旺势，搭把手还能拣砍一捆柴块子。田老稀说，我都跟你讲无数遍了，莫到那地方去，那地方，恶。还有，狗小今天回来了，就更不要去那里。桑女说，是的，今天我也看见狗小叔了，穿细布衣服，吓，瘦跟柴屎一样。田老稀一张苦荞脸愈加地挤皱起来，说，女娃家的要有个忌口，不要净说那个'屎'字，不好。桑女难堪地舔了舔嘴皮子。田老稀烦躁得很，说，要死啊，不要净拿舌头濡嘴皮子。怎么他娘的跟牛一样？桑女不敢答话，仰脖子把另半碗水喝了，拿起饭甑跑屋外吃去。

婆娘抱进来一捆麻秸，用鞋底板碾破了再用棒槌捶起来。她说，桑女没个忌口，还不是你张口闭口讲得多了，她就学了去。田老稀说，怪我啊，你生的几个女，都是柴头柴脑宝里宝气。桑女早点打发掉才好。婆娘讷讷地说，你狗日的怪我啊。田老稀不再说什么，往碗里又添半碗酒，喝了起来。桑女是他一桩心事。年前弯溪的麻家退了亲，找个借口说桑女爱濡嘴皮，不是好兆头。后来田老稀听说，有相面的点拨麻家的人，这种女娃长大以后定是口不把门，长舌滋事，轻辄败门风，重辄罹祸事。田老稀想他娘的这是哪门子相法。这毕竟给麻家落下个口实，把婚退了。田老稀能做的事，是死活不还那份彩礼，当天挂不住脸，差点把讨彩礼那人打了一顿。

抿一口酒，田老稀又记起来，以前，大女荞花没送出门时，也老往屋杵岩去，劝也劝不住。狗小这家伙讨饭走过些地方，能讲出一大堆古里古怪的故事，放牛那帮崽女就喜欢围着他。荞花虽然脑袋不灵光，样貌却生得蛮好，提亲的媒婆来了儿波，田老稀一直不松口，就图着攀一家剩有余谷能放租的，年年青黄时节也周济一点。荞花自己不想过门，她和狗小挺有话说——村里柴头柴脑的崽女们都和狗小有话说。狗小当时就三十几岁了，光棍一条。田老稀留心过狗小的样貌，半长不长的刀脸，皱纹过早拧巴在一起，就是鼻头显得特别大。一直有个说法，男看鼻头女看嘴。相表知里，田老稀琢磨着，狗小穷得不可开交，以致脑子里关于男女之事这一窍，老也开通不了。否则，狗小弄起女人来应该是一把好手。所以，荞花每回把牛赶往屋杵岩，田老稀就悬起一颗心来。为这事田老稀抽了荞花几回，要她别把牛往那里放，可荞花脑子只记得狗小讲的故事，记不住身上的痛。有个晚上，他要婆娘问荞花几句，婆娘就骂他神经，说这没凭没据，怎么问得出口。田老稀就自己去问。他问，荞花，今天狗小给你讲故事了？荞花说，嗯，牛郎织女，王母娘娘是个坏东西。又问，就只讲讲故事？他有没有，摸了你？荞花说，有啊，他摸了摸我的头发，他说我头发真多，黑油油的好看。田老稀眼皮子就跳了起来，继续往下问，还摸了……哪些地方？荞花想了想，说，没有啦。田老稀放不了心，跑去屋杵岩把狗小打发了一顿。之后，田老稀赶快找了个镇上的裁缝，把荞花嫁了过去。到这时候田老稀想通了，不巴望那点周济粮，只要荞花不败在狗小手里就行。田老稀喝着碗里的酒，想想狗小，想想狗小的鼻头，又想想桑女天天往那里放牛，眼皮子又一次跳了起来。

过两天桑女看见了串亲戚回来的夜猫，告诉他狗小叔回来了，并且两只眼都瞎掉了。夜猫心里猛一沉，心头有种洪水溃堤般垮塌的感觉。

在兜头寨子里面，夜猫和狗小最有话说。夜猫七八岁时就偷偷攥着狗小出门讨饭，一去半个多月，走村过寨，最远到了沅陵，看见了百多丈宽的大河，兴奋得不得了。他觉得寨子里狗小是头一个有本事的人，比那些天天下地弄庄稼的人要强。那次回来以后，他老子杨吊毛就把他吊着打了一顿，说，你狗日的竟然要去讨饭，饿死在家也不能讨饭。其实杨吊毛家的田有好几丘，又只有夜猫一个崽，饭是足够吃的。夜猫被打怕了，他决定等杨吊毛老得舞不动吹火棍了，或者死了，再跟着狗小去讨饭。他还有一个不可告人的大想法：沿着潮白河，一路讨到南京城去。——潮白河一路通得到南京城，也是狗小告诉他的。日近黄昏，夜猫按捺不住地想见到狗小，就往屋杵岩的方向去了。

河流一路弯转，找不出十丈河道能扯得笔直。拐到屋杵岩这地方，雾腾然多了，有地势的原因。村人一般不来这里，说这地方恶，偶尔有一些喜好扳罾毒捞的人到这里弄鱼。沿河道走向，老辈人根据地形山势拿出许多小处地名，如屋杵岩、吊马桩、大水凼，有了大水凼免不了有小水凼，诸如此类。也一直有说法，说是某地方好，某地方灵，某地方败，某地方恶。一路拐下来，就属屋杵岩这一片河湾最恶，怎么个恶法却没有人说得出个子丑寅卯。

夜猫去到屋杵岩脚下那一湾水潭时，太阳已经完全落掉了。从河谷的缝中往天外望去，红彤色的云还在，那种云块被火烧着的景象折了个角铺在水潭之上，但整个河谷里的暗色堆积起来，更显浓重。夜猫看见对岸，狗小的茅屋里飘出一笔烟子。茅屋没有烟囱，烟子让茅草顶子篦得蓬松，飘到半空以后，又纠结成一股。夜猫脱下一身衣裤用手擎着，游过河，中间扒着河中的大石块换了两口气。到了这边河岸，水柘和洋荆条都长势旺盛，枝头还挂着绒球状的花。夜猫穿上衣裤，拨开了那茅屋枞树皮的门。里面湿热异常，十分晦暗，一时还找不见狗小。撑木上挂一束燃着的艾蒿，熏死了一地的蚊虫。地灶里的火灰堆起了尖，里头有几颗没燃尽的焊炭。夜猫看得出来，灰堆里埋着吃食。狗小睡在床上，听见有响动就支起身子，问是谁。夜猫说，是我。狗小没能听出来，又问，你又是谁。夜猫说，夜猫。狗小说，哦，夜猫，你狗小叔的眼睛全瞎了。夜猫走过去，想看一看狗小的眼，却看不清楚。狗小的眼隐藏在晦暗的光线当中。夜猫问，狗小叔，怎么就瞎了呢？狗小哑着嘴说，我怎么跟你说呢？反正，是被太阳晒瞎的。夜猫忽然失声哭了，说，太阳怎么就晒瞎眼了？还能好起来么？以后你还能带我出去讨饭吗？狗小说，不要哭，现在到吃饭的辰光了吗？夜猫就停止了哭泣，说，早过了啊。狗小自嘲地笑笑，说，你狗小叔现在看不见天色明暗了，经常摸不准吃饭的辰光。你这么一说，我就饿瘪了。

狗小摸索着到地灶前，扒开火灰堆。里面煳着几棒苞谷。有些苞谷粒裂开了，苞谷浆溢出来黏在缝隙里，香气扑面过来。狗小继续往火灰下面刨，还有几颗肉辣椒，表面有几分焦煳。然后，狗小又折回床前。那床不过是几截木桩支起几块边木板，上面有张篾席。狗小从篾席下面取出一个扎口的小袋，里面装的是鱼子盐。他问，夜猫你要不要嚼盐？夜猫说，不要。狗小自己拣来拣去挑了一颗个小的鱼子盐，放舌尖上舔一舔，说，这颗盐还是齁咸的。茅屋里的燠热能把人也焊熟了。天气本来没这么大，只是狗小的茅屋里就挖了个地灶，架上三角铁，上面再置一个鼎锅，就是他全部的吃饭家当。烟子飘的出去，热气都在屋子里积淤着。狗小和夜猫拿着吃食去了河边的沙地坐着，蚊虫又特别的多，一团团朝人滚来，发出暗哑的鸣叫。于是狗小就说，还是上月亮洞里去吃吧。他要夜猫去房中把篾席拿着，晚上就睡月亮洞里。

屋杵岩远看是一蔸巨大石笋，大约百来个人围抱那么粗，但有两面是和后面那山粘连为一体的。石笋子中空，里面有天然石梯转折盘旋着往顶上面延伸。上面是长宽三四丈的石洞子，顶上面通了个圆窟窿，如屋顶的明瓦一样可窥见天色。石洞另有叉洞子通向紧邻的后山，却不能随便进去，说是那一路天坑地斗密布。圆窟窿上虬得有一蔸枯藤，弯如钓钩。有时候月亮行经顶上这一方天际，恰巧铺满了窟窿，就像是被那枯藤钩住似的。先辈人看过了这景象，也拿出一个贴切的名字，叫金钩挂玉。

夜猫扶着狗小进入那洞中。狗小进入洞中就甩开夜猫的手，自己能寻路上去。狗小把这洞当成自己的另一间房子，夏秋两季睡在里面，远比自己茅屋舒适。两人进到石洞，把篾席铺地上。地上的石头早就被狗小拣过，坑洼不平的地方也填了土石。狗小啃着苞谷，并不时用牙磕下一小块盐粒子，响亮地咀嚼起来。他问，夜猫呵，今晚上有月亮么？夜猫刚才也没留意，往窟窿上瞟去一眼，天际不是特别黑，分明是月亮爬出来的迹象。再掐指算算日期，果然已是月中。夜猫说，有月亮的，现在还没行到窟窿顶上。狗小哦的一声，还抬头仰望了一眼，当然是什么也看不见。煳熟的苞谷已经凉下来，夜猫慢慢嚼着，嚼出一股清甜。那肉辣椒熟了后没辣劲，嚼起来挺寡淡。狗小就说，那是没有盐。他把盐粒子沾些唾沫，放肉辣椒上来回拭几下，夜猫就吃得出香味来。夜猫脑子里还是那种疑惑，太阳怎么就能把人眼睛晒瞎呢？

嗯，是这样的。狗小咂着嘴皮，想起那件并不遥远的事情，脸上相应浮现出心有余悸的表情，说，我到竹山煤矿挖煤时，洞井塌了，被埋了好些天。被挖出来时，那帮矿丁忘了遮拦我的脸，结果那天抬出去，外面太阳挺大，我的眼睛好久不沾光了，一下子就，就被太阳晒爆了。狗小喃喃地说着，嚼碎了最后那一丁点盐粒，还舔舔捏盐粒的两根手指。很奇怪地，狗小是个能讲故事的人，但是这讲自己这桩事，又没有多少讲头，轻淡几句就过去了。夜猫说，还能好起来么？狗小说，不晓得，那是要钱的。夜猫说，那以后还能出去讨饭么？狗小说，是要去的，不讨饭我怎么活？再说，眼瞎了，搞不定能讨得更多。说到这里狗小挤出一丝笑意。他竟然笑了。然后，他拍拍夜猫的脊背，说，夜猫呵，别跟我学讨饭，丢人的。趁着年轻，学一门手艺，瓦匠、皮匠、弹匠、封匠都行，同样到处走，还体面多了，搞不定哪时候能骗来个好媳妇。夜猫就不说什么了。

当初狗小挺玄乎地告诉他说，这不叫叫花子，叫讨匠知道么？在狗小说来，讨饭这行当也是技术活，无本买卖，出门去闯随身工具都不要带。一样的讨，技术好的吃香喝辣，没技术的饿死路边没人发埋。狗小说，这一行当最见水平高低了，不是看上去那么简单。起码要有一双相面的好眼，看出来是善人的话伸手他就能掏钱把你，讨错了人就挨一阵棒子。当时夜猫被狗小绕得晕乎乎的。虽然狗小自己没讨出个人样，但夜猫已向往着混进这一行。

现在，狗小忽然又反口说，这一行还是丢人的。夜猫脑子有些发蒙，想说什么，没有说出来。狗小却在那里问，你老子帮你寻亲了没有？夜猫说，没有。狗小又问，那自己相上谁了？夜猫迟疑老半天，终于轻轻嗯了一声。狗小又问，是谁啊？夜猫说，桑女。她长得好看，我想讨她当媳妇。狗小就笑了，说，田老稀肯定会答应的。哪天碰见桑女的时候，要不要我替你向她摆明？夜猫说，不要。

这时夜猫的眼被什么晃了一下。抬头看看，月亮已经拢向了头顶那圆窟窿。枯藤被月光映亮了，果然弯如一柄钩子。落到石洞里的月光是一种暗白偏黄的颜色，斜着铺进了石洞西面的那一隅。夜猫低头看看地面上的月光，觉得那跟嫩苞谷浆凝结后的颜色差不去许多。狗小也抬起了头，准确地面向那一眼窟窿。夜猫就奇怪了，问，狗小叔，你能看见月亮？狗小说，不是。眼珠子上像蒙了层白翳，什么都看不见，但能察觉到有光亮——月亮圆么？

这时候月亮正好被框在圆窟窿当中。夜猫留意地看看，不是很圆。月亮饱满的那半边，轮廓线是清晰的；稍有亏缺的那半边，轮廓线就很模糊。狗小喃喃地说，以前有好多次，肚皮饿了找不见东西吃，就爬进这石洞子睡觉。睡也睡不着，睁开眼就看见窟窿里有月亮。我想那是一张薄饼该多好，我要小口小口地吃下去。我眯上一只眼，再伸出手往窟窿里抓捞，好像差一点点就把月亮抓在手里了。把月亮想成一张饼，看在眼里，也是一件让人快活的事。但是，夜猫呵，现在我连月亮也看不见了。

夜猫应和着，表示他在听。不久狗小就睡去了，没有一点鼾声，像个死人。夜猫嘴角衔着一根草，时不时瞟一眼月亮。月亮很快就要飘出那一眼窟窿，挂在洞内看不见的地方。夜猫漫不经心地看着月亮，脑子里想的是桑女。

南京城下来的两位博士。一位姓丁，浙江宁波人；一位姓凌，广东茂名人。在铁马寨子待了几天之后，两人从另一路经其他寨子，返回县城。这个把月以来，两人携带各种器械，走了远近十余个村寨，考察传言中的巫蛊事项。

两人得来的观点基本一致：侔城一带乡里村寨所言的蛊并无其事，所谓的蛊毒致病，待查实后，俱是日常病症。村人之间遇有纠纷口角，常以蛊公蛊婆彼此诋毁。诸多偏远村寨常将罹患麻风之人诬为弄蛊者，以此借口动用私刑，烧死杀戮，手段卑劣残忍，令人发指。

到侔城后，丁博士将此行遭遇以及调查结果整理成文。文中写道：

> 世界趋进，神明日消；蒙昧低愚，迷信日深。所以苗民僻处山陬穷谷，未有知识；生疾罹病，时常误诊。加之地在巴楚之际，巫风盛昌，巫医猖行，病不能治，归咎鬼神，久渐而成诸多巫蛊谣言。余考查史书，巫蛊兴于汉武之时。因其国势强大，版图廓张，号称雄主，重巫信神，当时方士及诸神巫聚于京师。后以女巫往来宫中，教美人度厄，埋木人祭祀。会帝病，江充适时进言，疾在巫蛊，招神神不至，招鬼鬼即来……

这天县府给凌博士转来《觉报》一记者电话，说是侔城蔸头寨一男子，日前在广林县竹山煤矿挖煤，遭遇塌方，被困井下有九十余天，挖出后竟然活了过来。记者是凌博士旧交，打听到凌博士这一向在侔城做事，就一个电话挂过来，要凌博士去落实这事，并且，最好取得该男子照相一帧。凌博士听见这事也觉得不可思议，某一年他从某报上看见新闻说，英国北部约克郡某矿山遭遇塌方事故，有矿丁井下存活四十七天。这已经是有记载的井下存活最高时限。没想到眼下，这偌城之中就有这号能耐人，一下子把存活的最高时限翻了个番，着实不简单。凌博士也不敢贸信，但既然是旧友打来电话，肯定有几分根据。凌博士把这事讲给丁博士听。丁博士从事医科研究，对人的体质骨骼肌理病征诸项深有兴趣。凭他经验，隔绝地下存活三月简直如聊斋鬼话，天方夜谭。不过，丁博士倒宁愿信其有。他跟凌博士说，来一次不易，既然来了，一头羊是放，一群羊也是放，倒是希望真有这事。丁博士手中有爱克发照相机，底片还剩一匣。凌博士说，不到半月，乡话俚语学来不少。

去菟头寨子依然走水路。韩保长派个挑脚客前夜就去给田老稀报信，要他次日尽量早起，在河口那地方等着。田老稀听说又是那两个大员，不敢有差错，当夜睡了个囫囵觉，天色还一片昏黑的时候就起床赶路。两个博士跟田老稀算得面熟了，见面时候也不忙叫他走船，拿了一撮突厥产的白筋烟丝让他抽。田老稀没有烟斗，手卷了一只喇叭筒，燃上。抽起来后，田老稀濡着嘴皮品味一番，评价说，嗯，真是蛮好，有一股鸡粪烧着的气味。凌博士把记者朋友电话里说起的事大体跟田老稀复述出来，问他知不知道这个人会是谁。田老稀想都不用想，就说，只能是狗小了。以前他跟我讲过的，讨不够饭的时候他会去挖煤。

河谷里是很阴沉的样子，加之天色太早，那阴霾之象更深重几成。抬头往上面看去，两岸崖壁像是一斧头劈到底的，天被崖壁夹成一条线。有时掉落一阵疾雨，不大，河水豆绿的颜色陡然鲜艳起来，戗人眼目。雨后，河道两侧大石下面，那些孔洞罅隙里升上来一笔笔水烟子，并不断往河心洇开来。两位博士看这景色来了兴致，做起对子相互娱乐。凌博士出个上联是：阴晴陡转，河低烟树茂。丁博士脑子不是很快，上下看看左右想想，好半天对了下联：昼夜顷分，月隐晓山明。对上以后丁博士说，这倒是一副藏尾联，送给你蛮好。凌博士表示谢意。

　　船只能行到大水凼一带，再往上行，河道里大石过多，只有梭船勉强得过。田老稀的方头船即便削掉一多半也挤不进石头跟石头之间的缝隙。于是让一船人找地方靠岸，沿河走势上溯，再行个五里地，能到屋杵岩。丁博士又给了田老稀半块钱，要他前面引路。田老稀想，半块钱可买一斤多咸盐，划得来。于是去了。道路不好走，经常有几丈远的路段被泥水泡稀了，挑脚客和田老稀各背一个博士蹚过去。到屋杵岩时，巳时已过。田老稀一脚踹开狗小那茅屋的门，发现里面没人。火灰是才烧成的样子，显然是昨天狗小还待在自己茅屋里面。田老稀走出屋子，手掌搭在嘴角朝四周里叫了几声，没有人应。田老稀不耐烦了，扯着嗓子大声地叫唤起来，狗小，狗小，日你个娘哎，在哪里咯？狗小应了一声，声音是从头顶上的地方飘下来的。田老稀就晓得，狗小晚上睡在月亮洞里。

　　田老稀把狗小架着走下来的时候，两位博士看看这个人非常瘦小，身体蜷曲，眼睛还是瞎的。这和两人之前的预想大相径庭。丁博士认为既然生命力如此之强，其人体质应该超出常人许多，必然筋骨强健肌肉夯实。这个唤作狗小的人又瘦又脏，闻着有一种膻臭的气味。丁博士一时竟联想到蛆虫之类的腐生生物。凌博士问他，是不是曾去广林县的竹山煤矿做过工，还被埋在塌井里面？瞎子竟然点了点头。凌博士又问道，是不是被埋了差不多三个月有余？瞎子的表情有些发蒙，说，我也不晓得被埋在地下多

掰月亮砸人　13

久，反正，有时候觉得不止三月，倒像是几辈子那么长；有时脑袋昏沉了，又以为自己没待多久。我是被搅糊涂了。不过，现在慢慢记得起，塌井那天天气还冷，我多穿了几重衣服。后面被挖出来，没想到，天气已经这么热了。

两位博士交换个眼神，显然，这人正是记者提起的那家伙。丁博士让狗小坐下来说话，在茅屋里根本找不到板凳，只有在河边找了几块光溜的卵石坐上面。凌博士支起个本子，掏出自来水笔，要狗小说一说埋井下的事情。狗小说，没有什么事情，就是被埋下去了，又挖出来。哦，挖出来时我的眼被太阳晒瞎了。凌博士说，不是这些。我是想知道你埋在井下时吃什么，又是怎么方便的，这些个事。丁博士许诺说，不要慌。我不通眼科病症，按讲你的眼睛可以治好，回头我找一个这方面的大夫。现在，你不妨慢慢想一想，埋在井下那一阵，都有哪些事情发生？

狗小听不明白，韩保长又把这意思讲一遍，末了又加一句，放明白点，讲得好撂你几根骨头啃，讲不好老子扒你的狗皮。丁博士大概知道韩保长自己发挥地说了什么话，表情凶狠，就问，老韩你怎么跟他说的？韩保长扭过头谄媚地一笑，说，没什么的，跟他提个醒。狗小很费心地去回想那一阵埋在地底下的日子，于是，一种介于半睡半醒之间的浑噩之感铺天盖地而来，攫住了整个脑门子。毫无疑问，那一段时日里面，说是有一口气在，其实脑子并不清晰，像是连场大梦做着，这梦做得分外痛苦、憋闷。井口怎么就坍塌了？他记得，当时身边原是有几个人，叫老王的，老柴的，还有一个好像叫秧老七，每个都提着灯扛着丁字镐，还有长锹，那声巨响传来的时候，那几个人鬼一样消隐去了。他不知怎么就躺倒在地，脑子撞在一根木桩子上。他摸摸木桩子，有一米多高，上面还支着个木架子。如果没那根桩，上面一大摞黑岩块压下来，自己也变成煤了。他听不见任何声音，直到他听见自己心子搏动的声音，眨眼的时间会有两到三次，无比巨大，他担心心子会突然蹦出自己这具皮囊，血淋淋地，掉在煤矿上，还蹦它几蹦。狗小得时不时捂着胸口把心子摁回去。他挪了挪身子，如果想坐起来，他的脊椎骨就必须抽掉。这样，他只好躺着。不知从哪个地方滴着水，有时候水量多一点，形成一注，有时候是抠紧巴了一滴滴地掉下来。水往低凹的地方流去，最后，在狗小指尖大概触到的地方形成一孔水洼，两个巴掌宽。溢出水洼的水不知道浸进了什么地方。狗小就是靠那一洼水活了下来，要不然，他想他会存活五天，或者三天。

丁博士问，那你吃的是什么呢？

狗小记得，一开始头脑还没发昏的时候就意识到，必须找到吃的。里面有很多木桩，他把他能够得着的都聚拢过来，用指甲一寸一寸地试木桩的表皮，果然，有些部位，当指甲掐着的时候就陷进去一块，摸着有粉末。这次塌方应该和木桩用的年头久了，逐渐朽坏有关。狗小这么想着，心里还有些庆幸，因这朽坏的木头用牙嚼得动，捏着鼻子囫囵咽下去，骗住肚子再说。狗小记得以前自己也嚼过木头，嚼出汁液，但不会把木渣咽进去。柘树嚼着有些涩，松木有种奇异的香，枞树嚼着淡得出鸟来……他把朽坏的木头掰下来，放进水洼里面浸泡。水泡过后木头变得更松软。但是，不记得从哪一天起，狗小脑子已经模糊了，不再理智，老是昏睡着。他的肚皮正变得麻木，以前，饿就是饿，狗小找不到吃食的日子一直挺多，饿的感觉一成不变就是痛。但这时候，狗小饿得没法了就睡死过去，睡去以后饿就是稀奇古怪变化万端的梦境，有的狰狞有的阴冷，有的灰暗有的却空灵起来，整个人一阵烟儿似的朝着某个地方飘。有一次他梦见他在吸他娘的奶，于是隐约有一些奇怪，老想看看娘是什么样子。狗小从来没见过他娘，也没见过他爹。梦里头狗小始终没能看清楚娘的面目，于是痛苦得紧，醒了。醒后发现自己已经挪到水洼边，吸着里面的水，还吸进来几块木渣子。木渣子原来是桩上的疙瘩，根本嚼不烂。还有一次他梦见了月亮，把整个梦映照得明亮起来。他觉得月亮从来没离得那么近，于是伸手去，想掰下一片，就像是掰开一只糠饼。奇怪的是那月亮变成一只肥鸟，长得难看死了。他不费力捉住了这鸟，想要吃肉，但是毛太多，他找不到地方下口。情急之下张开口把鸟脖颈切断，结果咬出一口鸟毛。醒来，狗小发现自己口里头有毛线一样的东西，一摸，原来一幅衣袖已经被自己用牙撕碎了，放口里嚼。那一身衣裤倒是嚼了很长一段时间。还有鞋子，因为是问别人借来的，所以嚼鞋帮时狗小不免心生忐忑。

凌博士插话说，哦，衣服也能吃？说话的时候，凌博士依然运笔如飞地记些什么。他又问，那你解手怎么个搞法？韩保长就翻成乡话说，狗小你一天拉几道？

狗小摇摇头，他不记得埋井下时自己曾拉过大便。按说他也吃了一些东西，朽木、衣裤、鞋帮子，后来也没拉过。这些东西的渣滓不知到哪去了——反正不是拉出来的。后面那一段时间，狗小处于一种谵妄状态，怎么喝水怎么嚼东西，全都不由自主。那个时候，狗小以为死无非就是这样，一开始像是睡觉，慢慢地，每睡一觉的时间越拉越长，越拉越长，到最后，不再醒来。他只知道，脖颈以下的身体已经脱离了自己，他觉得自己正在融进周边的煤层。有一天，他仍是睡着，忽然听见有一种声响，响了不

当代中国最具实力中青年作家书系

止一下。他竟然被惊醒了，一开始以为是心跳紊乱，再一听，那声音非常巨大，铿锵极了，显然是铁镐錾在硬石上发出来的。于是，狗小扯起嗓子叫了几声。这一来，他仅有的那点劲消耗去了，人又陷入半昏迷之中。当他被人抬出来的时候，他浑浑噩噩地察觉到光正从脚趾一点点铺遍全身。光铺到眼睛上时，犹如有人往他两只眼睛里灌了两瓢生辣椒水。他惨叫一声，当时只觉得烧灼般的剧痛，没想到过后再也看不见事物了。

凌博士记录着狗小的说法，同时，他想起从记者那里得来的相呼应的说法。昨日凌博士给记者拨回了一个电话，记者告诉他别的一些情况。记者说，当时他是无意中从竹山煤矿几个矿丁嘴里听来这回子事。说是一个矿丁那天想錾开堆积的岩石寻几根木桩子。那是个塌洞，三个月前出的事，当时挖出了七八条人来，挖出来后那些人都被塌得血肉一团没了人样子。那以后，洞子就废在那里，血气太重，即便有些余矿也没人敢去采挖。那天，这矿丁錾了几镐，忽然听见地底传出幽幽的呻吟。矿丁以为是撞了鬼怪，吓得掉头就跑，撞上别人就把这稀奇事讲了出来。人多了也不怕撞鬼，一伙子矿丁又回转到那地方，用镐一錾，那声音又丝丝缕缕地钻出了地层。有个老矿丁估计底下有个活人，挖上几个时辰，真的找出一个人来。那个人被抬出地面时，浑身精赤，仅五六十斤重，抬在手里就像一团发起来的老面，大家生怕不小心掰下这人身上一块皮肉，或者用力不慎把这个绵软的人拉长成一条蛇。抬进见光的地方，那人皮肤犹如江米纸一样透明，血管呈暗蓝色，埋在皮肤下面，从麻线粗的一股最后分叉到细如毛发，纤毫毕现，让人不敢多看。

狗小讲完了这一堆事，就说，老爷，我都讲半天了，能不能，赏我点东西吃？夜饭的吃食我都来不及去寻了？韩保长说，叫花子狗小，要你讲一通废话也敢讨赏？狗小涎皮涎脸地说，不是讨赏，老爷，就算当我是条狗，叫了半天，也得撂两根带肉渣的骨头吧？丁博士从行李里面掏出两个洋铁皮的罐子，递给狗小。狗小摸摸那两个铁皮罐，苦着脸说，老爷，你把小的当成铁匠炉子了，哪消化得了这铁疙瘩？丁博士一想也是，又从包中找出一块片铁，只几下就把罐口的封铁撬开了。里面散发出轻微的肉香。狗小的鼻子相当利索，罐被撬开的那一刹鼻头就翕动了几下。凌博士把狗小这些个表情都看进眼里，不禁蹙了蹙眉头。

河谷里天色昏暗，云团稠密，一行人怕晚上下雨，准备回菟头寨子先住。丁博士要狗小明日到寨子里去，把身体详查一道。看看狗小的脸色有几分犹疑，丁博士就说，明日早些来，管你两顿饱饭。狗小听懂了以后，说那好那好。他已经不记得有多少年没吃过饱饭了。

回寨子的路上，凌博士颇有感慨地说，倒是不要检测身体器质，今下午跟他一说，看看他那种卑琐样子，就知道个十八九。这跟体质关系不大。丁博士嗯的一声，指了指田老稀，说，他把那狗小的情况大体跟我讲了。这人幼失双亲，讨要为生，经常忍饥挨饿，其求生本能不是一般人可比。换了个人，哪可能活这么久时间。凌博士说，老丁呐，有没有看过明恩溥所写的《论中国人之特性》？丁博士说，倒是没有。明恩溥是谁？仿佛听谁提起过。凌博士说，是个洋人，前朝来华活了几十年，写成这么本书的。其实周树人小说里诸多观点发凡于此书当中。明恩溥认为国人生存能力、繁殖能力极强，纵使外部环境恶劣非常，也能生存繁衍。我读到这样的论断，心里反而有种隐隐不适，觉得这人拐着弯在说国人怕死。赴英留学期间，我常听一句西谚，是说，死是向大多数人靠拢。的确，西洋人生活优越，对死的态度也有一种令我意外的淡然、超脱，想必跟这句谚语有所默契。相对于生人，死者永远是大多数。能做此想，死亡之事就有了一种亲近面目，悲哀之情必然淡去许多。而国人常说，好死不如歹活。跟那西谚之意相比较，就高下立判了。丁博士问，讲了这一堆事理，你的意思是……凌博士说，暂时不要把狗小这事告诉那记者，这则消息还是不刊发得好。说是破了英国人的井下生存最高时限，似乎不能为国人增光添彩——这破纪录之人竟是个卑贱的乞丐，而破纪录之原因又全在于其卑贱苟活的性情。

丁博士附和地点点头，然后说，你我学科不同，对这事，我是从另一方面去想来着。凌博士说，你又找到什么方面？丁博士有些踌躇，燃上纸烟吸几口，说，从成分养料角度来看，布料木材作为食物，绝不足以供一个人活上三个月。我倒怀疑，是不是，还有人和狗小埋在同一地方，那人先行死去，然后狗小就……丁博士目光斜着瞟了同行的韩保长还有田老稀，似乎有话不便明说。凌博士早就会意，说，照你说来，怕是这狗小有麻叔谋那种癖好？丁博士说，也差不多。这么讲似乎不妥，你我搞的是科学路数，凡事凭个依据。但若不作此猜测，我实难相信狗小这人能存活这么长的时间，没道理的。

田老稀竟然听懂了，这两个大员在说狗小是靠吃死人才活过来的。两位博士夹杂各自乡音的官话，田老稀多半听不懂。这两番接触，田老稀渐渐听得惯了，知道他们讲话的字音差不去许多，只是声调平仄乍听起来有些陌生。田老稀小时候就听说书人讲说麻叔谋吃死孩子的故事，说是隋唐那时麻叔谋主管挖造运河，天天要厨子弄出新鲜菜肴，吃着不合口就杀掉厨子。厨子急得没法，某天就捡来个死孩子烹了。麻叔谋吃了以后连呼过瘾，从此天天要吃死孩子，换一种菜他根本咽不下去。田老稀成家以后，家里一堆小孩惯爱疯跑，很晚才见回家。田老稀就吓小孩说，再这样乱跑，小心被麻鬼捉去烹了吃。这里所说的麻鬼，其实就是指麻叔谋。

田老稀着实吓一跳，他想，回去以后便要告诉骡崽和桑女，这以后砍柴放牛，千万别挨近狗小。狗小就是麻鬼变来的。如果骡崽和桑女——尤其是桑女这柴火丫头，要是还敢往屋杵岩那边跑，就把腿骨都打折。

夜猫和桑女约好把牛赶到别的地方去，不和其他那些放牛崽子混在一起。他们去了离寨子很远的吊马桩。桑女知道田老稀当天不走船，才敢到那里去。夜猫虚岁十七，桑女虚岁十六，两个人自小在一起割草砍柴，不知从哪一天起心底便滋生起别样不同的意思。夜猫从说书人那里听来一个词，叫青梅竹马。多听了几遍，夜猫大概晓得是什么意思，要用自己话说，又抓瞎说不出来。桑女听不明白这词，因为梅花和马这两样东西，菟头寨子从来没有过。她想当然地说，叫作青牛竹鞭不是更好？她手中用于赶牛的家伙是毛竹鞭。夜猫就笑了，桑女总是不开窍，脑子转得比一般人慢，有事无事爱濡嘴皮，笑的时候把嘴咧得老大。但夜猫喜欢桑女缺心眼的样子。

夜猫跟桑女走得很近，两家的牛也前后紧跟。两人这几天都把牛赶往吊马桩，来回要比别人多走上三四里地。昨天有两个割草的小孩看见了夜猫和桑女往吊马桩去，隔着老远冲两人喊，夜猫桑女，吊马桩的牛草是不是挺多啊。明天我们都去吊马桩割草。

两个割草的小孩回去的路上碰见杨吊毛，就说，吊毛叔，你别吊着个脸，搞不好哪天你就当爷爷了。杨吊毛说，崽崽，口里有药不要乱讲话，小心招来蛊婆打你家阴炮。小孩说，吊毛叔，不骗你，夜猫天天跟在那女孩后面往没人的地方走。杨吊毛问，女孩是谁？小孩回答，桑女。杨吊毛的脸就垮下来，之前他听过风声，现在信了。村寨里年轻人的婚姻嫁娶无非来自两种途径，一种是媒人说合，一种是放牛搞的。一般认为小孩搭放牛的机会搞到婆娘，算是一桩本事。但杨吊毛不晓得夜猫怎么就看上了桑女。

桑女一看两人的事被别人发觉了，就问夜猫怎么办。夜猫说，怎么办？明天杀个回马枪，他们过来了，我们又去屋杵岩。桑女想起个事，告诉夜猫，说，屋杵岩再也不能去了。夜猫说，又怎么啦？桑女说，我爹听外面的人说，狗小叔是要吃人的，他到外面讨不到饭的时候就去吃人，这样才活了下来。夜猫不信，说，不要乱说，狗小叔哪像吃人的人？吃人的人脸是青的，眼睛是血红的，板牙两边应该生得有两对獠牙。桑女说，不骗你，我爹是那么说的，还说看见我往屋杵岩去，就打折我腿。

夜猫还是不信，叫桑女帮着把牛赶回寨子，关进牛栏。他要去屋杵岩，拿这事问一问狗小，看他本人有什么说法。桑女把两只牛赶回寨，先去关了夜猫家的牛，再料理自家的牛。两家的牛棚相隔并不远。杨吊毛正好看见了。他蹲在别人家的柴棚下面抽起了烟，没有拢过去。桑女做事的动作还算得麻利，嘴里嘘着声音把牛赶进去，再一根根上门桩，把楔子敲进去。桑女挑着两捆草，她拣了颜色较嫩的那一捆扔进栏里。杨吊毛觉得桑女是个勤快妹子，心眼还不错。杨吊毛想，如果我有两条崽，就会让夜猫娶桑女，但现在只有夜猫一条崽，所以非得讨一个精明点的，能持家的媳妇。

　　夜猫回来得很晚，杨吊毛问他哪里去了。夜猫说，去拣野鸭子蛋，让桑女把牛先赶回来了。杨吊毛问，蛋呢？夜猫说，烧熟吃了。杨吊毛现在不在乎这个，只是说，你他娘的不要老跟桑女搞在一起，回头要你娘到别个寨寻一门好亲事。夜猫看看爹那一脸愠怒的样子，知道是割草那两个崽崽点的水。就说，别家的我不要，我就要娶桑女。杨吊毛说，不行，她爱濡嘴皮子。夜猫说，我就喜欢她濡嘴皮子。杨吊毛说，她缺心眼，看人总是傻笑。夜猫说，她缺心眼，但是她心眼子好。杨吊毛说，还是不行，她长了颗马牙。夜猫这才想起来，桑女的牙床上是有一颗马牙。他没想到，爹看得倒比自己还仔细。就说，那有什么关系呢，马牙长在嘴里面，不开口别人就看不见。杨吊毛说，你晓得个屁，搞不好以后那颗马牙会翻出嘴皮子外面，就成了一颗獠牙。你怎么能讨一个长獠牙的女人当媳妇？别人晓得了，不骂你也骂我当老子的不尽心。夜猫说，那有什么关系？把马牙撬掉就是了。杨吊毛说，不行，撬掉了也不行，生个小孩还是会长马牙。夜猫觉得爹已经在犯浑了，一点不肯讲道理。于是夜猫说，不行你打我一顿。杨吊毛说，打不死你是不是，打了你照样还是不行。夜猫就不说什么了，爬到阁楼里去睡。

　　杨吊毛想起什么，说，夜猫，骂你连顿饭都不吃了，跟谁怄气呢？夜猫说，吃鸟蛋吃饱了。其实他在狗小那里吃了一顿饱饭。狗小前几天不晓得从哪里弄来一袋大米，夜猫去找他，他就煮了扎实一鼎锅饭。米是上好的朗山大米，煮好了以后，饭皮子上漂着一层米油。夜猫吃着狗小的饭，狗小还一脸抱歉神色，说，夜猫呵，早来两天就好了，我这里有两罐铁疙瘩肉，现在一丁点都不剩。夜猫觉得狗小真是蛮好的人，平时吃不饱饭，一旦有饱饭，也不悭吝，能够拿给别人吃。他没有把桑女所说的事告诉狗小。不要问，他觉得自己已经弄清楚了。他告诉狗小，桑女已经答应要嫁给他的。狗小也蛮高兴，说，好的好的。

次日起来以后，夜猫先是去了自家的苞谷地，掰下十来棒苞谷，并且把苞谷秆也砍成尺把长的秆子，用衣服兜着，再去放牛。见了桑女，两人依然去吊马桩那边，却没看到有别的谁来这里割草。那天天色难得地阴下来，河谷里不凉也不热，夜猫和桑女坐在一块整石头上，石头方方正正，像一张床。夜猫告诉桑女，说他爹杨吊毛已经答应他把她娶过来，只是觉得桑女的马牙不好看，要是能撬掉就好。桑女说，是你的看法还是你爹的看法？夜猫赌咒地说，都是我那狗日的爹才想得到的怪理由。

夜猫平躺着，用箬竹叶子吹了《嫁娘子上轿》，又吹出《嫁娘子过坳》。别家里娶亲的时候，唢呐手一律都会吹这两首曲子的。桑女听得起劲，声音却又断了。桑女转过身去揉了夜猫几把，说，再吹《跳火盆》。夜猫忽然闻见桑女身上有股栀子花的香味，狠命吸了一鼻子，结果胯裆里的那鸟就硬了起来。他看看桑女的前胸，翠花布的衣褂子里面藏着的东西已经长到圆茄大小。就说，你让我看看你褂子里面的东西，我才有劲往下面吹。桑女就抓一把石洼里的泥，抹在夜猫的脸上，说，我就晓得你的心思，总是打我奶子的主意，被你偷看去好多回了。夜猫说，没有，你让我看我才看。他没想到桑女把"奶子"这两个字也吐了出来。这一下，搞得夜猫一腔鼻血差不多流了出来。桑女问，是不是哪个女人的奶子你都想看一眼？夜猫赶紧骗她说，不是，我我我就想看看你的……桑女佯作生气的样子，问，你是不是老想着看我奶子，才要娶我？夜猫想了想，说，不是，真的不是。桑女轻轻地说，我们到那边去。那边有一丛茂盛的柘树，半个人高。夜猫心虚地往四周窥去，风吹动着草树，此外鬼也不见半个。牛在山腰吃草。夜猫想，莫非桑女怕被牛看见？两人蹲在柘树丛里，桑女刚要把衣褂子往上面搂，忽然又不愿意了。她轻轻地说，你把手放进来。夜猫抖抖索索地把手放进去，刚触到一团软肉疙瘩，桑女就说，行啦行啦，够啦够啦。并把夜猫的手扯出来，夜猫觉得自己什么也没摸到。这时他看见桑女的裤带是灰的。他不知为何就把手搁了上去。桑女把夜猫那只手拍开，脸颊上忽然泛起了酡红的颜色，像喝下一碗甜酒醪糟。

夜猫忽然想起，差不多十年前，有一天，天气很热，一帮男女崽子跳进河里洗澡，躲过午后那阵太阳。有的女娃子和着衣服跳进河里，有几个年纪很小的也像男孩一样脱光了。夜猫慢慢地凫到桑女的后面，看见桑女张开了两条腿拍着水。桑女下河不多，水性子不是很好。夜猫看见桑女两腿之间有一道缝隙。他知道，那就是×，有人吵架时，这个字眼就会不断地挂在人们嘴上。夜猫的水性很好，他悄悄游上去一点，然后伸出指头在那道缝隙上杵了一下。桑女的反应竟然很激烈，在水中扭过身子要掐夜猫，结果呛了几口水。夜猫把桑女弄上岸。桑女吐出了水，人就没事了，但有好几天不肯跟夜猫说话。现在，夜猫跟桑女说起这回事，桑女却说，真的么，我可不记得了。

把苞谷秆外面的壳啃掉以后，白芯子可以嚼出略带甜味的汁液，但夜猫家苞谷地土不够好，白芯子嚼出了咸盐味。夜猫嚼了一截，就不想嚼了。他还是叫桑女赶两只牛回去，自己要把那十来棒苞谷送给狗小。夜猫又溯河往上走，去了屋杵岩。

狗小还没有弄饭，睡在河边草皮上，夜猫捉了两只岩蟹放到狗小的脸上，狗小才醒来，问是夜猫么？夜猫就应了一声。狗小说这几天特别清静，那些小孩都没来屋杵岩放牛了，所以白天也能睡得很死。两人就在河滩上烧起火来，用火灰煟苞谷。夜猫下到河里摸了一堆岩蟹。现在蟹壳还发软，要到割稻那时候，蟹肉吃起来才香。夜猫忍不住讲起了自己跟桑女的事，还有刚才摸桑女奶子的事也抖了出来，吹起牛皮，说桑女每一只奶子足有他娘的三拳头大小，还说桑女让他摸了个够。夜猫说，我都摸出两手油汗，麻酥酥的，那个舒服，啧。狗小听得鼻子喷出了响，仿佛水快烧开时那声音。一边说着桑女，夜猫还一边不停地提醒狗小，狗小叔，可不要传出去。狗小唔唔地应着，听得很入味。后来，夜猫就问，狗小叔，你碰过女人吗？狗小气得笑了起来，说，你这崽崽，净找人的痛处戳。

狗小床板底下藏的那一小袋鱼子盐只剩三粒，紧巴点吃也就两天的份。幸好去检查身体那天，他跟两位南京城的大员讨要了一口。他想，南京城当官的家伙搞不好这一辈子就只见着那么一回，不讨要点东西就放过了机会。丁博士不但送了他米面，还送了他两块钱。他拿手里一摸，和双毫子差不多大小，摸起来有点凉。狗小吓了一跳，估计这是银洋。

现在，他摸出了其中一个银洋。这以前他只摸过两次银洋，一次还是搭手摸一摸别人的。现在自己一手抓着两个，感觉整个人就有些不同。他准备去兜头寨称一斤细盐，再搭夜猫去箕镇买副猪心肺。猪心肺虽说煮不出一点油星，总归化钱不多，还好歹算是猪肉。现在手中攥了两个洋，忽然想起来，饱饭这几天算是吃上了，却没有吃上一顿饱肉，想着有些窝心。他想炖一锅心肺汤，上面撒一层细盐，再拍一块子姜搁里面去骚味。只消这么一想，馋口水就挂出了一线。狗小眨眨眼睛，察觉到这一天光线很亮，太阳应是挺好的。狗小泅过了那条河，用棍子探着路往菀头寨子摸去。

狗小刚到寨口一株桐树下，想歇一口气，忽然听见一群小孩的声音，杂乱地嚷着，麻鬼来啦，麻鬼来啦。狗小也听过麻鬼的事情。他小的时候，别家的父母都用麻鬼吓过自家孩子，要他们晚上别出去乱跑。狗小没有父母，他有些羡慕那些小孩子，如果自己被麻鬼吃了，是没人管的。他听了小孩们的叫嚷，不免奇怪得紧，想，大太阳天，怎么见得着麻鬼？狗小杵着棍子循着小孩们的声音走过去，他想告诉小孩，白天是不会有麻鬼的，不要乱讲鬼话。狗小刚靠拢了那一片声音，忽然脸上还有身上就挨了几下，用手一摸，是泥巴。就说，狗日的崽崽，敢打你狗小叔。他虚晃了那根榆木棍子，但小孩知道他的眼瞎了，不怕，又扔过来几块泥巴。狗小张口骂人的时候，有一块泥巴恰好贴进了嘴皮。小孩看得笑了起来。狗小吐着嘴里的泥巴。心里挺恼火。就说，崽崽，老子烹了你们吃。狗小还做了一个鬼脸，朝小孩扑过去。小孩四下里跑，有一个四五岁大的孩子脚一滑跌在地上，再想站起来时，狗小已经走到他身边了。狗小勾下腰要把小孩拽起来，小孩扭头看看狗小黑洞洞的嘴巴，吓得直哭，还猛打哆嗦，想叫妈都叫不出来。狗小把那小孩扶起来，小孩又瘫倒在地上，脚一点都支不起身子。跑开几步的那几个小孩一起扯起喉咙嚷着，麻鬼吃人了，麻鬼要把鱼崽吃掉了。狗小一听，小孩原来是杨四家里的鱼崽，就说，鱼崽，你站起来。鱼崽还是站不起来。狗小就在鱼崽屁股上拍了一把，说，你再不起来，狗小叔就要走了。

当代中国最具实力中青年作家书系

这时候忽然有人冲着狗小的面门劈了一拳，还搡了一把。这样，狗小就翻倒在后面的草窝子里。狗小不晓得这人是谁，他看不见。然后那个人把鱼崽抱开了。狗小摸摸自己的面门，被那一拳打破了，淌出了血。狗小怨毒地诅骂着，狗日的，全家死绝。但他不知道这诅骂的话应该落到谁头上。狗小骂了几句朝天娘，就爬起来朝前走去。他想，我是来买细盐的。走到韩水光家的南杂铺子，一摸，门板是关着的。兜头寨不大，就开了这一家小南杂铺。

狗小撞着夜猫的时候，夜猫正要去牛栏。他看见狗小的脸也破了，身上净是泥污，就问，狗小叔你怎么啦。狗小把刚才的事讲给夜猫听。夜猫一听大概就明白了，他告诉狗小，是田老稀说了你的坏话。狗小不信，他说，他能讲我什么坏话？夜猫说，他讲你在煤井下面，是靠吃死人才活过来的。……狗小叔，你，你真的吃了人没有？狗小愤怒地说，嚼他娘的蛆，我哪能吃人呢？那地方就埋了我一个，又没有别人。夜猫说，我也不信，哪能吃人呢？狗小叔，你被埋在井下的时候，要是旁边有个死人，你饿昏头了会不会咬他几口？

崽崽，嗯，不是这么个讲法。狗小想了想夜猫的问话，忽然来了些难堪。就说，夜猫呵，我要去找狗日的田老稀评理，你去不去？夜猫说，去就去，评了理我再去放牛，屁事。两人就一前一后，一快一慢地走着。往田老稀家去了以后，夜猫忽然想到桑女。想到桑女夜猫的头皮就发紧。他想，要是田老稀不是桑女她老头子就好了。

夜猫把狗小带到田老稀家里，狗小就用榆木棍砸田老稀家的门。田老稀家也是杉皮门，只不过钉得考究些。砸开了门以后田老稀就走了出来，说，狗小，你他娘的也敢砸我家的门？恶叫花子讨霸王饭是不咯？狗小说，老稀麻子，你凭什么说我吃人？田老稀眼睛一转，看看后面站着的夜猫，说，奇怪了，我又没说你吃人。你吃不吃人我又没看见，轮不着我说。狗小说，你说了，我晓得就是你讲出来的，现在崽崽们一见着我就喊麻鬼。田老稀心虚地说，关我屁事。他们要叫我有什么办法？狗小拖着哭腔说，日你个娘哎田老稀，你才是麻鬼。田老稀本来就长了一脸麻子，一听这话不高兴了，说，叫花子狗小，我正要弄饭吃，不想和你扯这些鬼话。你走开，我不和你计较，你赖着我也不会多煮一个人的饭。狗小一屁股坐在了地上，说，老稀麻子你这个杂种，你只要告诉我，是不是你说的我吃人了？田老稀说，不是。狗小说，我晓得是你说的，你敢不敢赌咒？田老稀说，怎么个赌咒法？狗小说，要是你说的，你就全家死光光。田老稀呸的一声，拢过去踢了狗小一脚，说，话还没讲清楚你他娘的就敢咒我。田老稀踢了一脚还不解气，又踢了一脚。这下狗小暗自做了准备，田老稀踢来时他一把抱住田老稀那只短脚，一口咬在他膝盖上去三寸的腿筋上。田老稀腿脚粗短，狗小那一口没有咬到实处，顶多挂了几颗牙印子。田老稀哇哇地怪叫起来，说，狗小呵，我这一身老骨头你也想啃？我让你啃让你啃……田老稀手脚一齐动了起来，又是拳法又是腿功，下冰雹子一样往狗小身上来。狗小闷哼了几声，先是骂娘，后面就求援似的叫着，夜猫，夜猫，帮帮我呵……

夜猫硬着头皮靠拢过去，攥住田老稀一只手，说，田叔田叔，算了。田老稀一把推开夜猫，说，韩家崽子，别挽进来，要不然我替你爹吊毛打你一顿，你信是不信？夜猫倒不是怕他爹，一想到桑女的事，就开不了口了。杨吊毛听着声音找过来了。他家本就离得不远，见夜猫也在场，就骂了一句真是讨卵嫌，牛都不放了，看鬼打架啊？杨吊毛把夜猫拉了回去。

不用多久，狗小被田老稀打得趴在石板上，哼哼唧唧。田老稀这时也用不着隐瞒了，一边打一边说，就是我说的。丁博士都说，你他娘不吃人肉活不过三个月。你以为躲在地洞里吃人没谁看见不是？……打你？打你还是轻的，打死你也是为民除害。你都敢吃人了，还怕挨打，真他娘的毫无道理。

田老稀打人的声音把四围的邻人都引了过来。是吃晌午饭的时间，许多人端着碗一边扒着饭一边看田老稀打人，还互相挟着碗里的菜。狗小是一脸哭丧样，却又听不见他哭的声音。这时，骡崽回来了，看见自家堂门前有那么多人，不晓得是哪回事。骡崽才六岁大，扒开了人群，看自己爹没有吃亏，这才松了口气。他扯起嗓子问，爹，为什么要打狗小叔？田老稀看是儿子，手脚不停，嘴里却说，你爹被狗咬了一口，正在打狗呢。骡崽说，狗小叔你为什么要咬我爹？但是狗小已经讲不出话来了。骡崽就走过去，朝狗小的胯裆里踹一脚。田老稀看得很高兴，夸奖说，我的崽哎，有志气。骡崽得了他老子夸奖，笑了。

田老稀疾风暴雨地挥了一阵拳，累了，就停下来歇口气。狗小趁这工夫缓过神来，张口又骂，说，老稀麻子，你今天不打死我，迟早弄死你全家。田老稀往手上啐了两口唾沫子，又攥了拳打。旁边看的人就说了，狗小哎，打又打不赢，逞什么嘴硬嘛，诅人家全家死光做什么？你讨个饶，我们也好帮你求个情。田老稀听得高兴，手上又来一股邪劲。现在他踢狗小的屁股。那天丁博士说狗小身体有些虚，田老稀不想这狗一般的家伙死在自家堂门口。不消半袋烟的时间，狗小就讨饶了。狗小说，唔唔，日你娘哎老稀麻子，我讨饶了行不？旁边看的人说，是嘛，老稀麻子，你就算了吧。田老稀本来也不想再打，他自己都打得有些虚脱了，比薅了几亩地的草还亏气力，正好趁这机会收了手。

田老稀蹲在一边，问旁人要了一撮烟卷成喇叭筒，燃了起来。狗小好半天才爬起来。首先，他屁股翘了起来，然后，两手两脚尽量地往回缩，抓起榆木棍往地上杵，然后撑起自己。他整个人是一截子一截子竖起来的，像一条竹节虫。他啐了一口带血丝的口水，踉踉跄跄走出了寨子。狗小的嘴巴不断地嚅动。田老稀晓得他还在诅咒着恶毒的话，但狗小没有发出一丁点声音。田老稀想，刚才我应该往他腮帮子来几个耳刮，这样他下巴就没得劲动弹了。

夜猫过几日才帮狗小买来一斤鱼子盐。狗小在床上躺了两天，没吃东西。夜猫买来盐以后，狗小嘎嘣嘎嘣地嚼了两粒拇指头大的盐粒子，人就有了劲，坐了起来。夜猫说，要不要去弄一副伤药？狗小说，钱不能乱花。你去找一把猪料草，就行。夜猫不信，说，狗小叔，你身上血口子有好几道，瘀肿。猪料草就能治？狗小苦笑着说，不晓得几味伤药，还敢去当叫花子？夜猫去到山坡上，猪料草到处都是。夜猫胡乱扯了几手，回去给狗小。狗小把猪料草填进自己嘴里，嚼成糜状，再涂到创口上，还有瘀肿的地方。夜猫说，这就行啦？狗小说，对，这就行了。

杨吊毛晓得自己的崽有事没事老往屋杵岩那地方去。他倒不担心狗小会把夜猫吃掉。夜猫已经是十六七的人了，气力还蛮大。狗小那么瘦弱，怕是有两个狗小都不容易把夜猫摁住。但是村人现在纷纷传言狗小是吃过人的，夜猫老和他混在一起，时间长了，搞不好村人对夜猫有所嫌弃。杨吊毛的另一桩心事在于桑女。他想，夜猫和桑女天天避开别人，躲到一边放牛，两人干些什么勾当就不好讲了，万一哪天桑女肚子大了起来，那如何是好？到那时，夜猫想不娶桑女都不行，田老稀肯定张开了口讹钱。杨吊毛又想到田老稀。田老稀不好惹，据说以前田老稀和他哥田黑苗分家产时，田老稀拿铜炮子枪把他哥轰了一家伙。田黑苗自那以后成了个瘸子，走路像纺车把子一样前后摇摆。瘸子憋着气，只得每天朝天骂一通娘，田老稀还不罢手，把瘸子揍上一顿，结果瘸子几乎成了半瘫子。那天田老稀打狗小的情状，杨吊毛也记得。杨吊毛想，狗日的田老稀活脱脱一副王八脾性，咬住了就死不松口。杨吊毛越想越是认为，把桑女娶进屋无异于娶一桩祸事。

　　杨吊毛把这事情跟婆娘讲了，婆娘也认为田老稀家是桩累赘，躲都躲不及，哪能去攀亲？回头婆娘就去找人商量，看能不能帮夜猫找份学徒工做做，好歹先离开兜头寨子一阵，时间一长，说不定夜猫自己就断了这份念想。杨吊毛的舅子帮着找一份事，有个屠夫眼下缺人手，不过地方远点，在界镇那边，一去五十里地。学徒两年管吃住，免帮师。杨吊毛一口答应下来，说，好好好，再远些都好。跟夜猫说了这事，夜猫不乐意，说，杀猪也要学个两年，真奇怪了。杨吊毛说，你是不晓得好歹，只消两年就学得一门吃饭手艺，还能到哪里找去？人家店伙计学站柜，还要学徒三年帮师三年，白天晒扫夜晚帮师娘涮换尿壶——再别说学抓药了，背个千金方本草，四五年就消磨了。你有那记性嘛。夜猫嘀咕说，哪有那么玄乎，不就是手起刀落的营生嘛。杨吊毛说，手起刀落的营生你也配？那是杀人，你能杀好猪就不错。就怕你两年下来还没练出个吹胀猪肚皮的气量。再别说拿眼估买囫囵猪了，一眼看去就要估出个轻重，估多了赔老本，估少了耍奸，哪这么容易？夜猫想起来了，杀了猪前蹄子上开一眼气眼，得把猪皮吹得像胀气蛤蟆，才好刮那一身硬鬃。还别说，这功夫没有年把时间，真不容易学上手。夜猫不作回答，也不再吭声。杨吊毛趁热打铁地说，学屠夫别的不说，隔三岔五能吃到猪下水，哪里找的好事？

夜猫不乐意去杀猪，首先是屠夫这活是坐店生意，顶多去村寨收毛猪时有点走动。他想学弹匠，弹棉花的从来都是四方游走。但杨吊毛死活也不准。再一个事，夜猫的心事全在桑女身上。那次在吊马桩那里开了张，夜猫每晚都想着桑女那凹凸有致的身子，一去放牛，心事就在桑女衣裤子里揣来揣去。说来也日怪，手揣进桑女衣裤里，感觉无非是两块活肉，揣着有些软乎还有些热乎——也就那回子事。但一到夜晚，一脑门心事又全绷在上面扯不开了。夜猫想，这可能就是女人的好。慢慢地，夜猫怀疑男女间的乐事不在这里，而在于胯裆里面，要不然为何两人胶在一起时，最不安分最不肯消停的偏是胯裆里那只鸟呢？但夜猫一时苦于不晓得如何用法，绕着弯子问桑女，桑女显然也发着蒙。隐约听得有人说，男女那档子乐事，非得要成亲之夜，新嫁娘的母亲递一本小册页到女儿手里。女儿只消睃上几眼，就晓得如何让女娃变为妇人，让崽崽变为丈夫。那册页据传，名为《枕中笈》，内有唐伯虎传下的插画，看着能让人喷鼻血。夜猫却从未见过。夜猫这一阵时日，被脑子里这些猜想折腾得消瘦了些，又不好问人，怕别人传出去丢脸，只好去问狗小。一寨子的人，夜猫都信不过，有话讲给狗小听，夜猫就用不着忌惮了。狗小用猪料草敷伤处，身上竟然愈合了多处。但狗小哪晓得男女之间这事。他想了半天，说，会不会，和那些狗子的交媾，是差不多动作？夜猫不信，他看着狗交媾的样子就觉得恶心，要捡石头追着打，直到把狗公狗婆打散伙了为止。

夜猫拗不过父母，应了去界镇学杀猪的事。临去前夜，他摸着月亮在桑女家屋后学几声斑鸠的声音。以前学的是杜鹃鸟，怕次数有点多了，田老稀听出个端倪，便换一种叫法。夜猫能学的鸟叫多了。桑女睡在柴房上面，挨到父母那房灭了灯，就摸出去。两人在韩水光家的草垛后面讲了半夜悄悄话。夜猫想着，自后起码是几月时间见不着桑女，不禁燥热得紧，把桑女的身子摸了又摸，一时又摸出许多别样不同的感觉来。桑女让夜猫摸够了，就趴在他耳边说，你去学徒上心一点，在界镇那边落下脚吧，再把我娶过去。我想做一个镇上人。夜猫说，做镇子上的人有什么好喽？桑女说，反正，离开这蔸头寨子就行。夜猫不说什么，把桑女的衣裎子搂了起来，慢慢脱去。桑女竟然变得很顺从。在月光下面，桑女的皮肤镀上一层银灰的颜色，看着暗淡，却有一种耀人眼目的微光闪烁。桑女问，好看吗？夜猫平抑着鼻息说，好看。

夜猫本来还想去屋杵岩和狗小道个别，杨吊毛催得紧，夜猫第二天一早就要上路。夜猫心里想，回来的时候，给狗小带一副猪心肺，炖它一大锅心肺汤，让他一次吃个腻歪。

夜猫走以后，桑女就为自己那颗马牙发起愁来。夜猫说他老子杨吊毛不喜欢这颗马牙，还说马牙会越长越长，最后嘴皮子都封盖不住，龇出嘴巴。夜猫说，你听到不咯，老鼠每天晚上都要磨牙齿，就是因为它们牙床子上长得有马牙，不磨的话就会翻出嘴皮，吃不成东西。桑女，你是属什么的呢？桑女只知道自己是十三年冬月生的，搞不清属相，田老稀从来未跟她讲过。夜猫掐着手指算了半天，说，喔唷，真的是属鼠。桑女就很担心，要是真的这样，那实在见不得人。她把心事讲给娘听，娘就在她脑门子上杵了一指，说，听谁讲的鬼话？长有马牙的多了，也不见谁最后就长出獠牙来。桑女听了娘的话又安稳几日，每夜睡觉之前，把食指放到牙床上轻轻摸一摸。她吃惊地发现，那颗牙齿竟然在长。

桑女撺着人赶了一趟箕镇的场，场上有个下江佬支了个摊子专门拔牙。桑女过去问了价钱，下江佬说矬牙要五角洋，门牙只消四角洋。待桑女拨起嘴皮让下江佬看看那颗马牙，下江佬说，吓，这马牙最是难弄，没有八角洋，不敢动手。桑女说，门牙还大些的，只消四角洋。下江佬说，拔牙又不看大小斤两，宁拔三颗门牙，也不敢动你那马牙。桑女只是来问个价，一听要八角，就死了心。她晓得自己弄不来这么多钱的。回去以后，桑女发现那颗马牙还在长，像黄豆出芽一样，摩挲在上嘴皮里面，阵阵发痒。这种痒胀的感觉，撩得桑女心里也阵阵发毛。她打定决心，自己置办掉这颗牙。

次日，桑女在自家房梁上撬出一枚钉子。钉子有年有月了，已经有一层锈壳。桑女磨掉锈壳，里面呈现出烟黄的颜色。放牛的时候，桑女依然避开别的人，独自把牛放到吊马桩去。她还是喜欢去那里，那里仿佛是她跟夜猫两个人的窝。她到水面磨那一枚钉子，不费多久时间，钉头现出锃亮颜色，在阳光底下折着刺人眼目的光。桑女想起以前钉耳洞也是自己办的——先是花几天的时间，用手指不停捻耳垂，捻得薄薄地，就剩下两块皮，再一咬牙，那枚火棘刺一下子就穿透了耳垂。往创口上抹一把细盐，没几日就愈合成耳洞了，可以挂耳坠子。现在，**要挖这枚马牙显然要难得多**。桑女不断地给自己提气壮胆，想到**长痛不如短痛**，那马牙挂出来可就惨了，别人说不定会讲自己是个**蛊婆**。她不断地用铁钉掀那颗马牙。她想，牙迟早会松动的。**到日头偏西的时候**，桑女觉得那颗马牙果然有了松动，就狠命地**把钉刺进了牙旁边那丝缝隙**。她尖叫了一声，没有人听见，只**惊起苇地里那对鹭鸶**。那颗马牙掉了出来，落在掌心。桑女看去一眼，马牙只有火棘泡大小，靠里一侧有桩子，挂着血丝。桑女趴下身子喝了许多河水漱口，创口总算不再流血。桑女捂着痛处，**心里想**，夜猫呵你个死夜猫，你可晓得我为你遭受那么多罪么？

狗小费了十来天，天天嚼猪料草往身上敷，**伤肿**才算消了下去。狗小拿手往身上一摸，新结了好些痂。这天狗小伏在床上，手探到后背，掰下来一块痂。狗小把痂放进嘴里嚼起来，嚼出一股咸腥的味道。这味道使得狗小再次记起田老稀揍他的那回事。狗小把嚼碎的痂咽进肚里，觉得自己身上忽然长出了一股气力。被埋在矿井下面时，狗小无数次以为自己即将死去。将死之前，狗小对自己说，要把这一辈子翻出来，细细地想一遍，才好痛快地闭上眼睛。以前的一切竟然变得混沌。除了无边无际的饥饿，没有任何一件事，任何一个人能够清晰地映现在脑子里。这些天，他一直躺床上，两天吃一顿饭，五天拉一泡屎。他恍惚觉得自个儿像是回到了垮塌的矿井里面，并且不停想到了死。但眼下，每回想到死这事，田老稀的面目就噌的一下冒出来。狗小咬牙切齿地想，死是要死的，但田老稀应该遭报应。怎么个报应法，狗小死活想不出来。

狗小打算先去县城找找丁博士。那天丁博士检查过他的身体以后，递给他一张片子。丁博士说他本人会在县府住一段时间，如果狗小有事，不妨来找他。狗小不要那片子，他看不见上面的字迹，再说，即使看得见也抓瞎。狗小就认得"小"字，还认不得"狗"字。现在，狗小琢磨着，去了又能怎样？可不敢质问丁博士说，你凭什么要讲我吃过人。狗小认为，混他两餐饱饭，应是没什么问题。吃饱了饭，说不定就能想出对付田老稀的办法。如果运气好吃上几盘肉菜，那么，死了也没什么遗憾。

狗小不敢经兜头寨去县城。他沿河往下游去，到了大水凼，再折上山路去向县城。这一路绕了十来里，但是不会被人扔泥巴。天黑以后，狗小摸进了县城。县府在以前的天王庙里面，如今已经翻修得很气派。狗小找得到地方。丁博士和凌博士都走了，但出来一个同样讲南京官话的年轻人接待狗小。那人见了狗小，就说，你就是韩狗小先生？啊哈，久仰久仰，你可是个了不起的人物呵。丁博士有过交代，说要是你来，一定要我安顿好你。我是他老人家的弟子，姓马。你叫我小马吧。狗小听明白了，说，丁博士还会回来？小马说，搞不定会在这里常住。蔡院长是布下了任务的，要到这里开拓民族学。这话狗小就听不懂了。

小马问狗小有何贵干，狗小老实地说，只想讨一顿饱饭。小马去安排了一顿饭，桌上专门捞了一碗油肉。狗小吃着碗里的油肉，有种说不出的舒服。他想，油肉真个是天下第一好吃的东西。他把那碗油肉吃了个精光，意犹未尽，结果晚上就跑肚子蹿稀。小马照顾得周到，送来几粒药丸子，要狗小和着温水吞服。药丸子有两味，一味很苦，一味很甜。狗小要小马把那种甜味的药丸多给几粒。次日吃晌午饭，小马请狗小吃的肉菜是熘肥肠。狗小吃完肥肠还吸溜光汤水，心里想，原来这熘肥肠才是天底下最好吃的菜。晚上吃的是氽汤肉。狗小觉得氽汤肉没有肥肠好吃，也没有油肉那么多油水，于是在心里说，氽汤肉应该是第三好吃的菜。又过去一天，丁博士没有回来。小马照样招待，没有嫌恶他的意思。狗小自己却隐隐不安了。狗小从来没这么痛快地吃过连天饱饭，真正吃上了，却又总觉得会出什么事，右眼狂跳。吃肉的时候，他老是晦气地想起了田老稀。第三天晚上，狗小正喝着肉汤，脑子里腾地冒出个主意。这主意使狗小彻底打起精神来。狗小打算不再蹭吃下去。他想，即便丁博士的确造过谣，这几天的饭菜也算是对付了。再这么待下去，多吃上几顿饱饭，搞不好自己就会没心思对付田老稀那杂种。狗小跟小马告辞，小马也不多留，只是嘱咐他，过一阵子再来。狗小说，那好得很。

是田老稀造出来的谣言给狗小提了个醒。他想，你造谣说我吃人，要是我不吃人，岂不是亏了？现在我吃条把人，这样，才会心安理得，对得住你田老稀。狗小头一个想到的是骡崽。想到骡崽，狗小整个脑袋如灯盏一般豁然亮起。他想，怎么不早想到呢？那条崽崽被田老稀养得白胖粉嫩，把他吃了，田老稀少说得撂七八碗血，折五六年阳寿。有了这种想法，狗小一路走得蛮快，再一想，心里不免犯难。——以前眼亮的时候，捉一个五六岁的小崽崽不是难事，现在，看又看不见，骡崽听了他爹的话决计不敢靠拢自己，如何才抓他得住？

这一路上，狗小不断记起那说书人说过，麻叔谋那厮，吃了死孩子，再什么奇珍异馔都味同嚼蜡。照这么说来，死孩子肉岂不是天底下第一好吃？竟比熘肥肠油肉氽汤丸子还要好吃？狗小不大肯信。

狗小回到屋杵岩底下自己那破屋子，即刻动手，搓起草绳来。床板子底下有两捆隔了年的稻草，经过霜，没受潮，韧性还过得去。狗小搓草绳倒有一手，即便瞎了眼睛，也没影响手上功夫。狗小一手把绳一手续草，三搓两搓，草绳便噌噌噌地在手心蹿长。狗小想，可惜，要有些生麻棕鬃添进去，绳就更结实了。狗小搓成一条一股归总、上面多股分叉的绳。平日里狗小捉竹鸡所用的麻线地套，差不多也是这种样式。

放牛的小孩如今都不来屋杵岩，通常把牛赶去黑潭那边。这天，狗小把搓好的那两把草绳盘成圈，挂在肩上，循着河往上游走去，走了约莫三里地，便听见放牛小孩们相互吆喝的声音。再前行一段路，能听见小孩们竞相从高处扑腾到潭中的声音。河谷绵长而又封闭，声音总是沿着河谷上下游动，长久不能消散。狗小的水性子很好，他趴在河畔一块柱石后面，痛苦地想，要是眼还亮着，一个猛子扎到潭里面，悄悄把骡崽的脚拽住，往潭边乱石豁口里拖，三下两下溺死这小把戏，鬼神不知，痕迹不落，哪像现在这样麻烦？他省略着这些想象，自顾往矮树林子密集处钻，不让那帮小孩发觉。这天天气大热，狗小唯一可放心的，是那帮小孩悉数钻进了水里躲避阳光，不可能去到山上守牛。狗小摸到牛群经常聚集的那一片草窠子，撮起嘴发出一阵喑哑的声响，那一群牛缓缓地朝狗小围拢过来。狗小嘴里继续撮着那种声响，并抚摸拢在身边的牛。摸了几头牛，都不是骡崽家的。狗小认得那头牛，田老稀去年冬月才买进来，是只牛崽子，得到明年才会开犁翻地。苋头寨子统共六七十股烟火，牛却只六七头，现在全都聚拢在一起。狗小终于摸到了骡崽的牛，牛粉嫩的舌头舔着狗小手板心。这头牛舌头还光滑着，鼻头沁出的水珠比老牛要多，犄角不过五六寸长。狗小确定这是骡崽的牛。

狗小轻叱着，拍拍牛臀，把牛攥到不远的草坡下面。那里一片矮小的柞树、马桑，还有散把木。矮树丛中间杂着几棵稍高一些的桐树。狗小分出一截草绳缚紧了牛的两只后蹄子，把绳的另一头拴在桐树桩子上。牛崽扯起后蹄要走开，使了几股子急劲挣扎，却没能挣脱，也就安静下来，围着那苋桐树找草料吃。狗小待牛消停下来，就开始了埋地套，把那只草绳归总的那头拴死在另一苋桐树上，再把草绳每一股分叉结成活套，布在地上，还抓起地皮上的浮土枯叶掩住草绳。狗小用自己的腿试了试，探进其中一个地套再要走动，那一股绳就绷紧了，把腿缚住。狗小这才放心，褪下绳，再次掩埋。狗小想，骡崽，攒劲把身子洗干净，省得你狗小爷爷到时再洗涮一番。

狗小哪里晓得，这整个过程，被潭中那一帮小孩看个通透。小孩们老早得知狗小两眼都瞎了。纵使他要吃人，小孩们也不觉得如何凶恶可怖。伏大跟骡崽说，骡崽，瞎子狗小要偷你家的牛。骡崽只觉得狗小偷牛的动作太笨拙，差点笑出声来。年岁大点的毛脚拊着耳朵跟骡崽说，跟着他去。骡崽点点头。小孩悄悄汩上了岸，蹑手蹑脚尾随着狗小，心头都有种莫名的快意。狗小埋草绳的时候，小孩们看明白了——那是地套子。看样子，狗小瘾头上来了，布好了圈套，急不可耐要捉一个活崽崽。

狗小埋好草绳平整了浮土，这才松一口气，心情无端地好起来。他记起以前捕鸟时那种乐子，不仅是拔了毛去了肚肠吃鸟肉，还在于守候时窃喜的心情。狗小藏进一丛马桑树，悠闲地等待着，一摸树上，结着马桑葚，就捋了一捧吃起来。这东西略微发甜，但吃多了会死人。四周安静下来，狗小尖起耳朵，听见一些风吹草长的声音。

那一捧马桑葚还没吃完，就听见有小孩跑来，狗小不得不把余下的葚子扔掉。狗小再次把身子往矮树丛里面缩进。小孩的脚步声已经移到七八丈外的地方，狗小估计来的是骡崽。狗小的心悬了起来——这毕竟比捕几只竹鸡来劲得多。

来的果然是骡崽，他惊诧地说，咦，狗小叔，你怎么蹲在那里？狗小应一声，难堪地想，真他娘的，眼睛瞎了，把自己都藏不住。他只有站了起来，两手提着裤腰，佯装刚解过手的样子，说，哦，是骡崽啊。骡崽说，我来赶牛。我家这头牛野性，爱乱跑，什么时候跑到这边来了。狗小就说，你的牛也在吗？骡崽说，在的，就在你屁股后头不很远的地方。狗小说，把牛赶走吧，别让它乱走。骡崽就嗯了一声。狗小蹲了下来，依旧支起耳朵，听着动静。骡崽却并不慌着去赶牛，而是从地上捡起一片苦楝树叶子吹了起来。骡崽说，狗小叔，他们说你爱吃人肉。人肉好吃不咯？狗小按捺住性子，放缓了语调跟骡崽说，崽崽，你看你狗小叔是吃过人的人吗？吃过人的话，眼睛会是红的。骡崽仔细地看看，说，狗小叔，你的眼白是红色的。狗小赶忙阖上眼皮，说，不要乱讲，眼白怎么会是红色的？骡崽继续问，人肉到底什么味道？狗小叔，你不会吃我吧？狗小说，不会不会……嚼你娘的蛆，我从来就没吃过人。骡崽说，我想也是，要是你吃人的话，哪能那样精瘦，像柴屝一样。狗小挥了挥手，说，快把你家牛赶走，别回去晚了你那个狗爹又要揍你。

骡崽就不说了。狗小听见矮树丛里有一阵摩挲着的声响，他知道，那是有人正钻进里面。果然，眨眼工夫骡崽就发出喔唷的一声。狗小问，怎么啦？骡崽说，狗小叔，哪个狗日的下套把老子套住了。狗小说，崽崽莫怕，狗小叔来帮你解套。狗小内心一阵狂喜。总的来说，这一天干什么事都还顺手，严丝合缝地往预想里走。骡崽轻声哭了起来。狗小正好循着声响摸过去，嘴里不停地稳定着骡崽，说，在哪里？不要哭，狗小叔来了。他摸准了地方，俯下身子跟骡崽说，套着哪条腿了，伸过来。那条腿便乖乖地伸了过来，被狗小捏在手里。狗小一摸，这腿上的肉和毛孔都有些粗，不是想象中那般细嫩，不禁稍稍有了些遗憾。再一摸，就觉得不对头。骡崽毕竟才五六岁大，怎么生了这么粗的腿，还长着发硬的脚毛？没道理呀。

这时他听见韩水光的儿子毛的声音，说，狗小，你摸错了，嘻嘻，这是我的腿。骡崽的腿在那边。这时，狗小听见六七个孩子迸发出齐整的笑声，笑声都从贴身的地方传来。然后，泥巴和石子一阵疾雨似的往狗小身上砸来。狗小赶紧用双手护住头皮，趴在地上，一咧嘴就吃进了枯叶和泥巴。他这时恍然明白，日他屋娘，被一帮崽崽活活日弄了。

回去后，狗小不敢在河滩那茅屋里过夜，把屋里尚余的那半袋吃食拎着，爬进了月亮洞。他揣测得不错，晚上河那边真就发出一阵响声，一伙子人可能亮着松膏油的火把冲这边来。不用看狗小就晓得，领头的是田老稀。狗小觉得躲在月亮洞也是不安全的，只有钻那叉洞子往后山去。村人都怕那叉洞里的漏斗天坑，轻易不肯进来。两袋烟的工夫，田老稀领着一帮姓田的房亲爬进了月亮洞，往四壁照一照，察觉得出狗小来过。火把烧得差不多了，田老稀不敢钻叉洞子，怕折返的时候看不见亮。田老稀在月亮洞大声地骂着，日你娘哎狗小，小心你狗命。有种你拱出来，我晓得你猫在山洞里。狗小哪敢出去？在一眼石孔隙里缩成一团。田老稀下去以后，把狗小的茅屋点着了。狗小在洞子上面，仍听见火烧旺了以后那阵毕毕剥剥的声响。

桑女突然病在床上，爬不起来，一脸谵妄状态，说胡话，吃饭也要她娘一勺一勺喂到嘴边。请来草药郎中。郎中掰开桑女的牙只看了一眼，就甩着脑袋说没治了。草药郎中说，这是丹毒，又叫创口风，草药毫无办法。田老稀舍些钱去铁马寨子请个女大仙，给桑女这病杠上一堂，大仙说，是中了蛊毒。

田老稀疑心，这蛊是不是狗小栽下的？他想，桑女无非就是牙床上有那么一丁点口疸，何事会死人呢？毫无道理啊。他曾听人说，学放蛊用不着多久时间。只要拜了师傅认进那道邪门，几天工夫就能学下来。前一段日子，狗小离开屋杵岩，出去了几天，回来也不见讨着什么东西。把事情串起来前后一想，田老稀断定狗小这一向所做事情定然都是冲自己来的，前一阵出门，定然是到哪处山旮旯里认了放蛊的师傅。田老稀跟别人说，现在，狗小已经不是叫花子狗小了，也不光是个瞎子，他见人就放蛊。

狗小那天照样睡在月亮洞里，不晓得白天黑夜，醒来就吃袋里的苞谷和红薯。苞谷好歹要煏熟了吃，红薯可以生吃。狗小肚里不停地蹿风。狗小这几日身上不疼了，脑袋却晕得厉害。他疑心自己的阳寿快要到头了。以前有个老叫花告诉他，做讨匠这一行当，囫囵吃进乱七八糟的东西，体内毒物聚得挺多，平日看着还能撑，一旦得个病趴下来，会死得挺快。狗小只是有些遗憾，到底没能让田老稀那个杂种遭报应。

狗小正乱七八糟想着，忽然听见一片杂乱的响声。正有一伙子人爬进了屋杵岩的空腔里面，眼看着就快上到月亮洞了。狗小记起了当日遭打时那种疼痛，浑身打起了哆嗦。现在，只要听见有人的响动，狗小就会害怕不已，老以为别人是来打他的。这一片杂乱的脚步声，来势汹汹，断然不是好事。狗小爬了起来，隔着那层眼翳，他察觉不到任何光亮，于是以为现在已是晚上。狗小心里一急，竟然忘了自己睡时是朝着哪个方位，现在，一时找不到通往后山的叉洞口子。那叉洞口子在月亮洞的石壁上，要踩准了几处石磴子才进得去。狗小拿手在地上乱摸一气，想摸到两块大点的石头，攥在手上。纵是躲不过去，也得用石头砸向那些扑过来的人。可是，狗小只摸到两块半个拳头大小的石子。

进来的人逮住了狗小，不由分说，把狗小打趴在地上。狗小只得拖着他擅长的那种哭腔讨饶，说，何事又要打我，讲个理嘛，唔唔，何事又要来打我？有人在狗小屁股上作死地踹了一脚。狗小本来趴着的，这一脚踹下来，狗小整个摊开了，呈大字形状，严丝合缝地贴紧在地上。泥巴地面升腾着湿腐的气味。接着，狗小听见田老稀的声音在说，你对桑女做下了什么，你他娘的自己心里清楚。狗小惶恐地说，我能做什么，我睡在洞子里，根本就没往寨子里去。田老稀说，你往她身上放蛊。狗小说，你他娘的才放蛊。田老稀就正反手给了狗小好几个脆响的耳光，打得狗小连牙带骨吐了出来。田老稀捆完了耳光，摩擦着隐隐生痛的手掌，说，没必要跟你这放蛊的家伙讲什么道理。我们莬头寨子从来容不下有人放蛊。趁桑女还没死，让你先去阎王那里报个信，要阎王腾一个好地方。

田老稀把一桶桐油淋在狗小的身上。桐油在狗小身上缓缓洇开。狗小闻见桐油的气味。那是大户家的木楼才能有的气味，以前，他专门循着这种气味去寻找大户宅第，意图讨要到剩余的饭食。运气好的话，大户人家泔水里面还能有几块黏附着肉渣的骨头。狗小登时明白了，田老稀存心要烧死他。这一桶油不会没有缘故就泼到自己身上。狗小也不敢挣扎，干脆翻了个身，把脸往上面搁。上面有一眼窟窿。他晓得，月亮出来以后，会路过那窟窿。以前他无数次看过金钩挂玉的景象。

田老稀急不待要把火苗子扔到狗小身上。田姓房族里有个辈分高的人拽住田老稀，说，等月亮照进洞子，再烧他不迟。田老稀不耐烦地说，迟早都是个烧。那人说，听说别的寨子烧蛊公蛊婆，都是在太阳底下烧的，说是夜晚烧，怕阴魂不散。也不必等到明天了，过一会儿月亮照进洞子，见了光，再烧不迟。田老稀蹙起眉头一想，就说，那要得，也不慌在这一时。狗小躺在地上，一丝气力也没有，但耳朵听得清楚。眼下果然是晚上，等会儿月亮照进洞子，就是自己见阎王的时辰。以前，他也是这样躺在这洞子里，看见窟窿里的月亮，惯爱把月亮想象成一块大户人家中秋夜才吃的薄饼。现在，虽然肚皮也在饿着，狗小却不再把月亮想成薄饼。狗小心里恶狠狠地想着，要是能爬到月亮上，就把月亮一块块掰下来，照地面上那些细若蚊蚋的人们砸去，砸死一个算一个。全都砸死了，才他娘的省心。

狗小老觉着眼里逐渐有了光感，他以为是月亮已经来了。他静静等着自己身上燃烧起来，但田老稀并没有动手。狗小知道，那是错觉，今晚的月亮迟迟没有进来。田老稀叫了一个堂侄跑下去，看看月亮还有多远。那堂侄就钻了出去，下到河滩。一袋烟的工夫，他在下面大声地喊，快了快了，月亮已经过了吊马桩，打这边来了。狗小也听见了这阵叫喊。田老稀说，狗小你他娘的还有半个时辰好活。说着，田老稀阴恻恻地笑了，他觉着手头捏着别人的生杀，真个是蛮有意思。

不想节外生枝，韩保长晓得这事，派了几个人来到洞内，要田老稀停手。韩保长派来的人说，田老稀，你他娘的要烧人都不通报一声。南京城的丁博士过一阵子还要请狗小去县城。到时候交不出狗小，就剥你的皮点你天灯。田老稀不敢造次，只敢往狗小身上唾几口，放话说，留你多活几天。一洞子的人都回蔸头寨了。狗小觉得自己身体软得就像一只蚂蟥，费了好半天的劲，他才把一身打散的骨头重新聚拢，缓缓地爬起来。他搞不清楚，自己背心上黏湿的东西，是桐油还是汗水。这时，眼里真正有了一层浮泛的亮光，他知道，真个是月亮照了进来。这晚的月亮让狗小吓破了胆，狗小忽然间又想捡起石头，朝月亮砸去。

过得两日，狗小正在芭茅草里躺着，忽然听得河上游飘来一阵女人的哭泣声。狗小立即想到，是桑女死了。上游河边那个湾，地名就叫崽崽坟，蔸头寨子夭折掉的崽崽全都埋在那地方。桑女要是死了，定然也往那里送。狗小心头一喜。这两日来，狗小头一回有了喜色。狗小想，活的骡崽捉不住，不信你家死了的桑女还能跑掉。但崽崽坟距屋杵岩隔了几里路程，狗小腹中饥饿，心里想，就是把桑女刨出坟堆，又怎能搬到屋杵岩这地方呢？一拍脑袋，狗小冒出个想法，不妨借助这河水，像春潮时放排一样，把桑女尸身运到屋杵岩这里。

当天下午，田老稀的眼皮子也是跳个不停，总觉得还会出什么事，却想不出个结果。到了掌灯时分，田老稀仍然安不下心，邀来两个年轻人，举着松膏油火把，挎了柴刀拿了铁锹，往崽崽坟那方向去。到地方一看，坟堆还在那里，用火把照一照浮土，看不出有人动过的痕迹。田老稀疑心蛮重，用柴刀砍了根毛竹，断面削尖，往坟堆里刺去。刺了几下，觉着竹竿刺到的地方全是土沫子，触不到实物。扒开坟，桑女果然不在里面。田老稀就明白了，他说，这个狗日的。

狗小把桑女的尸身捞上岸，浑身来了一股猛劲，竟把桑女尸身拖着拽着抱着弄进了月亮洞。他想，我该从哪里吃起呢？狗小一时又发起愁来，他没有刀子。桑女的身子冷冰冰的。狗小说，桑女呵桑女，我晓得你和夜猫好，按说我不应该吃你，但你那个狗爹我又搞不赢，只有拿着你打主意了。狗小刨出桑女的时候，桑女的身上只有一张杉皮毡子，和破烂的衣褂麻裤。狗小把桑女放平在地上，搂起桑女的衣褂，忽然呼吸就变得不畅了。这一刹那，狗小想起夜猫以前讲过的话。夜猫在狗小面前毫不忌讳，把他跟桑女之间那一点点隐秘的事情，细细地说了数遍。狗小浑身燥热难当。他伸手抓住了桑女的奶子，冷冰冰地，也根本不像夜猫先前说的那样，有三个拳头大小。狗小揣了揣，也就圆茄那么大。他心里说，夜猫呵，原来你也挺会骗人。狗小的手伸了出去，就收不回来了。这时，月亮又一次照进洞中，涂在桑女的尸身上面。桑女的皮肤应该涂满了暗白的、毛糙糙的月光。狗小对月亮已经极端嫌恶，他能察觉到这月亮不知趣地照进来了。狗小要把桑女移到月光照不进的地方，想来想去，只有拖进了那叉洞，往后山去。最后，狗小把桑女放在一个天坑旁边。他继续揉搓着桑女，浑身是一种从未有过的酸酥痒胀。狗小不停地问，天呐，我这是怎么了？他又想起狗子交媾的动作，于是，双手抖抖索索地探向桑女的裤腰。这时，狗小打了个寒噤，忽然清晰无比地知道了，自己这是要干什么。

田老稀带着人进到月亮洞，找不见人，但有桑女入土时穿的衣裸子。他晓得狗小肯定在洞里，于是继续往叉洞摸去。走不远，他看见前面有一团白影在动。田老稀正待靠近，那团白影忽然滚进了旁边的大天坑。好久才听到坑底传来的硬物落水的声响。田老稀只看见地上剩有一堆衣物。

丁博士和凌博士回到侕城，已是初秋。两人带着那记者再次来到菟头寨，找到韩保长。原先两帧照片曝光了，记者一心要把这个新闻报道弄出来，这次专门到侕城，带着充足的底片。一问，才晓得狗小死了有一段时间。韩保长说，丢人呐，狗小后来竟得了魔怔，不光学会放蛊，竟然，竟然还把田老稀——就是撑船那人死去的女儿扒出坟，做那种见不得人的事。

丁博士叹了一口气，说，搞不好，是小马让狗小多吃了几顿饱饭，狗小肚皮不饿了，就生出这邪念来。饱暖思淫欲，贤文上这些话不会错的。

韩保长说，吃个饭，我去叫田老稀渡你们到河口。

此时，夜猫正走旱路从铁马寨子那个方向，冲菟头寨而来。他提着一副猪下水，要让狗小大快朵颐，一了凤愿。这一路他走得轻快，脚下生风，鞋钉磕得石板一溜溜脆响，心底仍焦急得很。他想早点见到桑女。在界镇，夜猫一直没能见到唐伯虎所绘的《避火图》。但前不久有一天，机缘巧合，夜猫醍醐灌顶一般地弄清了男女之事。那天，夜猫刚起来拆铺板，就听见界镇的街面上很热闹。人们竞相涌向河边，嘴里还吃吃地笑着，说是打上游漂下来一对狗男女。这当然是件很稀罕的事，大半个界镇的人都涌了去。夜猫的师傅师娘也去了，夜猫只得留下来照看铺子。后来，他听看热闹回来的人说，漂下来那对狗男女，死成一坨，抱得铁紧，用竿子翻动都不能把两人分开。男人下面那根把儿还搁在女人的体内。他们还轻声议论，这男人的把儿应该生有倒钩，不然，何至于胶着得如此紧密？看热闹回来的人一面相互耳语，一面吃吃笑着，脸颊上浮出了猥狎之色，眉眼间闪烁着暧昧的光泽。

这一刻，夜猫忽然全明白了，他弄懂了以前和桑女待在一起时，总是没能弄懂的那问题。一瞬间，他觉得自己变了，和以前都不一样了。他一直想告假，但师傅的铺子抽不开人手。直到前不，师傅又弄来一个徒弟，才肯让夜猫回去一段时日。师傅给了他两副猪下水，说，去，给你父母送一副，给你丈人家里送一副。夜猫的脸一下子变成了猪肝色，喜滋滋接过师傅送的猪下水。他娘给他的钱一铟都没花，离开界镇之前，他买了一件细布单衣，一条棉纱抄裆裤，又咬咬牙用一副猪下水换了双桐油钉鞋。他从师娘那里讨了些胰子油，去时把胰子油抹在头发上。最终，夜猫把自己弄成一个看上去蛮光鲜的人物。

夜猫走过了铁马寨。离家越来越近，他心情也是愈加地好，要不是手里提着一串下水两盒点心，他想自个儿肯定能飞跑起来。他随手揉了一把葶苈子果，放嘴里嚼。眼前这一路，铺满了枯草。但在夜猫眼里，枯草和不断伸展的土路上，都跳跃着明黄的、煦暖的秋日阳光。

姓田的树们

一

　　事情应该开始于田老反那天早上晒太阳的时候。那天八九点钟样子，田老反照常蹴在自家门口那棵酸柚子树底下晒太阳，田和青就从他家门前路过。两人打个招呼。田和青说，老反你领到钱了吗？田老反说，我领什么钱呢谁会给我发钱呢我是老反谁还会给我钱？田和青就说学校啊，学校昨天通知我去领钱，今天真的就领到了一百二。树海说了，以后我每个月都有这么多。

　　田老反说，你早不干了，哪个给你发的钱？

　　田和青说，下了个文件，只要是解放后国家正式下聘书请过的，不管几时不干了都有这份钱。树海没有跟你说吗？

　　田老反说，我怎么不是正式下聘的？树培树先树达树帜他们六个都是在我手底下发蒙的。

　　田和青就笑了，说，怕是教育局里没你那份老底了吧。

　　田老反就有些来气，说，反正树培他们是知道的，我是老师，我是老师的时候你还只有放牛的份你敢说不是吗?

但是教育局里有我的档案,人家昨天就来通知我领钱了。田和青笑脸依旧地说,现在就讲求个物证,你得拿出个东西来证明。要不然,谁知道也是没鸟用的。

然后田和青就走了。田老反自言自语地说,我教了六个有出息的种,他田和青手底下一个也没教出来,他们六个不比什么鸟物证有用,我还卵不信了。

田老反正那么念着,他儿子田树才从屋里走了出来。田老反跟儿子说,树才今天你去放牛,我有事我就不去了。

田树才刚睡醒,有些不愿意,就说,冬上天的有个卵事,今天轮到你放牛,你别跟我耍赖。你耍赖那我也赖,莫放牛得了。

田老反哼哼地说,老子今天真有事——我到学校去一趟,搞得好老子一个月有一百二十块钱。

田树才一怔,说,我今天也有事,要去一趟学校,搞得好我一个月有一千二。

老子不是和你扯谈。田老反不耐烦了,说,那明天后天我连放两天牛,行了么?

田树才掐指算算也不亏,就说,那好,哪个扯谎是狗卵日的。

田老反只得跟着诅咒,说,哪个扯谎是狗卵日的。

这才脱开身去了学校。

去到学校,十点多钟,村小照例已经把上午的课上完了,放学生们在操坪里闹,几个老师关了办公室的门在里面烤火吸烟。田老反进去见到了校长田树海。田老反一问,真的有田和青所说的那事,那个文件才发下来,上面没有田老反的名。田老反心有不甘,说,我是当过老师拿过国家的聘书啊,我们菟头村哪个不知道？树培树先树达树帜他们六个都是在我手底下发蒙的。田树海说，又来了又来了，我都听你说无数遍了，那又有卵用？你拿个以前国家发给你的东西来证明啊。你拿不来，树培他们也帮不上你。

田老反说，聘书肯定是有的，我见过，那东西红皮白瓤是不是？

我不知道，田树海说，你得拿出来让别人看看。

田老反说，你真是讲天话，这么多年我能记得摆哪去了？

田树海说，那有解聘的书吗？

田老反说，以前是有这东西，鬼知道摆哪里去了。

田树海深吸口烟说，以前发工资你应该有个底单的，那东西也行。

田老反说，鬼知道摆哪去了——也说不定当纸给卖了。

田树海说，回去找找。说着发给田老反一根纸烟，自己又挤进火堆边烤起火来。

田老反等了一等，看看田树海实在没有说话的意思，而自己似乎也说不出什么新鲜话来，只得回去。田树才还在门口磨刀，不知什么时候才肯去放牛。田老反心里的事急，懒得管他，径自走到屋里翻找了起来。他找了自己唯一的衣柜、神龛、米桶，还有床底下，当然是一无所获。

田老反迟钝地想了好一阵，实在想不出别的什么地方还有可能找到那些证件。

田树才磨好了刀，坐在门槛上用一块干木试钢火。他看了半天，这才问，捉老鼠呢？

找聘书，找到那个本，我一个月真的有一百二。田老反瞥了儿子一眼。

田树才想一想，走到自己房里去，不一会儿拿出一个红本子，说，是不是这个？田老反看见红本子就是一喜，他知道，树才一贯找得到家里的任何东西。不管自己把东西藏得如何如何好，树才就是有找东西的天分，仿佛是用鼻子嗅出来的一样。这回，田老反接过来一看，却见上面赫然印着：扫盲合格证。

田老反把本子退给树才，说，这有个卵用。我要的是以前发的聘书。

田树才又看看手中的红本子，问，这是户口本？

田老反挥挥手，说，你该去放牛了。

树才走以后，田老反坐下来，发现屋里显得比平时更空洞。刚才那一阵翻找搞得他有些累，就蜷在灶前打了个盹。

醒来以后，脑子好使一些，忽然想到，是不是几年前，自己把证书当废纸卖给毛桂桂了呢？再一想，觉得很有可能。

田老反隐约记得，那一次卖纸，其实有点赌气，其实自己不是那么急着要卖纸。

那次毛沟塘的毛桂桂来收纸，路过自己家门口，看看田老反笑一笑，没有吆喝，就走过去了。当时田老反正靠着酸柚树蹲着，蹭着自己后背上的痒皮。他突然感觉到毛桂桂没有把自己放在眼里，就叫住他，说，你怎么不问问我有没有纸卖呢？毛桂桂还是笑一笑，说，纸少了不压秤，一点点纸就算了。田老反看不惯他那张谑笑的脸，说，我当过老师我当然有好多书，今天偏要卖给你。毛桂桂这个人也来了劲，说，我收别人的纸四角六，你找得出三十斤，我给五角，怎么样？

田老反把毛桂桂拽到家里，说着话就四处找了起来，先是把床底下那一摞书翻了出来，又四处去找摸起来像是纸的东西……

不过，田老反记忆力有限，那一次是否真就把证书也掏出来了？他一时没法记得具体，只是有印象，那次卖纸虽然没三十斤，却也得了十来块钱，搞得父子俩当天心情不错，还打了两块二一斤的苞谷酒喝。

田老反现在想起来，那一斤苞谷酒喝得真是不值。他算了算，一百二十块钱，按毛桂桂出的好价钱，也值二百四十斤纸，心里就极不舒服。再平均下来，每天都摊得上八斤纸，就真的想咬毛桂桂一牙齿。

田老反不记得能证明自己教师身份的聘书或者解聘书是不是真当纸卖了——反正聘书确实是纸做的，有这可能。想到毛桂桂，田老反心里多少就有点底了，无端生出一些踏实的感觉。——除了那一百二十块钱，田老反觉得自己其实还有更纯粹的目的，那就是临到老了，不能在这一茬上输给田和青。他以前一直是不大看得上田和青的。五五年田和青替下自己当上老师后，菀头村再没出个像样的角色，那定然是田和青以其昏昏不能使人昭昭，把小孩子都败了。田和青具体哪里不行他也说不上，但有的地方确实是太迂了点，毫不知变通。比如说，他教算术时在应用题目里爱用小明小华小红小刚做小孩的名字，那个田和青在六八年还在用这几个名字，这小明小华小红小刚到了六八年仍是小孩子。他就去提意见，说小明小华小红小刚算算怎么也到当娘老头的年龄了，还小啊，不合情理。可田和青无所谓。田老反怎么看田和青都比不上自己，自己带出了六个领导，田和青是没有话说的。

最后政府也是看得明白，六八年用个正规中师生把田和青给替了。田和青和自己一样又成了农民。从那以后，他觉得田和青就没在自己面前抬起过头。但现在，都老得不行了，政府给田和青发钱却没有给自己发钱，这是哪来的道理，让自己拿脸往卵地方放啊？光从这一点上，田老反就认为非得把那一百二拿到不可。

田老反越想越觉得聘书或者解聘书在那堆纸里面，被毛桂桂买走了。这想法搅得自己一点也不安神，饭也不煮了，再次朝学校走去。

到得学校正是中午，田树海他们把学生都放回去了，几个人在办公室里打点子牌。田树海脸上有很多块锅烟灰。见到田老反，田树海就说，怎么你又来了？

田老反说，一村人都知道我是老师。

一球人都知道你是老师。田树海说，树培树先树达树帜他们六个都是在你手底下发蒙的。

田老反说，证书我有，卖给毛桂桂了。

田树海问，毛桂桂是谁？

田老反说，那你别管，反正证书我是有的，就在他那里。

田树海说，那你拿回来再说。

田老反说，你碰到树培树先他们，就把我这个事给他们说一声。

田树海说，碰见我一定说。正说着话，田树海又被一年轻的女老师涂了块锅烟灰。

二

县石油公司经理田树达接个电话后，叫田树超自己先坐一会儿，就走出去了。这片叫樱梦园的消闲山庄是他们公司的三产，修好以后他才发现原来竟是个极好的玩牌场所，有点意外之喜。这两年来一有空，他们几个姓田的树字辈的人都聚这里。他自我感觉占尽地主之利，不免得意。他乐得在人前做出事务繁忙行色匆匆的样子，接个电话立刻走人。

　　田树超留下来，坐着。最近人大的事情还算少，他这几个月也尽量推托晚上额外的应酬，老往这里跑。他喜欢在这时候——从黄昏进入黑夜的时候坐在这张皮椅上。皮椅还是柔软如初的。然后，懒倦地说上一声，起风了啊。再似不经意挥一挥手，秘书小年和樱梦园的王小姐就走过去拉上窗户的内帏和外帏布。等两人干得差不多了，他想起什么似的，说，噢，留上一扇窗，把左边那扇窗开着。树超要看看夜色。他看着夜色的递变就感到整个身心是这样静下来的——和这夜色一样，都在潜滋暗长，悄然不觉。看着窗外，他又觉得自己到现如今都还保持着这份赏夜的闲情逸致，真可谓官场上的奇迹，现在还有几个官场中人知道夜色是一点一点攒起来的呢？早就纸醉金迷了。

　　秘书小年在他眼前晃来晃去。是他让秘书小年穿中山装做事，永远都那么笔挺，还有公事公办的严肃劲。当初他就信口那么提到一下，当秘书的穿着中山装看起来很得体。于是小年一年到头不分季节地拿着几件中山装换来换去。有时田树超在心里笑这小年拍马屁也拍得太不含糊了，拿自己身体豁了出去也不分个春秋冬夏，但总的来说他还是挺喜欢小年的。这也不算是自己吃马屁这一套，他想，谁对自己恭敬一点，自己是条件反射性地就会喜欢他一点，人嘛，人同此心心同此理啊。不受别人尊重，这做官的又有个鸟劲？

　　然后，他依旧似不经意挥一挥手，小年也就知道是到打电话邀人的时候了。小年那口 M 县口音首先就有那么股子谄媚的味道。他越来越觉得，要有个像样的秘书——起码是小年这样的，才能够让这官也有官味起来。

若是没有另外指示，小年知道应该打给副县长田树帜和财政局长田树培。在教育局的田树先来得很少，建行行长田树年稍微频繁一点。

小年拨完电话，田树超就把头枕起来静听外面车来的声音。几个人的车都不同，日子久了他听声音就能分辨出来。他听出这次来的是树先和树年——一个车的响声是最粗糙的而另一个又最细腻。

本来田树年是不喜欢玩这牌的。这可能和先天禀赋有关，树年的业余爱好一直是搞女人，在县上很有名。当年读小学的时候，大家在河里洗澡，裸着体在河滩上倒立，树年下面的东西露出来，大得够呛，像个鼓槌可以敲响器。长大了，树年很喜欢发挥特长，八十年代风气还很正的时候，他一度把单位闹得鸡飞狗跳。现在人们见多不怪了，但树年显然就没有以前旺得起来。树年时有生不逢时的感叹，老跟人说，喊，当年政策硬，我比政策更硬，现在政策软了，我也比政策更软。

对于女人，田树超也有一套想法，基本观点是点到为止，比如说讲讲不荤不素的话啦、舞会上跳跳国标啦，而且跳舞时搂住腰就行了，不必再往下摸。不来一点不行，没必要把自己弄得像个斯多喀主义者，那只会被人认为没有亲和力没有生趣——做官和演戏的女人一样，是需要人气的。再者说，喜欢和女同志亲近些，给人的感觉通常是这人精力还不错，还有很好的工作本钱。但不知个度也不行，树年就是很好的例证，以前总以为这群人里面数他脑子最活，最有往上爬的后劲，可现在反而是树帜快一点。树年差就差在总也管不住那东西。

田树超把这一套想法归总为两句话：好色而不好淫，风流而不下流。

田树年是在爱人的鼓励下打牌的。一开始他上桌偶尔摸一摸，爱人就愁得厉害，她想家里这老东西一半心思在别的女人身上，现在又要把另一半心思往牌桌上用了，那还得了？是田树超的爱人葛兰去做她的工作。葛兰说，就应该让树年上上牌桌。人的精力毕竟是有限的，投入了一样肯定就会放淡别的心思——总得有一样爱好把男人给吊着。再说，从女人的角度看来，好赌给家庭带来的危害总归比好色轻一些——前者是经济上的而后者是感情上的。葛兰还说，又不是外人，在树达那里打牌，钱翻来覆去还不是在几个田树×中间流通？肉烂了也在锅里的。这样一说，田树年的女人便想通了，一问树年是上樱梦园，就不闻不问。田树年见爱人在这一头放得宽松，而且年龄不饶人，搞女人的劲头逐渐日薄西山，所以去樱梦园去得多了，一来二去也染了牌瘾。

树先说，树帜有个急事，刚才打电话叫我来替他，我也就来了。树年说，树培也来不了，刚才也是他打电话叫我顶他。

田树超就说，什么替啊顶啊，拿钱来玩牌的是谁还不一样。

树达再进到屋子里以后，王小姐就把牌桌摆上，拿出一副金箔扑克，帮几个人洗牌分牌。最近几年流行的扑克玩法是斗地主，几个姓田的也不例外。议好了彩头大小，就开始争庄家——这天议好了以二十块为一级。

首先是树年连抢了几回庄，但都没有保住，连连送钱。他便嚷嚷，说是树达故意叫了那么漂亮的小姐来动摇他的军心。树达凑趣地说，那好办啊，完事了叫王小姐赔给你就是。树年就说，少他妈来糖衣炮弹，现在我是洗心革面了。

树超叫王小姐下去，说是觉得要个女人来发牌是有点不像样，各人都长得有手，也该做些诸如摸牌之类的小事，否则真是不像话。

王小姐一走树年就不那么争庄了，接下来是树先争得特别凶，每次都叫到六十分以下。树年就说，树先你行啊，这几天专门把性生活戒掉了吧，叫起来底气倒是挺足的。树先就讪笑着说，树年你说话是离不了本行了啊。我只是觉得，争庄当地主就有一种以一敌三的快感。树超清着抓到手上的牌说，怕是一种专门与人民大众为敌的快感吧。说得桌上诸人都笑了，树先说，都一样是赌桌上的人，也不怕你扣帽子。

很快转入了沉默。小王放起 CD 碟子，理查德·克莱德曼的，这钢琴曲时下流行，听着又不是那么俗，适合众人口味。几个人在悠扬的曲子中把甩牌速度渐渐放慢了下来。

手机都拿了下来，搁不远处的茶几上。来电话由小年代接，几个人都给小年放了权，只要小年认为是不太重要，一概挡驾。那几个手机来电时的鸣声此起彼伏，小年就把手机移到旁边那间房去。

树先赢了几手，过十点半，手气明显有了个大滑坡，接连地被另三人斗倒，到手的一些钱吐得极快。后来树先抢起庄来变得谨慎，桌上诸人都有了坐庄以一对三的机会，但一看底牌不理想，就提出封牌，拿出钱铺底子滚入下一回。各人都铺了几个底。等铺底的钱都积累的有了几百块，树先忽然争到庄打出个极漂亮的金奖，不但提了所有的底金，还赢来一百八。树达就说，眼睛都花了，休息一下。

一看表，也快凌晨了。

到这个时候通常都是休息一会儿的。王小姐照吩咐去拿些吃的，这天这四人要了两碗牛腩面两碗马肉粉。吃着东西，几人又谈起了刚才打扑克过程中技战术的得失，总结经验。说着说着树超愣生生地一笑。树先问，想到什么鸟事？

树超说，现在有人说，老师连麻将子都认不全。我看未必。我从你身上看出来了，老师也够心狠手辣。

树先说，别说我啊，早下一线了。我们现在到了这个份上，也该娱乐娱乐了。要是真有玩的，谁不会玩谁又不愿玩啊？平心说我们还真的是操劳了半辈子……

树先一句话说得戛然而止，像是想起什么来。树年见他有些呆滞，拍了他一下，说，树先怎么了？

树先说，脑子里突然冒出个什么事，到了嘴边一下子又说不上了。

树达揶揄地说，树先啊，那老年痴呆的事怕是还要等两年才来吧。

树先放下碗筷抽起一支烟，这才说，是了，昨天树海——就是我们菀头村现在的那个小学校长——来开会，碰见我就讲起一个事。我们那有个文件，解放后历年来，凡经正式聘用过的老师现在都可以领一些补助。钱也不是很多，一个月就一百二，但是，到了农村这也很够意思的了。那个田老反……

小学时教我们的那个反革命？树年问。

对，我们都被他教过的。树先说，他现在拿不出证明，也就领不到那钱。他儿子树才弱智，日子过得挺难，所以他也就很在乎这百来块钱。

那个田老反，唔。树超说，我对田老师还是蛮有感情的，那时他教书还是蛮负责任的。我们也算是从他手底下出来的嘛。

树年说，我看倒未必。小学老师，再怎么说也就起到启蒙的作用，要说造就人才，怕是牵强了点。

树超说，我看，启蒙的老师往往相当起作用。特别在农村，能有个好老师开导挺不容易。

树达也说，我完全同意树超说的……也不是拍他马屁，我们几个用不着啊。比如说，田老反下去以后换上个叫田……

田和青。树先补充说。

对，那家伙是叫这名。树达接着说，他当老师那十来年，没往县上送过一个人。这其实已经很明显了。我们这一堆别人管叫田树×的能出来，田老反当初起的作用是必须承认的。

田树超抽着烟，若有所思地说，田老……师嘛，我记得他年轻时候长得挺精神，也不知现在怎么样了？

树先说，老都老了，能怎样？

正说着，隔壁房里手机又响了。小年抓起树先的机子，一看，显示屏那串数字看着眼熟，一时没想起是谁。小年用那一贯地彬彬有礼的声音说，你好。

那边拨打的人一听不是树先本人，也就客气地说，请找一下田树先。

小年想，一定是有什么事找帮忙的。这类找帮忙的人，是首当其冲得挡驾掉的。于是小年就说，田局长出去了，手机撂到这里没有带。

那边的人便有点发火，说，小年你连我的声音都听不出来了？我倒是还听见那边放着钢琴曲哩。

小年就骂自己一时大意，连田县的声音也没能听出来。口里道着歉，就忙把手机递到隔壁去。

当代中国最具实力中青年作家书系

树先拿着手机到外面凉台上回话。屋内几个人继续着刚才的话题。树年一边洗着牌一边说，依我看，田老反的教书水平，是真不敢恭维，那时有很多字他都教错的——酝酿他读成"温壤"，还有，我三十多了有时不小心还要把钓鱼读成"钩鱼"。小时候受到的教育真他妈要命，现在再想纠正就难了。

不能这么看问题。树达说，那年代也就这样，知识水平普遍低下，乡村的小学教师难免良莠不齐。但是我好像记得，这个田老反教书那会儿是很有激情的，说起话来有很大的煽动性。这一点，在那个时候真是不多见的。

树超一边抓牌一边说，我看树达是看出点道道的。

树年说，你们这么一说我倒有点想起来了，是有这么回事。用现在的话说，田老反当时还真是有些唱高调，但在五几年，特别在一个乡旮旯里，能那么唱高调，不简单。

正说着，树先进到里头来。像是有些冒火，把手机信手一扔，扔在了远处一张布面沙发上。嘴上说，树帜今年有些变了，不就是升个副县嘛，话就说得老鸟多了。

树超说，是什么事好好说嘛，大家又不是生人。树先爱发唠叨，树超有些看不上眼。

还不是田老反的事。树先说，树帜他老子晚上从菟头来了，跟他说起这事，他就问我。问就问吧，话讲清楚了他就跟老子也下起指示了，说要我务必把田老反这笔补助金的事办好。你看，好像是我办得好，偏就不愿意给田老反办一样。

你们小我们一年，不知道里面的窍窍。树达和事佬一样的，说，我们那个班上，树帜是对田老反最有感情的。树帜他老娘死的那会儿，树帜是再不打算读书了，他家里也不让他读。田老反就到他家里做工作，还跟他老子赌起咒来，说要是树帜成年后不成个人物不在县里捞上一份工作，他田老反就到树帜家一起干活，算是树帜他老子白白捡来个儿子。这样，树帜才又读了下去。

树超不失时机地说，对，就是这点……你们想想，在那个时候田老反对教育有那么高的认识，他的思想绝对是超前的。现在乡下很多老师还没这份觉悟。

树年发了一沓连对牌，说，今晚上说着说着是怎么又说到教育方法上去的？有时话题跑得真快，开始我们是要说什么来着？

树先说，是说田老反领不到那一百二十块钱。

树超说，腊月又要到了，我们那事也得做做准备。

树年赢了这局，他收着钱说，什么？

送东西下乡啊。树达说，老传统了。

这是他们六人共同的节目。每年到了年底，他们各家都从箱底里清出一些旧衣服旧用品，打好包一齐送乡下去。每年总是能清出一大堆款式过时的衣裤，虽然说不上旧，但也是知道，再不会穿出去了。把这些东西送到乡下去真是一举两得的好事。树超的爱人因为树超乡下亲戚老有事来烦，生过几回气，笑他是夹着尾巴的人，说得树超有点难堪。但一到年底，树超爱人便要说，乡下有亲戚真还有用，要不然，那么多过时的东西真还不好处理。树超听到这种话，就有点不痛快，他想你不就是生在小县城里嘛，凭什么把乡下人都看成捡破烂的？有时候人的优越感真是来得很便宜。但有什么办法呢，这些旧东西一拿下乡去，很快就会分发一空。

这传统保持得有几年了，县委里有个小伙子挺机灵地写了篇稿，发在地方党报上，题目叫作《年年情牵故乡土，岁岁回报养育恩》，说的就是他们这档事。以后一到年底，他们六人所在的单位总是有很多人找来几捆旧衣旧被送来，说是请一同往乡下送一送。树超看着别人拿着旧东西往自己手上送，心里就不舒服，心想你们又想送人情又想找便宜的，哪来的那么容易？收是收了，过后他也忘了谁送过什么。

反正都是没地方放的旧东西。他想。

又摸起牌来。树达说，今年下乡，我们几个人怕是要凑几车货吧。我们单位那一伙这一阵马屁拍得紧了，老是塞来旧东西，像是把我当成收废品的老头了。我靠，我那里的东西都够装一辆农用车。

树超说，如果东西太多了，我们再找几个穷点的村子送一送，不要老往菀头一个地方送，别人有看法。

树年就笑了起来，说，现在真是，送点旧东西也怕有人来看法。

树超说，还有，田老反那事可能一时半会儿也办不好。我们去了后，不光给他发一点东西，钱也要给一点。当然，不要多，多了也不好。

树先说，把那一百二十块给他搞到是最好的，那就比较稳定了。而且，国家发给他的和我们作为学生给他的又有不同——国家发的，不单单是钱，更重要的，它还包含了对田老反的一种肯定。田老反挺在乎这个。据我所知，当初他被田和青替下来，他一直都在耿耿于怀，和田和青搞不来。

树超说，树先说得有道理，那这个事应该是你去多费费心了。

树先说，可能不是那么容易，要去找找以前的档案。要是有什么发现，我及时向你汇报就是了。

树先说这话依然是正经的样子。其他几人都笑了起来，说，树先你省点了，这只是在牌桌上。

之后，树年说，也来些荤段子醒醒神吧，再老是那么正儿八经，叫人怎么不打瞌睡啊。然后他就起了个头，说起个有关某领导的荤段子。诸人果然精神一爽，纷纷争着讲了起来。除了荤段子，还有政治笑话。当然，把两者结合起来的也不少——即以某领导为主人公的荤段子。用树年的话说，这便是突出和强调"政治性"。

树超正转述着一个小会上听来的故事，忽然想起什么，话题一转，就说，你们说，我们在这里说别人的段子，我们自己又闹出了多少段子正在被别人说呢？

你倒是有点反思精神。树先清着手里的牌说，谁个背后不说人，谁个背后不被说，很正常的。像我们这样当个小萝卜头的人，少不了得在几个笑话里当当主人公的。

树年也说，这倒不假。也许，我们在这里打牌的事在外面就有段子。听说县里正有几个民歌作者每天都要编出那么一首讽刺诗打油诗，忙着找材料呢。

不过据我所知，树先说，我们送旧货下乡帮扶的事，外面就有说头。

树超说，那是免不了的事，其实又有什么作用？

作用就是，树达说，帮助人们在半夜打牌时提提神，鼓舞一下斗志。之后树达把最后一手牌铺下来，说，不好意思啦，这手我怕是又要完胜各位了。

三

树帜的父亲是在中午时候打来电话的。树帜的爱人纪茹接的电话。树帜的父亲田银宽劈头盖脸还是那句话：

找我崽！

说得铿铿极了。有几次打到树帜的办公室里，其他人接的转给树帜——这便又成了一则轶闻，小范围流传开来。树帜跟父亲交代过多次，说在电话里这样不好。可田银宽还有些来气，说我这又不是吹大牛，硬要编个县长当儿子。你是不是不想认我了？

树帜于是也没法，就说以后要来电话就在中午晚上往家里打吧。老人家倒是把这话听了进去。

纪茹到客厅叫树帜接电话。树帜正在看电视里的中央领导讲话，就问是谁打来的。纪茹强自忍着笑，模仿着说，找我崽。树帜的脸皮便有些下沉，起身去接。

田银宽说，下午有事，要来一趟。树帜说，你能有什么事呢，电话里讲不清楚吗？田银宽说，就你能有事我就不能有事？巧卵了，我这个没事的人真是找事，才生了你这个成天有事的。

树帜知道父亲这几年心里憋着。家里换成三室一厅的大房子以后，父亲就提出要住进来——他也知道这倒不是父亲本人的意思，是树达把父亲接进城以后，村里人都在关注着其他几位老人几时也进城去住。村里人问的次数多了，田银宽的老脸就有些挂不住，跟树帜讲起过这个意思。树帜认为自己应是责无旁贷地把老人家接进来，因为从自己八岁那年开始父亲做了鳏夫，直到如今。他隐隐地探问过纪茹的意思，后来试着把父亲接家里住几日，很明显，爱人和父亲的关系并不能朝着自己设想的方面发展。后来田银宽主动提出不住上来了，回到莞头还跟村里人说是城里实在住不惯——在三楼，不接地气，全身犯老病。所幸的是，这以后纪茹对老人家的态度明显有了改变，还提出每月给老人的零用加一点。树帜以为得了个皆大欢喜的结果，可是每回接父亲打来的电话听他的口气，就知道，他仍然在心里憋着。

树帜尽量放缓声音说，爸，你要来就来好了。记住要搭中巴，小四轮别坐。

晚上田银宽来了以后，告诉树帜有关田老反的情况。田老反要田树海去说他的事，过后想想树海待理不理的样子，实在是靠不住，就去找了田银宽。田银宽在村里是和田老反最有感情的一个，他一直认为，儿子树帜今天能到这份上，全是田老反那时候算准了的，所以敢打那个赌。田老反来了田银宽就留他喝酒，田老反也不客气。喝得有点上脸了，田老反才想起来这里的正题，于是就把领补助的事讲出来。田银宽不知道这事该怎么办，可是想想也义不容辞，便拍起胸脯把话应承得很满。他相信儿子堂堂的一县之长，应该能帮这个忙的。再者田银宽想，一村老少都知道田老反当过老师，现在要证明一下，估计也是三个手指捏田螺的事，没有办不成的道理。酒醒以后他不失信，打个电话就进城去了。

树帜说，这事不找我，要跟树先说，他是专门搞教育那一摊子的。

田银宽说，我晓得，不过你可以催催他让他把这事更当成个事——你当的官不是比他的大一点嘛。

树帜感到好笑，他想现在也真是，人人都知道官大一级压死人的道理，就说，爸，你放心，树先也不是外人，他能办好的话也用不着别人说。

田银宽说，我是答应过田老反的，这话你一定得说，要不然我这不是在日弄人家田老反？

树帜说，好好，我过后一定催催树先。

田银宽抽着烟袋，一想还是不放心，就说，**现在你们事多，**放到明天说不定就忘了。趁热，你当着我面给树先挂一个电话，也让我好放了心回去。

树帜便被自己老子弄得有些难堪。纪茹笑了，儿子正康也笑了。正康还说，爷，你办事真是负责到底。田银宽没听明白——孙子讲的话不夹一丁点乡音，他听起来就很吃力。但看表情知道孙子大概是在表扬自己，田银宽就笑了。

树帜站到了窗前，把深色的窗帘布拉开一小片，放眼看向外边。田银宽又催促了一遍，他没法，拨了电话。

他心里面毕竟是有些乱了，跟树先说着话就有些官腔官调，平时倒真没这样说。他还说了几个"务必"，提高了声音，为的是让旁边的田银宽听见，好交了这个差。

树帜放下电话，田银宽说，这就对了。千万别忘记了，老反当初是怎么劝到我们家里来的，没他，还真没有你今天这副人样。

晚上田银宽跟正康睡一起。这俩爷孙在一起睡，竟然有的是话说，声音不小心就放得很大。田树帜就怕这个。他睡觉必须得一蹴而就，如果开始那阵听见了猫叫春什么的，会有大半夜精神亢奋。他本想和纪茹说些什么。他们已经有很久很久没吹过枕头风了。按说纪茹正当更年期，晚上不应该睡得那么好，可是恰恰相反，纪茹倒是越来越能睡，像年轻了一样。于是树帜半坐在床上，抽起烟来。

他想起了从前。

他对自己老家菟头的回忆，总是从一片密密麻麻的树林开始的。那时候树木是那么繁茂，以致家长总是对他们交代不要独自进林子里。可是现在回去是看不到几棵树的。然后就想起了初小的生活。当时田老反还不叫田老反，村上的人都尊重地叫他田老师。每家的神龛的正中处都写着"天地君亲师"的字样，都有淳朴的尊师重教意识，所以那时候田老反的日子实在算过得不错。在树帜的印象里，那时二十多岁的田老反完全是一副丰神俊朗的书生形象。每当天气稍稍地冷起来，田老反就会披上那漂亮的军用呢子大氅，和他的爱人四处走走，四处看看——关于爱人这叫法，在兜头村是肇始于田老反的，在此之前全是叫作婆娘。田老反说那太不雅，要换一换。

那件衣是田老反四九年从O县拣来的。树帜一直认为那件军氅是他童年时期见过的最好的衣服。

田老反的家庭生活，在当时看来是异常幸福的。他有个十分漂亮迷人的女人——女人和军氅一样，也是四九年从O县拣来的。那个和村里女人全不是一回事的女人，从三月初暖到十月初冷时分，都会穿着华贵灼目的旗袍——即使在干轻活时也不脱去。旗袍勾勒出了她一身村里人从来没有看到过的曲线。从那以后村里人才知道，原来女人的美丽还可以在脸部以外的地方体现。这样，田老反和他的爱人当仁不让地成为了村里最受瞩目的一对，在别人看来，真难想象当时的田老反还能有什么不满足的。谁又知道田老反弄来的这个女人，是在为日后的不幸埋下伏笔呢？

树帜心里很清楚，如果说田老反当时的教育出了些成绩的话，那么这和田老反本人的榜样力量是分不开的。他回忆自己少年时那些隐秘的心理，他发现，正是田老反和他爱人共同构成的美好形象引发了自己对未来的憧憬，有了出去闯一闯的强烈欲望。

其实现在看来真的也算不上什么：下午散学的时候田老反送他们出校门，田老反披着那暗黄色的军氅在暗黄色的地方送他们，他们走得很远了田老反还在目送他们，当发现学生里头的某一个忽然转过头来看向学校这方，田老反就会挥一挥手臂像是示意快点回去，然后田老反的爱人身着旗袍，款款地走来叫田老反也回家吃饭。

极简单的生活场景而已。

可是那个时候，这些简单的生活场景为何又能激发如此浪漫的理解呢？树帜知道正是当年这平平常常的一个教师家庭，无缘无故就使他联想到外面的一切——自己还不曾看到的一切都像田老反两口子那样美好、精彩。那时他想，天呐，必须出去活在外面，起码也活出田老师的那种样子，要不然还真他妈不如不活了。那是一种超乎寻常的动力，弄得自己一直发奋用功，混到五十多岁终于就成了今天这样。正如田老反以前所说，树年属于天资聪明而他树帜属于笨鸟先飞。他知道他有了今天的这点成绩，其初衷绝不是教育儿子正康时所说的那样纯粹和高尚。

当然，除此之外的确也不可忽略了田老反独有的一套方法。田老反自身的知识水平是有限的，田老反在专业知识方面的不足使得现在撂下许多话柄供树年来开涮——树年总是爱拿田老反以前教错了的字词句当笑话讲。但树帜记得，田老反年轻时是富有激情的——这也许和他婚姻的美满家庭的幸福密不可分。田老反在那时就别具一格地爱带着学生们深入户外，去玩一玩看一看他们再稔熟不过的山野溪涧。他们的出游伴着田老反的讲述，这就使得他们对这看厌了的山水突然有了焕然一新的认识。田老反还随机地尽可能地给学生讲授他所知道的那一点点生物知识。这是当时教学大纲上不会有的东西，但从中就更能看出田老反教育意识的超前。当然，就田老反本人说，这种意识又是无意识的。他本人也根本不会想到这能对学生起什么样的作用。

还有，树帜记得田老反不避讳跟他们讲外面是多么的美好，总是用美丽的将来激发他们当前的学习兴趣。这和当时人们主流的意识观念大有不同。那个时候崇尚的是知足常乐，绝大多数教员跟学生讲到学习目的时都尽量搞得低调，叫他们务实，教他们人应该无所求。特别在农村，一进小学，老师就没忘了跟他们说其实在农村干活也是很好的事情，也是一样光荣的。那时把幻想啊憧憬啊不加分辨地一概视为好高骛远。但田老反不是这样。

树帜认为，正是田老反教书时的这份热情劲弥补了他在专业知识上的不足。

还有，树帜记得，田老反不时地蹦出几句很诗意的话。比如说，当时田老反的学生大都是树字辈，结合这一情境，田老反就数次说，你们这些姓田的树啊，要快点长大起来像林子一样，要能撑得起一片天来！

树帜觉得，在五十年代，更是在蒐头那样的穷乡僻壤里，田老反能说出这种有激情有诗性的话，不啻是个奇迹。

还是没有睡着。树帜掏出盒子里最后一支烟来。

他想起了不久以后田老反生活上的巨大变化。后来老反因为四九年那趟O县之行成了反革命，从而就有了现在这个名字"田老反"，生活也全不是以前那个样。村里整他的人很多，而且和他差不多年纪的男人好像对他尤其厉害——谁叫前些年他的日子在别人看来是那么风光呢。那时树帜已经到县里读高小了，逢假期回到蒐头来。他看见田老反的日子真是每况愈下。那时他爱人才生下第一个孩子树月，于是，田老反把那件引以为豪的军氅拿出来，叫人改成了本地专门用于包裹小孩的"和衫"。他的衣服没有了，他的小女儿天天把尿撒在和衫里。

特别是这几年，当树帜逢年节回家看一看，才发现田老反已经老成了那个样，还有他家里空空如也的样子，使树帜很容易就用上了触目惊心这词。

抚今追昔，树帜在想，现在谁又能从田老反这老皮老脸的模样里想象得到五十年代初他那英俊的样子？那太不可能了。田老反真的太老了，他脸上的沟壑比自己家里那只老头狗的皱纹更加生动，而年节时给他一点微不足道的救济物品，他又笑逐颜开。

树帜有时不禁在怀疑：这就是当初用自身的美好深深鼓舞过我的那个人吗？人啊，人人都在怕无常鬼，可是人本身就是无常。

树帜感到真正累了，于是对自己说，也用不着老去想别人呵，自己转眼也到五十多了，很快也会赶上田老反那种模样的。

树帜掐灭那枚烟的烟蒂，在黑暗中摸了摸自己业已部分起皱的脸。

田银宽回去后的第二天，纪茹没上班，树帜叫她把家里没用的东西清一下。

又到年底了。树帜说，这次就清理个彻底，把那些穿不着的衣物都送到乡下去。

树帜整了整衣服，对着镜子看了看。又是开会又是有他讲话的地方，他没忘记注意一下形象。自我感觉还是可以的，除了头发有些脱落外，其他一切都还显得有精神。两年前他发现头发开始成束成束地脱落时有些惊慌，可是现在已经习惯了。

他对自己说，不就是一些毛嘛。

照完镜子他想起来了，就跟在另一间房的纪茹说，去年我不是买了件黑的呢子大衣嘛，平时也不穿，我看就清出来一起送下去得了。

他忽然想到要把那件衣送给田老反，虽然那衣不是暗黄色的。他在想，现在的田老反穿起那衣服又会是什么样的？

纪茹在另一间房模糊地唔了一声。

树帜提个包就出去了。下楼时他想，这个会上可能会碰到树先的，会后要问一问他，给田老反搞补助的那个事到底搞得怎么样了。

树帜在会上没看见树先。在这一天里他忽然不想给树先挂电话。回去后看见纪茹把家弄得很乱，衣物啊没用的杂物啊都堆了起来。儿子正康在一旁看着她忙，根本没有帮上一把的意思。他就有些感叹。

纪茹跟他说，现在也真是，年年往乡下送东西，可是到了年底稍微一清理，又清出来这么多。

树帜吸起烟来，他查看了一下那两大堆衣物，没看见有早上跟她说起的那件黑呢子大衣。他问纪茹，纪茹就说，那件衣服还很好，没有破什么，也没有过时，送下去给乡里人穿还真是有点浪费。

这话树帜就有些不爱听。他说，什么浪费不浪费，乡里人穿着怎么啦，我就是乡里来的又怎么啦？

纪茹说，你也实事求是点，这么大的一件衣服，乡里人穿起来还干得动活么？

看着电视的正康说话了。他用揶揄的口气说，说白了，不就是那件黑呢子衣要几百块钱嘛。你看你找出来的那一堆……正康伸出一个指头指了指，说，那两堆衣里头能找出一件上百块的衣服么？你们送下去的衣服，一要自己不穿，除此还不行，第二个条件，是这衣服还得不值钱。

纪茹的脸显然就有些挂不住。树帜忍不住对儿子说，你懂个屁。

他注意到，儿子正康已经到了比较尖锐的年龄，开始有了完全属于自己的一套想法，而且说起话来也相应地越来越刻薄越来越顶撞。但很多时候，他又不得不承认，正康的想法虽然偏激但是听来又言之凿凿。他感到儿子的话越来越具有"威胁"了。

他说，你知道个屁，树年叔叔他们送出去的还比不上这个，我们送的算是不错了。

话刚一说，他就觉得这话说得没水平，有漏洞的。

正康仍是不屑地说，对，如果简单地攀比一下，做个样子的话，这两堆衣服真是显得很大方了很体恤农民了。

纪茹又念起了她的比较论来，说，正康你是不在农村生活过不知道农民的苦，他们有了这些衣服穿就是很不错了。你们追求时髦一点漂亮一点，但他们不一样。不能老是以你的眼光把这些都看得一文不值，把我们的行为都看成虚伪的表现。我看毛主席的上山下乡运动还是有必要，饿你三天你就知道苕皮子拿盐卤一卤也是点心菜了。

正康说，我看，要是乡里那些人能够不接受你们送的这些破衣服，要是能够对你们的这些馈赠嗤之以鼻，那他们就有希望了。

树帜觉得儿子这话讲得有冲击力，有一股少壮的豪情，而且似乎也是合乎自己的一些想法。但自己嘴上说出来的却是，你们这些要大不大的孩子都这样，一个比一个会唱高调。那你还想要我和你妈怎么干，才算是仁至义尽的呢？

我还不是你们想象的那么简单。我想就你们的收入水平来说，如果送几件破衣服都算是慷慨赠与的话，那么，那些下岗职工给灾区捐个一百块钱，简直就是上帝了。如果你真的对老家的人那么有感情，那么……正康说，你们怎么没有把爷爷接来住？

四

树先那天去上班时，路过局档案室的门口，一下子像是想起什么事来，就走进去问档案员小郜，说，小郜，有个事要麻烦你一下。小郜说，找什么档案吧局长。

树先说是。他又想了想，才想起还不知道田老反的真名叫什么。他说，教师的人事档案有没有——五十年代的老档案。

小郜说，前回才整理了一次，有的乡镇有，但有的乡镇找不到了……是哪个老教师找你搞补贴的申报吧。

树先说，是。他给小郜发一支烟，小郜连忙凑过去一些帮他点上。小郜说，局长，前回我们整理出来的查实了的，都造好名单报到州局了。其他的，就是没有档案的。我们局先后搬几次家，老档案掉一半剩一半。要是上次没得到通知，现在再找怕是也找不出来的。

树先一愣，他进来后简直还没待反应过来，小郜就把他要问的事回答了个干净利落。小郜问他还有什么事没有，他就说，你看，你都说得没有一点希望了，我还能要你帮什么鸟忙啊。

小郜说，那也不是一点希望都没有。那个退休了的老魏说不定能帮着找一找——以前他干这个干几十年了，老档案要丢也是在他手上丢掉的。

树先还真没想到要这么兴师动众地去查田老反的档案，他原只打算进来问问，找不到也就算了。可是既然小郜都这么说了，他顺势便问，那又怎么去找老魏？

我也没有他家的电话。小郜稍一考虑就对树先说，这几天不是在发工资嘛，你去跟财务科的通通气，等老魏来领钱，叫财务科的要他来找你就行了。

树先说，你的反应倒是蛮快。

小郜说，这叫业务精通，工作能力强。

树先忍不住乐了，说，现在你们小年轻个个都不谦虚。小郜也乐得和局长打趣，他说，把美德都留给你们老同志好了。

从档案室出来，树先想想刚才小郜说的也不麻烦。事不宜迟，他怕过一会儿又把这事忘了，就去了趟财务科跟会计王引娣打个招呼。王引娣说，等老魏来我马上跟他说。

树先说，也不是很急。

结果次日下午，退休的档案员老魏就来单位领钱了。老魏签字时王引娣告诉他，田局长在找你，你去一下。老魏数着钱，说，我都退休了能找我有什么事？

我怎么知道？王引娣就说，是不是退下了闲得慌，又搞出作风问题了？

我和你那回事你没跟人说吧？老魏一张嘴也毫不示弱，财务科的人全笑了。

这时树先正在外面廊上走着，听见财务室里很热闹，便走了进去，对里面所有人说，又是谁在编段子？树先总是喜欢在别人说笑的时候走到那一堆里去，居高临下地问一问到底发生了什么。在这种融洽的气氛当中，他最能体会到与群众打成一片的乐趣。

老魏不认识他，他也不认识老魏。以前老魏在的时候树先还在下面教书。王引娣做了个介绍，树先就说，你就是老魏？来我办公室里坐坐。

树先给老魏说起田老反的事，老魏不停地说，乡下的老教师确实不容易，不容易。树先问他，老魏，还记得以前单位搬迁的时候，那些老档案都放到哪去了？不至于当废纸卖了吧？

老魏说，不会不会。以前刚搬那时，这边档案室还放不下，老档案是搭哪个单位的仓库放一放来着……老魏一只手敲起脑袋，另一只手抚着桌上的国旗党旗。他显然在费力地想，过一刻仍是没想出个所以然来，忽然就问起树先，我们单位搬过来，那老地方现在是哪个单位占着？

树先说，我怎么知道。

老魏又敲一阵子脑袋，终于还是想出来了，说，是了，线路局，线路局。说着脸上就有些兴奋。

树先没有说话。老魏的记性都垮到这个份上，树先想，也别难为他了。他看了看外面，他想今晚要去樱梦园里翻本——昨天得工资了手气却不行，他输得痛快，今天回去就只有跟爱人先编话说一说。

老魏说，局长，你说你们那个老教师叫什么名字？真名不会是田……老反吧？

我也记不得了，肯定不是田老反。他被定为反革命后才叫田老反的。树先说，你可以把蔸头村老师所有的档案都找找看，都找出来了也没有几份。

老魏说，那是，那是。

树先说，找不到也算了，想必也不是那么好找的。

老魏却蛮有信心地说，我一定好好地找一找看。只要没人把那东西丢掉，它就总在哪个地方躺着。

老魏走了。树先看看老魏背后那蹒跚的样子，他想现在真是，连一个退了休的嘴巴也滑得可以。现在的人总是把话说得很好，鬼又知道他出了这个门以后还会不会记起允诺过的事情来。现在的人都这样。

树先看看表，时候还早。他蓦然间又问起自己来：田老反到底是叫什么名字，叫什么来着？好像记得，就是说不上来了。

四天后的那个晚上，在樱梦园那个房间里，人忽然来得很齐。六个姓田的树字辈的人全到了。于是就不好玩斗地主，不能把多出的两个人晾在一边。树达叫王小姐拿三副扑克来，打起了升级。树帜说，今天就玩一场素的吧。年底了，年底我们是不是也来个总结啊？

树年说，你当领导真是当成精了，晚上放放松也要来总结。

树帜说，平时开会那些哼哼哈哈的总结没意思的，我是说，我们现在在这个私人领地里说痛快点的，也吐几句老实话。

树培笑了，说，照你这话的意思，以前在会上的，都是假话了。

树帜说，树培你就会钻空子。不说了不说了，真真假假，各位心里都是有数的。不说了，玩牌。

那边房里，树先的手机响了几阵。小年看看显示屏上面显示着的是一个陌生号码，再一听声音，和这号码一样的陌生，就准备挡驾。可对方说是有重要事情，一定要和树先说一说。小年听他声音急切，就问他是谁。对方说，我是老魏啊，教育局的老魏。你跟田局长一说，他就知道了。

小年无奈，就过去向树先通报。提到老魏时，树先有些茫然，便问小年，哪个老魏？小年回答说，他说你知道的。

树达就在一旁插话说，找帮忙的都爱卖这种玄虚，生怕你不接一样。

树先一接电话就想起来了，是那个老档案员。他说，你好你好，老魏啊，你是在哪里？

老魏没能听清楚他说的，自顾自地说，田局长，我是有好消息跟你讲。

树先说，我听着的。你在哪里？

树先习惯在电话里面先问对方在哪里，这样显得关切。他喜欢这样说。

老魏也就照着答，我是在龙科明这里。

树先问，龙科明又是谁？

以前是线路局的，我找了几天，才打听到他住在这里。这里真是难找！老魏告诉他，教育局搬迁那阵子，还有一堆档案没处放，暂时存放在线路局的一个小库房里。当时，线路局的仓库管理员就是这个龙科明，现在他不在线路局了……

树先问，那，档案找到了没有？

暂时还没有。老魏接下去说，事情是这样的，后来线路局那一排仓库又转给了县第一商业大厦，商业大厦把那一排仓库又改作了门面租了出去，所以，档案就转到了丁字街的大仓库……

树先问，那还能不能找到？

老魏在那头顿了顿，说，只要在大仓库里面，就一定能找到的。

找一找也好。那边房里的人在催树先，树先最后跟老魏说，找一找也好，那再麻烦你一下，实在找不到，就算了。

然后树先挂断了电话，走到那边房里。按照座序分人，树帜树达树年同财，树培树先树超是一边。几个人摸起扑克来。三副扑克有厚厚的两垛，摸一手牌都耗去不少时间。树超就问树先，电话里是什么事？树先告诉他说，哦，对了，是田老反的事。

树帜问，是他的档案找到了？

树先说，那老档案，哪有这么容易找。是个退休的老档案员打来的，他只是说知道了档案大概的下落，这就忙着告诉我一声。

树培说，你们教育系统毕竟是教育系统，连一个退休的职员都那么有干劲。

鬼知道他有没有去找。树先说，打个电话来又不把话说死，只是说应该啊应该找得到——空头支票而已。说不定他也在家斗地主，忽然又想到了我跟他说起的事，就挂个电话来敷衍一下，顺便还送出个人情。

树达连摸得两张大王牌，不禁乐得暴露出一丝微笑。

树先说，想到什么好笑的，就说出来也来个奇文共欣赏嘛。

树达说，我是想，你说的那个老同志反正都退休了，他还急着给你送人情做什么？想入党吗？

树年插进来说，树先，上次你说的田老反那个事还没结果？有那么麻烦啊，要你们教育局拿出一份钱来真不容易。我看，我们六个人一起写个证明材料怎么样——我是在想，我们六个人六张脸皮，在县里还是值得上几个钱的，难道就证明不了一个老师的身份啊？没人会认为我们搞伪证吧。

树先就有点想笑，他想，小时候树年被认为是他们这一拨人里面最机灵最有搞头的，到现在就数他浑话说得多。转而又明白过来了：这都是树年搞女人搞多了搞成的。他说，哪是你想的那么容易，批这补助金是州局里的事，总要讲个物证吧。以前 U 县就出过这样的事：相互证明一下就敢随便填学历，公款去买假文凭。结果上头拱下来一个记者，把这事抖出去，闹成个丑闻还真丑大了，在全国范围轰动了一下。这事后风头就一直紧，我们系统的各种审批都把得严，看重物证，不管谁的脸皮值不值钱。

牌打了两圈，树帜这边坐稳了庄。这一圈是树帜拿底。他一边留底牌一边说，我看今天晚上就别来"政治性"那些俗段子了，换个严肃的话题，专门回忆一下我们的老师田老反。师恩难忘，我看，这一百来块钱都不帮他搞到手，于心难安啊。

说着，树帜就发下第一手牌。他叫的主花是方块，这下子发了一对副牌草花 K。

树培坐在树帜左手侧，他发下一对草花 8，口里也没有停，说，我觉得树帜说的是。田老反那事还得群策群力，大家都想想办法。

和树帜同财的树达早就铺下了一对草花 5，说，我提议，我们今晚就作为关于田老反一事的第一次碰头会。

树先心里想还他妈群策群力，这事还不是要由我去操心。他发下了一个 7 一个 4，说，树帜，把你一对 A 发下来，拿在手上想拿息钱啊。

树年树超很快地放了牌，他们附和着说，我对田老师，也是很有感情的——谆谆教诲难以忘怀不是？

轮了一圈，该发第二手牌。树帜很有感慨地说，师父师父，有道是一日为师，终身为父啊。说着他把手中那一对众人皆知的

A 发了下来。树达跟在后头蛮有把握地下了二十分。树先笑了，他手里的草花牌只有一个 7 一个 4，现在就用一对方块 10 蹾死树帜的一对 A，出其不意拿下四十分。

他说，说什么都是空谈，关键就是拿到那份老档案，证明田老反以前是个老师。

五

一连有好几天，田老反没有到屋外酸柚树下晒太阳。这几天都很阴，外面去不得，他在家中省了又省地烧柴。可是他秋季挖沙挖到的树苑柴不是很多，他看着柴减少，就想着一有点太阳还得出去晒。正想着这太阳就拱了出来，他在屋里忍了忍，又蹾到树下晒起来。一挨着酸柚树，他感觉背上又在发痒，于是就蹭起来。老婆死后，也没人肯帮他抓背，于是这皲皮裂缝的酸柚树成了他的老头乐。衣穿厚了，他蹭起来非常费力。有好几天没蹭痒皮子，所以这下子是越蹭越痒，越蹭越舒服。他仿佛觉得背上的痒皮都浮了起来，正像棉絮一样轻飘飘地往下飞坠。

也不知蹭了多久，田老反过瘾过足了，人也累得不行。太阳还锐利着，这在冬天是很珍贵的。田老反感到一阵惬意，脑子也灵便起来。他看看太阳的光晕，很轻易又想起了四十多年的事。

四八年时他二十四了，他记得当时自己是很吸引异性目光的。家里有一面很古老的铜镜，从里面照出的自己并不明朗，但可以大概地知道，自己的条件是能够配上一个标致的女人。村里村外很有几个女人想嫁给他，他看得出来，他妈也相中了其中的好几个。早几年前他就进了想女人的年龄。想女人想多了，晚上就有点耐不住寂寞，他从那几个女人中比较着选定一个来，都准备叫自己的妈上那一家的门去说亲了。

可是有一天的早上他还躺床上时，听见村子里热闹了起来。他披着衣出去看，原来是O县西式学堂里下来了一些穿黑裙的女学生，她们每人背上背了块两尺见方的板子，正款款地走过田老稀家的田埂。阳光一下子照在她们裸在短袖衣外的手臂上，那个二十四岁的田老反，看见她们的手臂就像重晶石一样，是半透明的，可以让阳光穿过去。他走得很近，他看见她们当中某个圆脸的女孩似乎冲他笑笑。然后女学生走过去了，后头跟来一群穿中山装的男学生。

田老反折回家去，看到母亲时，一下子就没有了叫她去说媒的念头。

二十四岁的田老反无比强烈地想，有机会得去城里找个有文化的女人，她得剪短头发敢穿半袖衣服和裙子，而且手臂得是半透明的，让阳光穿过时可以看见里面蓝色的血脉。

结果很快就有了这样的机会。四九年，他二十五岁。四月的一天，听说O县里守城的国军正在撤退，O县非常混乱，附近各个乡村的很多人纷纷结队去了O县，想乘乱打点秋风弄点什么东西回来。田老反不贪图什么东西，他读过书，这点志气还拿得出来。但他一想到O县，就浮现出去年那一群走过田埂的女学生的样子。他感到有些发抖，邻家的田银放这时邀他一起上O县看看，他就怀着与别人不一样的心事去了那里。

O县当时确实乱极了，四乡八村猛然一下涌进来无数的人，见什么捡什么，还和尚未撤出的国军散勇对着放起了枪。后来，就不仅是捡东西那么简单了，住在O县的平头百姓也在抢掠的范围

当代中国最具实力中青年作家书系

之内，死的人就更多了。田银放当时打死了两个人，自己也被别人射杀。他捡了几个银圆和一块有金色链条的表，都是托田老反带回家的。田老反尽量躲开人多混乱的地方，在一片片瓦砾中游荡。在别人清理过无数遍的地方，田老反捡得了一个气息奄奄满脸锅烟灰的女人，同时也把垫在女人身下的一袭军氅捡了来。

田老反回村以后，一度成为菟头的大笑柄。别人都捡了一些可以换钱的东西，只有他捡来一个半死不活的要倒贴饭菜养活的货。可是他把女人调理好以后，别人才发现那是一般的村里从没有见过的标致女人。她也心甘情愿嫁给了田老反。

不久全国都解放了，田老反小时候读过五年书，是村里最有文化的角色，上面就发下一本聘书，他拿着这个做起老师来。

田老反现在想起那段一生中最光彩的日子，还能偶尔地沉入一下陶然忘我的境界。紧接着一只面色凄惨的牛从他眼前走过。他仿佛被什么猛地踹了一下，他看了看太阳，不似刚才那般好了，不自觉缩了缩棉衣。

田老反在酸柚树下抽起自卷大炮筒。

五〇年某一天，他听到一个名词：四·二四事件。起先，这个名词还没有和自己关联上。村里来了很多穿黄衣服的警察，到处找人盘问，许多人被问过话后就不见了，说是带到了县里。过了两天他才知道，四·二四事件就是指去年在O县发生的事，带出去的人，听说都是参与抢东西的。

到这个时候田老反还不以为意。田老反想，我只不过捡了个快死去的女人，那件军氅，是她的东西。

有个警察来学校问他的时候，他也毫不隐瞒。田老反告诉他，我是去了，但我没有抢，更没有杀人。警察问他谁可以证明，田老反想了想，就把女人拖出来，说，她可以证明。她是我的女人，是我那时从 O 县救回来的。田老反当时还为自己有文化而暗自叫好，会用"救"这个字眼，而不是"捡"。

那个警察看看田老反又看看女人，笑一笑，在本子上记些什么，就走了。

后来，政府给四·二四事件定性为反革命事件。抓去的人不说，田老反和别的一些去了 O 县的人统统成为反革命分子——田老反这名字也是自那时候叫起的。他女人的身份给查清了。她名字倒和田老反知道的一样，是叫素音，但她身份和她的自诉就相去很远。她是国军一个营长在四·二四之前刚搞来的一个小姨太。

一对反革命！

本来村里的反革命还有不少，可是他一下子跳将出来成了最突出的。一遇集会，总是把他两口子抓上去先批一通再说。别的反革命闹下的民愤似乎不那么大，田老反记得，同村其他反革命上台去被说两句也就完事了，可是他和他女人一上台去下面就会瞬间热闹起来。他们往台上扔东西，还在下面说得他田老反从头到脚都不是个人了。他记得田银放的女人，一个脑袋终年长癣的女人，老是散布谣言说田银放就是被他害死的，还说他于心有愧才拿出一点点东西退回他们家。后来，管事的不准田银放的女人乱说话。他们说田银放家里的也没资格乱放屁，田银放幸好是死了，不死的话同样是反革命分子一个。

田老反不明白，怎么同村人一下子就对他那样凶了呢？以前，他自我觉得在这村子里人缘是非常不错的。他还在台子上思考诸如此类的问题，别人马上扔来几个臭鸡蛋，弄得他一脸浑浊的臭浆。

后来的日子自是越过越难过。

女人素音以前平平安安的时候生不出孩子，怎么生也生不出来。他就到村里草医田吊毛那里弄草药，吃了好久不见效果。田吊毛老是劝他放心放心，这药吃到一定的时候孩子自然可以怀上。打成反革命后，女人素音突然能生了，两年内生下一男一女来。生第一个，也就是树月时，什么事也没发生，母女平安，可惜却是个女孩。隔一年生下个树才，女人素音两天后就死了。这个玩了命生下的树才竟然还是个半痴半呆的。

女人死后他去问田吊毛，是不是药给的不对。那会儿田吊毛根本不把他放在眼里。他说，你这个反革命生得下痴儿子就不错了，生个正常的，又想搞反革命活动啊？

他看着怀中两眼往上翻的孩子，他知道生这么个崽，自己下辈子也翻不了身的。

田老反抽了好几根自卷烟。这时他不再回忆下去，因为他看见田和青牵着他的牛正朝这里走来，转眼就到了眼前。田和青让牛停在道旁，凑上来说，老反，晒太阳啊？

晒月亮。田老反说。

田和青没脾气，仍是嬉笑着蹿了过来，挨着田老反。田和青从兜里掏出两个焐熟的红苕，把个大的扔给田老反。田老反拍拍灰，吃起来。

田和青问田老反弄到补贴了没有。

田老反又觉得他话里有讽刺，就大气地说，那钱我拿不拿都无所谓。反正没领到钱，我以前也是个地道的老师，树培树先树达树帜他们都是从我手底下出来的。谁也不能把这事情给赖掉。

田和青不说话了，把口里的苕嚼得很响。田老反听着听着，也往咀嚼肌上使起劲来，比响。田和青听出不对劲，便又轻轻地吃起来。

好半天，田和青像是自言自语地说，唉，其实，我一直都觉得这学校的老师还是该你去当的。要是你一直都当，搞不好我们这里还要出几个树帜来——搞不好还能出比树帜他们更狠的角色来。

田老反有些不知所措，说，也不是，还是要看孩子自己的本事。这都是生就的，能读上去的小孩谁也拦不住他。

田和青说，我看不是。你教那两三年就出了那么几个，我后面教了十来年，就碰不到一个苗子好点的？跟别人我不肯说，我看我是把一些小孩浪费了。

田老反没好怎么接他的话。他吃完了那个红苕，拿手在地上揩一揩，忽然就有点后悔。他想这么多年来，田和青其实从来也没真的惹过自己，自己怎么就老把他当对头看来着？搞到底，反倒是自己显得小气度了。

田和青还在说，有时我在想呐，要是能跟你换一换——我教出几个像样的学生现在拿不到钱，而你现在拿到钱却没教出过成气候的学生，那都划得来。当老师嘛，手底下出学生总是最高兴的事。

换以前，田老反会觉得他得了便宜还讲风凉话，这次，看看他的脸色，又是很当真的。这话总归是说得他浑身舒服，他身上没有烟了，要不然他会递他一支。这么些年，从来都是田和青跟他递烟他没有回的。田和青恰在这时又递他一支烟，田老反窸窸窣窣地擦燃火柴给递了火过去。这也是他第一遭给田和青递火，轮到田和青一时反应不过来。

田和青刚要走，田树海又从老远的地方走过来了。田树海挎着他的黑革包，从县上下来。一到冬天县上就要开些总结会，评选出一堆从事乡村教育工作的优秀领导优秀个人。这几年托树先的福，他连续搞得这种奖项，拿到在他看来还欣慰的奖金。

走到田老反家的门口，田树海说，你们两个都在啊。今天太阳还不错。

田老反说，到县上开会？

田树海说，是的，到县上开会。

田和青说，老反的那事办下来没有？

田树海说，暂时还没有，老反叔的档案还没有找出来，听说不在局里，是放在别单位哪个仓库里了。树先给你留意这事，专门把一个退了休的老魏从家里找来，给你去弄这档案。这老魏退休了在家里不想出来，树先也有法子治他。树先说你现在退休金还要靠局里发哩，你敢跟我摆资格，我这里资金一紧张就没钱发了。那个老魏就再不敢跟树先调皮了，老老实实地到处去找。听树先说，那天三更半夜老魏还给他挂电话汇报进度。

当了官就是不一样，拿人都想怎么用就怎么用。田和青很有感慨，问，老反以前你是用什么个教法，把他们一个两个都弄开了官窍？

田老反说，那也不好，把人家老同志累着了可不得了。

田树海换了种口气说，老反叔，说千道万，要想证明你是老师还是要个物证。树帜树培他们都挂着你的事，到处去想办法，你自己总不好天天在这里晒太阳，也要去找一找看，才算对得起人家，你说是不是？

田老反说，要找的要找的，难得他们几个人还是那么念着我，人成就个本事不难，难得的就是一直都不忘本。

稍后田老反追加一句，我弄出来的学生都是这样。

田树海说，那回你来学校时跟我说，证书都是让谁当纸收走了，你说那么个本本有几钱重啊，卖了又到得了哪去？

田老反说，我一共是卖了十来块钱。

田和青也说，十来块钱又到得哪去，划不来啊。

田树海说，既然知道收纸的人是谁，你也得找找啊。

我要去，本来我就要去。田老反一时站了起来，他说，我明天就去——狗不去。

田老反不敢耽搁，说话的第二天就准备动身去找毛沟塘的毛桂桂。早上他跟树才说到这事，树才不愿意，说，你也是眼看着就不行的人了，还爱装得事情很多的样子。你以为你是田树海啊？

田老反说，昨天就是田树海来通知我的，他说树帜树先他们都在帮我找档案，我自己也不能老在家里面，我也要去找一找。我自己都不忙，全是让别人忙，你说这还像什么话。这主要是我的事，我不忙全让别人去忙，别人会说我不像样子。

你都已经是这个样子了，你还怕有什么不像样子的？树才说，他们没有事他们可以去找一找。可你不同，你隔天要放一次牛，走不开。

田老反有点恼火。以前看他是个有点痴呆的儿就老是惯着他。后来树才大了，也不是成天痴呆，偶尔会发几天呆而已。他的痴呆是阵发性的。田老反真想不通当初是哪一招用得不对，给儿子弄出个阵发性。树才正常的时候居多，正常的时候和田老反成天价地扯皮嚼筋，一点儿不把老子当个数。

他跟树才说，你不要天天拿牛来逼我，你多放两天天就要垮了？我跟你说，那头水牯，我早晚卖掉的。

田树才说，还没卖就要天天去放。

我肯定是要去找毛桂桂的。你是我生的，天经地义我比你大你管不了我，你有本事自己也弄出个儿子天天管着好了。田老反拍拍身上的土，很坚决地说出这几句。

田树才说，你走了我一人也不想开锅，我还是去田丁狗家里去混两天算了。

这又是田老反的一块心病。

树才因为多少有点病，人长得丑，而且适逢结婚的年龄时又被家庭成分压得紧——更重要的一条是就凭这些条件，树才还遗传得了田老反挑剔女人的毛病。他不自量力地挑啊挑，结果是一直没弄到女人。后来到了四十来岁，晚上熬不过去，就去找田丁狗的女人泄一泄内火。田丁狗是个瘸子，他女人很久以前就有了肺病，好不了却又死不了。村里人把他两口子撵在村外榉树林边住。两口子都没有什么劳动能力，过日子死活都过不出一点人样子。

田树才觉得田丁狗女人那副长相很顺眼的，反正在兜头，起码算上个中上水平。其实这是他太主观了。村里的女人都拿他开玩笑，就只有田丁狗家的那个肺病壳子从来没开过他的玩笑，正儿八经和他说话，这样他才得以看清了这女人的长相。对村里其他女人的样子，他只模模糊糊记了个大概。肺病女人对他好，于是田丁狗家的困难他就看在眼里，找空帮他家挑水。到了冬天，肺病女人根本挑不动水，田树才借看牛的功夫，把他家挑水的活计包圆了。田丁狗也是被人歧视惯了，一时不知道怎么样感谢树才才好。

有一天田丁狗一瘸一拐地摸到榉树林子深处去了，田树才又来帮他家挑水。挑了两挑，肺病女人就要他休息，他也就坐下了。

肺病女人问他搞过女人没有，他摇摇头说没搞过——摸都没摸过。肺病女人又问他怕肺病不。他说不怕，他说田丁狗都不怕我当然更加不怕。于是肺病女人就当他的面把一身脏衣服脱了。田树才看看她的两只乳房，竟然比自己想象的还要鼓一点，而且比她身体其他的部位都要白一点。他想了想，就和肺病女人到床上搞了一次。

后来就有点停不住，隔一阵非要去泄泄火不可。肺病女人夸他比田丁狗强。树才听了很得意，田丁狗就有点不好意思。

田丁狗家里缺粮，田树才就老从家里的斛桶里撮粮食往田丁狗家里送。后来，他们之间就形成了这样一个心照不宣的约定：树才送二十斤米或者二十五斤谷或者三十斤苞米，就可以和肺病女人搞上一次。田老反是发现斛桶里的粮食少了以后才知道儿子树才的秘密交易。之后田老反把米和苞米都看得很严，树才弄不到粮就不好意思去白搞肺病女人。这样一来，树才慢慢就去得少了。

现在田老反想，这也真是个问题，自己一走，树才去搞那个病女人不说，迟早要把家里的那点粮食败光不可。但是田老反是一定要去找毛桂桂的，不可能说把树才挂在屁股上。他就想摆道理说服树才不去田丁狗那里。田老反说，肺病不是发烧牙齿痛，肺病搞不好是要死人的。

田树才不信，说，巧卵了，我去了也没见怎么样。

田老反说，那是你好运气，要是再和她搞在一起，这次没得肺病终有一次会有的。迟早的事。

田树才还是不信，说，人家田丁狗都和她一起睡了这么多年，除了脚不行以外，身体还是很硬邦的。

田老反说，他不同，他是打摆子成皮绊了磨屁股长出茧了，有肺病也看不出来，指不定哪天就死在哪里。你呢，你以前肺是很好的，这就容易感染。

田树才说，我认了，有病我也认了。死就死，要死卵朝天不死万万年。

田老反看他的样子是讲不清的。田老反说那好，你得病就别回来，别和我共一个灶，把那病又传给我。

田老反说得很认真，田树才看看自己老子认真的样就喷着鼻子笑起来。树才说，爸，你看你实在是差不多了，你还怕个鸟啊，我都不怕了你还怕？

又扯了一阵皮，田老反看看天色，不想拖下去，找顶斗笠又找根棍子。他还从床底下找到一把老锁，把装米的大斛桶锁上。他身上还有点钱，给自己留十五块作为去毛沟塘的路费，剩下的全都给树才用。

田老反一个人上路了。他一走，田树才一锄头就挖下老锁，撮一编织袋的米扛到田丁狗家过了几天。

那天下午田老反搭村里田马刷的农用四轮车去了县城。一到县城天就黑完了，下起一层雨，很冷。从菟头坐中巴车到县城要六块钱，坐田马刷的农用车只要四块钱。他给了田马刷四块钱，想了想没有下车，说，马刷，我就在你这车头睡一个晚上。

田马刷说，你去树帜叔家睡啊，你是他的老师他一定好好安排你。

不去了，平时我就不去，今天也不好去麻烦他。田老反不愿意去。

田马刷说，你们当过老师的就是不一样，讲究，懂事理。说着田马刷抱来一条很大的军棉衣给田老反当被子盖，还把马达继续开了好一阵，产生一些暖气。田马刷跑到近处的粉面店吃晚饭，估计田老反还没有吃的，就送他两个肉包子。田老反在车头硬沙发上吃。他算了算，两个肉包一块钱，四块减一块钱后，这车费就变成三块了，比坐中巴便宜一半。

第二天吃下早饭，田老反身上剩不到十块钱，他有些心疼。想一想毛沟塘也不是很远，就五六十里，路也熟悉，于是就不坐车了，干脆走着去。

他记得到毛沟塘怎样走，虽然已是二三十年没去过了。出了县城，是陈井，再沿着河边路走，过大水凼、小水凼、溪现岩、风相岩和榆湾，就是了。他想起来了，那还是六几年修捞高堰水库时到的。他记得当时在工地上又认识了一个风相岩的女人，女人死了男人，带着孩子。这和他当时的处境太相像不过。两人似乎说得很来劲，他觉得照这样卜去，修完捞高堰水库以后又可以结上一次婚的。但是无论当时和那个女人谈得有多么投缘，水库一修完两人各自回家，就再也没有联系，事情自是不了了之。现在想来，是有点可惜的。

那天地上还没有干过来，满是泥。泥多的地方田老反就很小心，路稍干一点他走得轻快了，又不断想起过去的事，所以感觉也不是很累人。到下午五点钟光景，他走到了毛沟塘的村口。

迎面一户人家。田老反走过去想问一问毛桂桂家在哪里。刚走到门槛处，里面坐着的中年女人看见了他就疾疾往里间去。他莫名其妙地看了一看，女人就端来一瓢温水给他喝。女人一边向他走来一边告诉他，男人不在，她自己身上从来不带钱的。

这搞得田老反更加莫名其妙，他想，你有没有钱关我个鸟事

当代中国最具实力中青年作家书系

啊。同时他喝几口水，喝水的时候才发现口渴得厉害。女人又进到里面去了，端来一碗饭，上面压着南瓜块和青菜叶。田老反这下明白了。

明白以后就有些生气，他说我不是讨饭的，我是当老师的，来你们这里找个人。我不是要饭的，我教书教出过副县长。

女人问，你要找谁？

毛桂桂。田老反说，毛桂桂到我们那里收纸，把我有用的东西也收走了。现在我是来找他还我东西的。

女人说，毛桂桂一般不住这里。

田老反说，你告诉我他住哪间屋就行了，我会找到他的。

女人大概指一下，指向西北方向。那边的屋舍比这边稠密。田老反一路往那边走，碰见人就不停地问。这个村的人都告诉他毛桂桂不住这里了，他在城里做生意，也就租了间房住在城里。然后给他指了个方向。最后田老反来到一片废置的屋场上，那就是以前毛桂桂住过的。是一间土砖的老房，顶上的横梁被抽去了，瓦棚子塌下来。墙体也坍塌得厉害，露天的地方长了草。这时天正黑下来，田老反感到一阵疲累，坐了下来卷上一支烟。

一时间，他觉得这塌了的老屋和自己非常地像。

晚上只有待在这毛沟塘。田老反回到村口，不知不觉进了先前那个中年女人家里。女人也像熟人样的，问他找到了没有。他摇摇脑袋，女人又问他吃了没有，他还是摇摇头。女人就叫他到灶房里吃。刚才的那碗饭还放在灶头上，借着灶头的火保持有一定的温热。他蹲在灶门处扒完那碗饭。女人看他的样，就到偏房里铺了张床。田老反实在没有什么说的，见到床就躺下去了。那时才七点多钟，他不知自己睡了多久，被两个人吵架的声音惊醒。

声音从正屋里传来，一个男声一个女声，两口子。田老反估计是中年女人的男人回来了。

这声音让他一时睡不着。他坐在床头抽他的自卷烟。他想，明天要去县城每个收废物的地方看一看，问一问毛桂桂的下落。县城也不大，应该问得到的。

六

田树培回到家里，女人李媛把单位所有人送来的衣服都捆得结结实实。他大概地点了一下，有七八捆。李媛问他，哪天送到你们老家去？占地方得很。

树培说，以后我的就不往兜头送了，年年往那里送，也不好，还要挂钩两个贫困村送一送。

这时小儿子正原回来了，背上背着个老式的 M9000 摄像机。正原在省城大学读新闻专业，快毕业了，在县电视台搞实习。正原一般住台里，不回来的。

树培问，今天怎么回来了，还把家伙都背回来了。

正原说，爸，你们哪天下去送这些东西啊？我跟台长说了，这个题材就由我负责去拍。我想这个题材真是算不错。这一向来会开得真多，我差点不想干了。

什么题材不题材的，我们想干点实事，到你们眼里就仅仅是一个题材了。树培心里面是很想县台把这个拍下来。都几年了，他想这县台也太不聪明了，以前怎么一直就没想到他们的这回事呢。嘴上对儿子说，我和你树帜伯伯他们是真心实意想办点实事，被你们一拍在县上这么一放，就有点变味了，显得流于形式。

正原的脸上就现出似笑非笑的样子，说，爸，你终于也明白流于形式这回事了。你们的形式还少啊，你们几大家的都争着往电视上露脸，也不管群众到底看不看，只是把整个县台的记者全搞成马屁精了。

正原说的这个倒是真的，树培心里也很清楚。他又想跟正原说，调子不要太高，现在的事情就是这样。可是知道说这也是没用的，同样的话正原早听烦了。正原说，相比之下，你们这个也算是实事了。我跟萌文说了我要去拍，她也觉得题材很好，说不定上得了地级台，她要跟我一起去。

萌文是在县里另一个电视台实习的大学生，前些天两人在一个饭局上认识了，很快谈起恋爱来。

李媛把其他的东西也捆起来，说，啊哟，今年的东西比哪年都多。树培，你说这次我们家送出的是不是最多啊？

正原说，这又不是攀比，这是扶贫。

树培说，你以为呢，财政局在外人眼里头还怎么怎么了，其实能和树达他们石油公司比吗？人家是专卖单位，往钢瓶里掺什么都能卖钱——往里面放两个屁也是钱。

但实际上，他们六人的扶贫活动搞到这份头，慢慢就有了攀比的意思——就算是凑旧东西扶贫也要比比谁的多。人都是要面子的，树培想，要面子就肯定有个比较，要争一口气出来。要面子总是比不要脸好。

李媛说，话说得这么难听。

正原忽然问，爸，知道为什么你老是在电视上单独露脸吗？

树培注意到了，是这样。每回看县台新闻，他总是能有特写镜头在上面。对此他的理解是，县台那一帮人很看重他这个财政局长，所以拍马屁也有了侧重。他对那些镜头总的来说很满意，有时他觉得自己确实很挂相，像个传统的正派面孔。于是有时他又认为，说不定是自己挂相，才使得摄像记者老爱把机子对准自己。

他对正原摇摇头，说，我的单独镜头是很多吗？那也不好，这你们应该注意，给镜头要兼顾各个领导。

说得正原乐个不支。正原说，看来你还是注意到了啊。我一进去时，一个老记不知道我和你的关系，就教我经验，头一条就是给你拍的时候，千万不能让你身边有别人作为参照物。因为，他们是怕你矮个头显出来，搞不好惹火了你。你看，他们成天钻研的就是这些马屁经。

李媛快活地笑了起来，说，当初我就是看你爸矮得踏实才嫁给他的。

树培一张老脸稍觉难堪，马上就掩饰过去，陪着笑一笑，站起来摁开了电视。

正原又说，政协的马高明也是这样，他的左脸有点萎缩，所以记者们无论如何只敢让他的右脸示人。最后正原还是回到他一贯的立场上：一个不足八万人的小县城竟然有两个电视台，荒唐。要是我是唐伯涯（县委书记），我把两个马屁台都关门了事。

这时萌文来找正原了，正原忙着出去谈他的恋爱，没有让树培再难堪下去。

那天下了入冬后第一场雪。雪下得也不大——这里的雪从来都是形式主义地下一点就停了。树帜树培要去地市开会。那个会是下午才报到，上午的时间比较充裕，两人就约了，把要送到乡下的东西全统到树达那里，由树达找人分成几份，分别送到几个地方。当然，留给莸头的还是最多。

从石油公司大院出来，两人开始谈一谈公务，谈到小区的建设，最后又谈到了这场小雪。

有两年没下雪了吧，还是三年？树帜记得不大清楚。

树培说，前年下了一两场——地都没铺满，说它是下霜也说得过去。

树帜感慨地说，雪越来越少了。

树培跟着说，是啊，冬天越来越少了。

说着说着车就到了南园路口，前面大概出了小交通事故，路堵上了。树培开了窗往自己这一侧看，没有什么，又往树帜坐的那一侧看。车窗外是个小的废品收购站，门口堆积了很大几摞用废的轮胎。店主在和一个老头讲什么，可能是扯价钱没扯好，店主面容显得很凶，不停地挥着手示意老头离开。老头背对着树培，他似乎不大甘心，还要拢上去找店主问什么。店主转到另一边给一个老妇女称量一筐七零八乱的纸。

这时那个老头准备离开。他转过身来，树培看清楚了，是田老反。田老反的衣服一定有年有月不洗了，再粘上层雪籽，那样子是有点惨。树培就想，他莫不是在讨饭吧。这么想着，树培就有些唏嘘。树培记起田老反年轻时候的光彩，稍作了个对比，很容易得出这样一个结论：骨气是不经岁月消磨的东西——还是马斯洛需求理论放之四海皆准呵，生存需要永远是第一性的。

树培复又把头摆正过来，看看前面，一个交警正向他们这车走来。

身边的树帜正用刚换的手机打电话。电话是长途，树帜操的一口普通话令树培想笑又笑不出来。手机正好挡在眼角，树培本以为树帜没有看见田老反。树帜一边说着一边腾出里边的这只手把车窗摇上，手有些吃力。

交警恭恭敬敬地做了个手势，车子就走了。前面雨刷律动起来。

原来打算两天后送下乡的几车救济物资因天气原因足足压了四天。树年树培外出开会一时去不了，其他四人都想办法压掉事务，抽出一天的时间来。

树帜和树培跟车去菟头。正原和萌文一同坐在车里。镜头从一上车时就打开了，在镜头面前，树帜和树培早练就得跟演员一样，一点多余的表情也没有。萌文说他们很酷，树培反感这字眼。正原则说这是有镜头感。车到菟头村口那几棵百年卷柏下停住，乡长杨必得村长田树林村小学校长田树海都拥上来给开门。鉴于第一次下村发这救济品的时候在分配现场发生过小小的混乱，村委就总结了经验，先不分发到各户，由村长田树林指使几个小伙子把衣捆井然有序地搬到村小办公室里。待所有的物品分成若干份后再编上号，召开个村民会议拈阄分配。

村子里的人站在十步以外的地方驻足看着，有几个年龄大点的高声叫起树帜树培的名字。

树帜没有回答谁，只是举起一只手臂用力地挥了挥。他做这个动作时，隐约地感觉总是显得不自然——缺乏一种气质。不过他又想，再过一两年，应该会做得到位。

树海说累了吧，吃点饭去。树帜树培说还行还行。跟着就去了树林家里。树林家的楼盖得很气派，养了两条狗，虽然大但是温温地，吠都不吠。树林家的菜也办得很丰盛，树林女人介绍说这是麂子，这是貉面，那盘是爆腌过的穿山甲肉。女人又说菜是不错，可乡窠窠的人弄不来，糟蹋了糟蹋了。说着，脸上也是很谦虚的样子。

树帜说，这些不是禁猎的嘛。

越禁猎越卖得出价，再禁下去就要死绝了。树林口无遮掩，又说，树帜哥你别说这些你都没吃过。

乡长杨必得说，现在都能人工饲养了，还有什么吃不到的？现在只要是有人买的都能人工饲养，有需要就有市场啊。

树培说，城里可都难吃到。

树林说，趁着这些个东西还没死绝，多长长口福啊。

田银宽和其他几位银字辈当爹的老人都被请来了。动筷子之前树培的眉头皱了皱，说，忘记了一个人，等一等。

树海说，你是说老反叔吧，他来不了，前两天就上城去了。他把他的牛都押在田和青那里，押了八百块钱，说是要到周围几个县里找个人。他还说找到那个人，他的证书就找到了。他去了两天。

田银宽放下筷子问，树帜，你们帮老反办的事都有结果了吗？

事情不是那么好办，档案一时还找不到。树培说，树先专门责成一个老同志去办这件事，按说也该差不多了。树先天天都挂电话问着这事，我们在一起也老说到。

树年的父亲田银河问，就没有其他的办法，不能通融通融？

树帜说，这事还真没有别的办法，再说了县里像老反叔那样的事也不是一个两个，这个口子一开就开大了。

田银宽还嚅着嘴巴想说什么，杨必得拍拍他说，老叔你是不知道，管事的人有管事的难处，也不好办。吃菜，天冷摆不得啊。

这时正原和萌文到外面玩了一圈进到屋里，掏出摄像机要摄下来吃饭这阵势。

树帜说，小原，不要浪费胶卷，等一下有用的东西还很多。可是正原自顾自地摄了一会儿。田银宽说，树培他儿，等一会儿拿那个东西往电视里放一放，我也看看。

树帜跟树海说，田老师不在，把他儿子叫来也好啊——他儿子叫树什么？

树才，钱财的财少个贝字。树海很详细地告诉树帜。树林接着说，那个树才，不叫来也好。他现在不听人劝，成天和田丁狗的女人搞在一起。

树培问，田丁狗是谁？名字听着熟悉。

树海说，就是那个瘸子。他女人是个肺病壳壳，死又死不了。树才人有点木，肺病都一点不惧，憋急了敢搞那个女人。

树帜说，那你们也不劝劝？

树海说，树才生下来就是那样，不听人劝的种。我们也想劝啊，为了老反叔活一把年纪不容易，我们没少去说他。没用。

我听说……树林举起一碗酒说，我听说田丁狗拿他的肺病女人换树才家的粮食——也要得便宜，二十几斤三十斤都行。你说，都活成这个卵样子，还有什么鸟劲？可是话又说回来了，田丁狗的女人，主要是有点肺病好不了。她样子倒也可以，没病的话嫁给田丁狗真是亏老本了。

树海就嬉笑地问他年轻时是不是也看上过那个肺病女人。

树林说，要光说看上，这村子里我看上的多了。

且说且喝，又喝又说，树林他们讲起了这个村的乡野逸闻，毫不检点。树帜树培嫌这酒狠了点，喝得不多，闲散地听了几句席上的酒话。正原和萌文很早就离席出去了。

吃过了饭，田银宽要树帜到自家神龛上上一炷香。神龛上的对联是很多年以前贴的，纸上劣质的红染料已剥落殆尽。对联对得很蹩脚：

宋代曾授三公职
明朝又封万户侯

对联里侧记了田氏这一宗脉的二十个字辈排位。左边十个字是：仁洪祖中稷、天开运吉昌；右边十个字是：银树正友德、亦启绍思湘。

正位摆的是"文革"年间制的毛主席半身石膏像。像前面摆着一个装满大米的碗，碗上有几炷残香。田银宽从屋里找来一把纸香，抽出几支给树帜树培。两人燃上以后稍微弯下去算是鞠了躬，把香插在米上。这木屋的板壁早就被烟火熏得没了本色，在大太阳天都黯淡无光。树帜想，也许把纪茹叫来实地看一看会使她有点松动。结婚那么多年了，纪茹从不肯来苋头，来看看他出生成长的地方。这也一度成为村里人议论的事。

敬了香，树帜对树培说，时候还早，我们到外面走走。有好多年没到村里走了吧？

树培说，那年我们六个都来齐了，不是到周围都转了一圈？

哦。树帜想起来了，三年前第一次往村里捐东西的时候，六个人都来整齐了。那天天气晴好，每人都极来情绪，走遍了童年时放牛到过的所有地方。

但今天只有两个人。树帜和树培并排走着，先是到各户之间的小巷道里逛一逛。出去很多年了，这里像凝固了冻结了，一点变化的迹象也没有。还是这样的土房和石路，唯一令他们感到新意的，不过是站在较高位置时，看到了瓦房顶上冒出很多接收天线。天线大都是村民发挥智慧和想象自制的，各种零碎的材料都用上了，看上去不伦不类，参差不齐。

两人站在了苋头村一个地势高处，背后是几眼幽深的苕窖，前面就是整个苋头，一两百间房子错落排列着。两人一齐感慨，这么多年了村里怎么老也是这个样子，接着又哀叹起了村里人的安乐心态，说着说着就有了恨其不争的愤愤然之态。树培说，可惜没有钱，有钱的话，谁又不想把自己家乡搞好点呢？树帜紧接着说，现在办事就是难，要不然，谁又不想当官干出点政绩呢？

树培就说，都是一样的，一样的。

他俩扯到了近年来县里正在搞一些旅游项目。附近的 Z 市已经搞成了全国都很有影响的旅游城市，周围各县也依托这个便利条件，纷纷上马了一些小的旅游项目，收益很不错的。树培说，我看，苋头有一个看点：这两百来户基本都是土坯和木板房子，只有几家砖瓦房子。现在保持这种老式格局的村落，还真不多见了。

树帜说，是啊，把砖瓦房子拆掉——把屋顶上乱七八糟的天线也统统拆掉，搞不定可以弄成个自然生态的景观来。

两人扯得很开，走着走着就走近了榉树林。榉树林子很漂亮，下面杂生的灌木不是很多。正原和萌文不知从哪里跑了过来，似乎觉得这个场景很有效果，就抢到了前面，低低地操起机子摄下两人缓慢的行进过程。林子里暗淡的光线使摄像机前一闪一闪的红色电源灯很显眼。这点光斑，霎时间就使树帜树培的步幅不像刚才那样舒展了。

当代中国最具实力中青年作家书系

走进一片稀松开阔的林地，看到天上的阴云消去了很多。树帜想到那次六个人都回到菀头的时候，也逛到了这里。那时跟在后面的人很多，六个人走到了最前面，而树帜走在中间，俨然是带头的。他感到了一种幸福和荣耀。他知道县里的人都说他们六人是一个小集团，民间还给了个约定俗成的称呼，说他们是"田树×一党子"。若是以前，就怕被人当作小集团，但现在，在场面上就怕自己是势单力薄的一个人。树帜想，我们他妈的就是田树×一党子。

走着走着，六个人差不多并排了。不知是六人中哪一个最先有了触动，莫名其妙地碰了碰身边那人的手——于是，这两只手就牵在了一起。

这个动作仿佛是有传染性的，很快六个人都相互把手挽了起来，挽得很紧，整齐有力地向前行进。一时间，诸人连话也说不出来了。

那时，充斥整个心底的，完完全全是一种树的感觉。

正当思绪蔓延开去的时候，树林树海自后面大声地叫，不要过去不要过去，肺病女人住在那边。

七

老魏一连几天没有上县夕阳红合唱团练声了。团里的指导老师碰见他，问他怎么不去了，老魏就说，忙啊，这几天原单位又派了个正事让我做。

指导老师就说，看不出来，你们那个单位还离不开你。

老魏说，现在新手有好久都用不上，关键时刻还得老将出马啊。

老魏顺藤摸瓜理着，最后理到了丁字街租赁仓库里的一间。这间仓库是整个丁字街最大的，里面杂乱地放着第一商业大厦历年来积压的老货旧货，还有商业局报损的办公器材。为了防火，里面的电线全铰了。管仓库的新手根本理不清里面都放有哪些东西，老魏抬出副县长等人压他。新手有点为难，就去宿舍把以前的仓管员龚劳模叫来。龚劳模认得老魏，他借老魏一盏充电灯，带他往里走。龚劳模说，以前是有那么一堆档案袋装着的文件，交到我手上的那个人都不知道文件是哪个局的，只叫我找个地方放一放。我想这是档案啊，要的时候可找死人，所以也不敢大意，都用袋子装好放里面。好多年也没有人问起，现在一时想不起放在哪里了，我帮你找一找。

不久找到了那堆用编织袋装着的档案。老魏睃了一眼，起码有几十袋。袋子上面尘灰很厚，一碰就漫天飞舞起来。他拆开最上面的一袋翻了几本，发现旧的学生档案和教职工人事档案都混杂在一起。

两天以后，树帜接到树先的电话，开口就问，田老反书名是不是叫田银恺？

树帜反应过来，说，档案找到了？

树先说，老魏那里有消息了。这老头，做事还蛮来劲的。

树帜想了想，这个名字，不是田老反又会是谁呢？就是他了。树帜感到一些轻松，懒倦地向后一靠，他估摸着这次可以给父亲一个交代了。

老魏在丁字街仓库花一天半的时间，找到了一份老教师田银恺的档案，他估计这正是田局长需要的。他在第一时间通电话给树先说了，树先要他把档案送来看看。

老魏打个面的，把档案送到教育局给树先看。这份档案毫无疑问就是田老反的，田老反就是田银恺。树先看了看第一页，觉得文字还生动，又往下翻翻，想看看田老反的反革命经历有没有记录。

老魏站在一边等了十来分钟，见田树先越看越起劲，知道这回是把事办妥了，就说局长你忙吧我走了。

树先唔了一声，微微抬头看老魏要跨出门了，赶紧说一句，老魏这回你辛苦了。

老魏回头也客套地答了一句，局长你也辛苦了。

稍后树先拨电话到菀头村村小。是树海接的电话。树先刚要把事情跟他说，听见线的那头很是吵闹，随口问道，树海啊在忙什么呢？

树海说，忙着终考，正在开会布置。

听出来了……树先说，又在忙着搬砖吧。我又不是没玩过，搬砖的声音再熟悉不过了，一听就听出来。

树海说，我们玩的都他妈五角钱一炮，纯粹是打发时间，值得跟你提吗？有什么指示？

指示就免了，问一个人名看你认识不认识——田银恺，听说过吗？

树海问，哪个 Kai？我们菀头的吗？

树先说，恺是恺撒的恺。

树海没有听懂，说，哪个 Kai？他老子用这么个古里古怪的字不是日弄人嘛。

树先说，竖心旁，右边一个岂有此理的岂。

你是说田老反吧，那边找到他的档案了对不？树海恍然明白过来。

树先说，对。现在就要给他办补贴的事情，你跑跑他家里，有空把他的户口本子带到县里来。

树海说，还要户口本啊？

树先说，当然，还要证明他田老反就是田银恺。要不然随便跑来个老头说他就是田银恺，你说这怎么办？——我们就要问啦，普天之下那么多人凭什么你就是田银恺，拿你户口本来对一对。你说是不是这个道理？

树海听他这一说就来精神了。树海本来就有和人瞎胡扯的嗜好，这下逮着了机会，照着树先的话发挥开去，说，听你这么一说——那我家有一只狗，却没有给它上户口。现在我要说这东西就是狗，看样子说不过去了？

树先呛了一口烟雾，说，能这么打比方么？

隔天一早，树海就去了田老反家。田老反还没有回来，门锁着。树海走到榉树林边冲着田丁狗家大声地喊，树才树才树才。却没有看见树才出来。好一会儿，田丁狗和他的肺病女人各自端了一碗白饭坐到门边，一边扒饭一边笑笑地看着树海喊人的样子。树海就不喊了，他坐在一块冰冷的石头上，和田丁狗两口子对视着抽完一支烟，感到实在没有意思，只得吐几口唾沫，折身返回。

树海又去了树月家。树月的儿媳又怀孕了，树月正在捉一只鸡。鸡跳上跳下地乱跑一气，树月一边追一边骂丑话。树月看见了树海，就说，树海老弟，到前面拦住这狗日的东西。树海夹着烟走过去，那鸡看见树海走来就有点发呆。于是，树海拢近了，弯下腰就把鸡捉住，给了树月。

树月说，还是你们文化人有办法。

树海说，树月，去把田老反的户口本子翻来。

树月说，我忙不开，你去找树才。

树才找不见。树海说，他在田丁狗家里躲着。再说这又不是我的事，把本子找来能帮你爸每个月搞到一百二十块。

树月一怔，说，每个月一百二十块，哪里发的？

树海说，县教育局发的。树先叫我来取户口本，对一对田老反的名字。

树月就搓截草绳把鸡缚住，再把围裙一解扔在柴堆上，和树海走了出去。

树月知道钥匙就藏在某个墙洞里，却找不到，只有从窗户处钻进去。树海在外面坐着拧一只猫，没多久就见树月把户口本扑啦啦地扔了出来。他到窗户前把树月接了出来。两人往外走了几步，树海想了想就翻翻户口本，一看，户主名赫然是"田银范"。

树海不走了。他扯一扯树月的衣角，说，田老反是叫田银恺的。

是吗？树月好像也才头回听过一样，不过也没在意，说，田银恺就田银恺。

树海说，可是这上面写的是田银范。田银范不是田银恺，两个人。

树月凑上来看，说，不行的话你拿笔改一改好了。

树海摇摇头说，那是不行的。

树月这才想起来，这名字是八几年那次换户口本时改了的。那次统一更换户口本的时候，田老反出去了，树才也不在家。乡派出所搞户籍的黄公安下到菟头村办换户口本的事，走到了田老反家，邻居就把田树月叫来取旧本子。

旧本子被水涸湿过，好些条目都漫漶不清。姓名这一栏，隐约认得出一个田字。黄公安问树月，你老子叫什么？

树月想不起来了，认里面模糊的字认了好半天，仍是不清楚。树月说，我怎么知道？我就知道人家都叫他田老反。

田老反不是书名，是坏名字。黄公安严肃地说，写上户口的一定要是书名，不能用坏名。这不是开玩笑的。

树月不耐烦了，说，我就知道这个。要不你等几天，等我爸回来了你再问他。

黄公安说，我吃撑了，为他一个卵人我又跑你们茜头一趟？全乡那么多村等着我去换证，我无卵事就为他一个人忙啊？

树月说，反正我没有办法的。

田老反，应该是叫田银范吧——这是个好名字，范就是铸钱模子的意思，过街村那边就有个王铜范，好像还有个李银范，那都是老子希望儿子以后有得钱用的意思。黄公安自作聪明地说，你不是树字辈的么，那你老子就是银字辈了。

树月听他说得蛮有把握，仿佛记起自己老子确实是这个名字。树月说，你就写吧。

黄公安把新本子放在写字板上，认认真真地写起"田银范"三个字。不论他如何地用力，那些横七竖八的笔画老也凑不到一块去。

八

年底，会多了活动多了，几个姓田的树们拿到的礼包也多起

当代中国最具实力中青年作家书系

来。以前开会都是发纪念品，会一散，服务的小姐站在会议室的门口，逐个逐个地发放礼品，小到口杯衬衫皮夹子，大到饭煲饮水机，等等。后来他们提意见说这太麻烦，再说又老是重复，用不着那么多，不如发钱来得妥帖。于是后面一律都是发红包了。这些钱是额外的，屋里人不知道，于是晚上去樱梦园就比一年里其他任何时候还要勤快。

这天，除树先外，五个人早早地到了。五个人不能玩对家牌，商量了一下，采纳了树年的意见玩起翻三张来。翻三张是这里街头最常见的赌法，和香港赌片里的翻牌戏法差不多，但翻的不是五张而是三张，不计同花和顺子，单单比点大小。若三牌同数字，以数字最小的一家为赢——翻出三张 3 就是通吃。树达遵规矩叫王小姐拿出两副未开塑封的扑克来，让众人过目后拆封。铺底是十元，打反弹牌时以一百块钱封顶。

走了几圈牌后，树超问树帜，听说田老反的事有消息了？

树帜小心翼翼地看看铺底的牌，说，树先单位那个老魏排除万难找到了档案。我看，办事还是老同志靠谱。

树超翻了一张女人，不大不小，放在皮头上，说，那东西本来就是有的，只是放在那里等着人去取。田老师本来也应该得到这钱的，应该得到的钱是不会跑掉的。

树培问，树帜，那树先都给田老师办好这事了没有？

那只是个手续问题，只要树海把田老反的户口本拿来，立马就可以办。树帜说，叫人给树先打个电话，我们六家一齐狠狠地玩一个晚上。

树达就叫一旁立着的王小姐过去拨打电话。

激战正酣之际，田树先来了，众人就戏谑地说，新鲜尿液来了新鲜尿液来了。这是六个人一贯的戏谑语言。有时候某某钱带得不多，三下两下囊中不支之时，就自我嘲笑地说膀胱小了，贮量不足。这天翻三张，众人都被树年搞了个落花流水。别看玩其他花式时树年不怎么里手，翻三张却造诣颇深，不多功夫已搞得众人掏口袋底子了。现在看见树先到来，不免称呼他为"新鲜尿液"。

树先上得台来，六人摸上两个小时，场上就剩下树年树先两人了，别的四个只有作壁上观的份。四人心有不服，纷纷给树先出谋划策，众口纷纭不已，树先脑袋就大了起来，翻牌翻得犹豫不决，乱了阵脚，过得个把钟头，也输个精光。

赌局上不兴借钱出去的，大家都知道赢钱了再借给输家，自己就要背运的，所以也不向树年开口。

树帜提议玩六人的升级，可是没有人附议。赌了这么一阵钱，再去玩素牌，那完全就是醋饮一顿后去喝白开水，寡然无味。

时间不过十点，早着，众人还没有离开的意思。于是主人树达就安排上了，说，不如搞两个像样的内参片看吧。

放的是三级片。他们把这类片子统称为内参片，八十年代叫过来的，习惯了。众人坐在一个雅致的小放映厅里，看着屏幕上的男女，不时吃吃笑着说资本家的生活真是腐败糜烂。

过不得好久，内参片也看厌了，众人围坐在一起扯起谈来。树超这才想到问，树先啊，田老师那事到底办得怎么样了？

噢，刚才我都想到要跟你们说的。树先说，一波三折，这么个卵事真搞大人头了。我找树海弄户口本来，树海说那户口本上写着的不是田银恺这名，上面是田银范，这一来两边就对不上号了。

树帜说，他哪来的两个名字？到底哪个名字是真的？

树先说，田银恺是真名，田银范呢，是换户口时田老反那个女儿编出来报上去的。

树年说，那要怎么办啊？

又要去证明。树先说，现在事情就是那么麻烦，证过来证过去。要是想给田老反搞到补助，要去公安局查七几年的老底子。

树达说，公安局里面有什么熟人吗？送两条烟找个人把老底子弄出来。

树先说，到时再看了——有的话，事情就好办了。以前的档案没编入电脑，要是找的人不上心，又不晓得要找到哪年哪月。

我说……一直在旁边抽着闷烟不作声的树超冷不丁地开口了。他说，这么件事都搞个天翻地覆的，不就是一月一百二嘛。不如我们几个人凑份子给田老师发好了。

其余的五人一齐怔了怔，就相互而视，尔后一齐自嘲地笑起来。

随后树先说，真是没想到，闹了那么半天，原来换一换方法就解决得了。我真是何苦来哉，忙了好久——反正他老人家也去不得几年了。

摊下来每人每月也就两张小钱。树培说，要换一换脑筋啊。

树超说，真是，旧脑筋害死个人。

送这钱还要讲个方法，不能说是我们几个送的。树帜虚空地点点手指头，说，把钱给树海，要他以公家的名义送——这不单是钱的问题，重要的是，还要让田银……恺老师感到政府对他的工作是给予肯定的。

树超说，还是副县想得周全。我们几个也难一下子聚齐，这事不要磨屁股又往后挪了，趁早捐一些送下去，叫树海按月发。

你们不是一齐烧我嘛。今天都让我这牌盲收拾了，憋不下去怎么的？树年挺大气地笑了笑，说，众怒难犯呵，干脆今天我也不留财，先捐六百,五个月的。其余，就请各位吃宵夜。

钱先是送到了树先手里。树先给树海打电话，树海就说，现在送也送不了了——老反叔他一直没回来。

树先说，都到哪去了？

不知道。树海说，他还在找证据，他还不知道档案找到了。再说他儿子树才也不得了了，脸黄得厉害，看上去都快黄得黑了过去。他家这一摊子事他都不管，还到处走个鸟啊。

树先说，那要怎么办？

树海说，找人啊，不行的话报警得了。

树先就嗤的一声，说，这年底的警察哪肯管这些破事，正忙着抓赌罚款呢。

树海说，那我找树林树月再商量一下，看他们准备怎么办。

树先把电话挂上，等树海回话。等到下午，树海搭着田马刷的车来了。树海给树先带了两瓶松菌油，说是树月捎搭来的。树海说，今天下午我先到县城转转，看看田老反是不是还在县城找他的东西。

树先说，你等等，我这里也抽不出个人手来。说着拨了树超的手机，跟树超说起树海来的消息。树超正在饭局上，喝得有些醺了。他看了看身后的小年，就勾勾食指叫他过来，耳语几句。

下午就由小年陪着树海去找田老反。小年有些不乐意，也没法。走在街上，小年忽然很怕见着熟人——树海的年纪大概正好做他的老子。树海很喜欢跟他讲讲话，扯扯家长里短的，免不了也称赞几句年少有为之类的话。小年头都大了，问三句不答一句。树海也是个明白人，很快感受到这种冷落，也就闷声闷气地跟着。

两人不作声了，保持一两步的距离前后走着。过一阵，小年却发现更加地不自在，因为这一洋一土一前一后默不作声地走在街上，似乎更像爷俩。

小年走得很消极，树海时不时停下来对他喊，小年小年，这里有家收烂货的。然后树海站在原地抽烟，看着小年上去跟废物收购店的老板说话。

这个小小的县城有大小四十多家废物收购站。

小年逐户逐户上去问老板是不是见过那么那么个老头。

田老反事先都来过的。许多收废品的老板多少有点印象，或者说，见过，看上去像个卖纸的，可一说话原来是问人的；或者说，前几天来过；或者说，走几天了，你去别的地方问一问。

小年和树海花大半天，把县城所有的废收站跑遍了。田老反处处留下蛛丝马迹，但两人终究一无所获。

小年就想回去交差，可是树海说，没找到啊，说不定去了U县，也说不定去了F县O县。

小年无奈，又陪着树海继续走。两人通了下气，先去城南U县中巴车的停靠点，问那里的司机这几天有没有见到田老反。U县的口音差别很大，小年费不少工夫才向司机描述完田老反的外貌特征。U县的司机想了半天，说，好像前几天是搭了我的车去U县找人了——你要不要去U县找一找？一个人十七块钱，你们两个人嘛送三十块钱也就行了。

再去问F县中巴停靠点的司机，几个司机都模模糊糊地记得见过那么个人。

两人最后去了城北 O 县乘车处。

走到的时候，正有一辆车已差不多满人了，司机的女人正在大声吆喝。

小年向司机问起田老反，这个厚嘴唇的男人不假思索地说，有啊，古历冬月二十四——也就是大前天，你说的那个老头搭我车去的。

小年说，没有记错吧？

我记性好得有科研价值。司机十分自信地说，一开始我还以为他是上车向里面人讨钱的，拦住了他。老人家火气蛮大的，说我是坐车的，老子有的是钱。他还真是有钱，一扯就扯出几张蓝票子，哗啦啦的。我就让他坐个位子……是了，上了车他还在唠叨着说什么树什么树都是在他手上发明的……

树培树先树达树帜他们六个都是在我手底下发蒙的。树海在一旁模仿了出来。

司机一听，一点不错，正是这句。司机说，对的对的，就是他说的。发蒙？就是启蒙吧。嘿嘿，当时我还反应不过来，我想搞不好他是搞农科，育种的。

司机最后像是自言自语，这几天我老想不通，培育出个新树种也能叫发明么？原来他说的是这个。——你们要不要到我们县找他去？

小年说，你等一等。

树海跟小年说，你打电话问问树超。小年没好气地说，我知道。

小年掏出手机拨了树超的手机号，系统里的女声说你所拨打的手机已关机请稍后再拨。小年又拨了树超的呼机号。

两人站在路边等着回电话，树超却迟迟没有回机。那个司机不停地招徕这桩生意，可车里的人已经不耐烦了，在车里骂起难听的话来。司机看他两人一时还没有要去的意思，也就死了心，发动起车来。地上已变得干燥，车子后面的风腾起很大尘雾。

树超仍然没有回机。

树海没完没了地抽着劣质香烟。

小年百无聊赖地看看车子的去向。车拐个急弯，很快就不见了。小年看到的是两排一人多高的树桩。入冬以来，道两旁的衰老的法国梧桐统统被锯掉。小年看着这条路，却只能看到一些不规整的树桩。

韩先让的村庄

鹭庄旅游的那些事情，还是从二〇〇五年的八月份那天早上说起。那天我在鹭庄，和韩先让待在一起。韩先让绰号苕吊，我可以这么叫他，但别的人并不都可以。当时我们坐在一个观景台上，我叫他一声苕吊，他居高临下，凝神地看着眼底的鹭庄，就像是看守一片瓜园。他如此专注，没有听见我叫他。

我正要再叫他一声，但是与此同时，我听见从下面的路上飘来一个声音喊他，苕吊，苕吊！我往下看，原来是野猪，他找四毛用拖拉机拖来一车水泥空心砖，匡其的拖拉机跟在后面，车厢里满满当当的仍是水泥砖。我眼光再挑上来，看见韩先让脸就变了。并不是所有人都可以叫他这个绰号，大多数人要叫他韩老板。而野猪，他恰属于这个界线中间的人士，叫韩老板或者苕吊，实在看他心情。

野猪……韩先让有点欲言又止。他就是喜欢跟人玩欲言又止，开了口偏不把一句话痛快地说完，仿佛是要留给对方自我反省的空间。他皱了皱眉头。我敏锐地觉察到，那两车砖，在韩先让看来，就是野猪拉到鹭庄的某种病菌。

怎么了？

你说怎么了？你怎么拖来两车水泥砖？

有什么不对劲么？

拖砖可以，为什么你要买水泥砖？

野猪朝楼子上扔烟，阴蓝色的烟屁股显示着价格不菲。野猪说，水泥砖和火砖又有什么区别咯？火砖能拖进来，水泥砖又有什么不行？

韩先让呷呷嘴说，水泥砖和火砖质地不同……

质地不同……你真是有闲心啊。昨天我婆娘裤门上面掉了一粒纽扣，你是不是也要搞清楚，到底是有机玻璃的，还是硬塑料轧的？野猪说着话，两台拖拉机照样在往前走，它们各有四个轮子，都能滴溜溜地转，你不能把拖拉机不当车。野猪的话飘上台子，拖拉机已经跑到韩先让不必回话的地方。

这样搞是不行的。韩先让扭头看着我，不无严肃地说。

哦？怎么啦？

这么搞下去，鹭庄说不定要完蛋。韩先让满眼都是忧心忡忡。……你想想，满眼看去都是水泥砖砌成的房子，你说，还会有人来吗？

是啊，我往四周看了一圈，鹭庄眼下还是一片土砖和石块砌成的房子，矮矮巴巴，歪歪斜斜，风一吹，所有的房屋仿佛都伴着稻浪一起晃动。

……没想到竟然会是野猪！韩先让发表着这样的感叹，表情依然严肃。那种严肃，仿佛预见到了大风起于青萍之末。

是啊，没想到竟然是他。我回应着韩先让，抽着野猪的烟。

我知道韩先让为什么如此为难，因为他一度将野猪视为左右手，他倚靠着野猪摆平其他的人。他现在能惬意地坐在观景台上审视着鹭庄的风景，想着这片地方是自己的，野猪功不可没。他没想到，有时候左右手也会失去控制，举起来抽自己的脸。

以前野猪是怎么帮他的，他也毫无顾忌地说给了我听，仿佛那是一个笑话。此事还要上溯两年，即二〇〇三年。那一年，鹭庄发生一桩前所未有的大事，韩先让要把整个村子包下来，搞旅游。鹭庄的村民一时间搞不清旅游是怎么回事，聪明一点的就去查字典了解一番，蠢一点的以为韩先让要买下自己的土地干别的事情。但韩先让并非买下任何一块田地，他只是取得一种权利，由他把外面的人带进村做客而已。为此，他每年都要付给村委会一笔钱。大多数淳朴的村民听到这么一说，就放心了，但是还有少数认为，韩先让脑子太精明，有好多话眼下肯定不明着说，一旦村子被他承包到手，他还会搞出许多名堂来。于是，这一拨人就联合起来坚决反对。他们放出话来，要是韩先让要搞旅游，那么他们也不种田了，要让韩先让带来的人在村子里寸步难行。别说是参观风光了，那些游客就算是想看牛怎么拉屎，看完后，也要掏出卫生纸给牛擦屁股才行。

这一拨人，以匡其、四毛、塘颂为主。他们个个都不怕韩先让，因为小时候，韩先让是被他们打着玩的。姓韩的是鹭庄的寒姓，只那么一两家。到一个村庄，你才知道一个人姓什么原来是很重要的，不光是源流问题，还是现实问题。在鹭庄，姓杨的姓陈的姓丁的想打人就动拳，姓韩的寒门蔽户，只能是等着挨打。

韩先让后来告诉我，既然他有心搞这门生意，心里面肯定是有道道的。那些人虽然纷纷放出狠话，但是都在他预料之中。那

当代中国最具实力中青年作家书系

天他去榆树下找野猪，他喊了两声，野猪应了三声。

韩先让问他，你到底有没有把握？韩先让对野猪不是很放心，他说不把匡其那几个人放在眼里，也许是酒话。

韩老板，你太不相信人了。当时，野猪的脸上现出很委屈的样子，说，你别以为他们个个都夸自己是狠人，其实，鹭庄的狠人只能有一个。你觉得是谁？

难道是你？

野猪敛住眼色，点了点头，说，这话并不是用嘴巴说的，你放心去请一桌客，把他们都叫起来。要是事情搞不定，饭钱算是我的。

韩先让和野猪彼此交换一下眼神，此事就这么定下来。过两天，韩先让就去请匡其四毛他们几个一起喝酒，酒桌设在晒谷坪。晒谷坪是多功能的，可以晒谷、开会、办喜事，也可以用来打架。受邀的人都来了，韩先让请酒，那确实不吃白不吃。坐下来，他们吃着酒，韩先让跟他们商量事情，他们权当是在放屁。尤其是匡其，韩先让说要搞旅游，他就说，好啊，搞旅游我会，我妈现在屋里没事干，你请她去当导游我看不错。工资不要多开哦，一个月两千就差不多了。他一说话，别的几个人就呵呵哈哈地笑，像是春晚的现场观众，个个都懂得捧场面。

韩先让微微一笑，说，匡其兄弟，我有一说一，你妈年纪有些大了，导游还是要请小妹子来搞。

我妈年纪大了，难道你妈年纪很轻吗？匡其笑了起来。

韩先让就不吭声了，他拿眼睛瞟了野猪一眼。野猪说，匡其，你妈我要喊婶娘，她年纪是有点大，普通话又讲得不好，我不同意她当导游。

我妈要干什么事，需要你同不同意？野猪，你是不是喝多了。

野猪闷声闷气地说，我就是不同意。

匡其有些不相信自己的耳朵，说，野猪，你要管我妈的事，那么，最好是在我脑门上先敲一瓶子。你要是敢敲，我就不吭声了。说着，匡其把自己的脑门露了出来，往前面杵。他的脑门又宽又圆，分明就是敲瓶子的好地方。

真的么？野猪拎着一瓶没开启的啤酒就走了过来。

真的，我就怕你敲不下来。匡其说完，便和他的几个同伴迸发出了胜利者的欢笑。这种情况，仿佛是让野猪陷入了被动。野猪仿佛有些受窘，匡其就笑得更欢了，他把脑门又往前杵了几寸，还挑逗似的扭了扭脖子。这时他看见野猪脸上突然泛起一丝狞笑，情知不妙，却来不及躲避了。

脖子这东西，总是不及手脚来得灵活。要不然，到井里打水也犯不着用手扯吊桶了，直接用脖子当作辘轳绞麻绳就行。

那一瓶子敲了个正着，发出迸裂的声音，墨绿色的碎片稀里哗啦地散开了，淡黄色的啤酒泼溅得纷纷扬扬，到处都是。匡其被抬到乡卫生院住了几天院，医药费和误工费都是韩先让掏。

回头，匡其的兄弟要找野猪的麻烦，也找不上。一起喝酒的人都亲眼看见的，他们证明说，是匡其自己要野猪打他，他脑门杵在野猪眼皮子底下，野猪正好又把酒瓶子举了起来。举起来后，匡其的脑门子反而抬得更高了。当时，野猪被匡其搞得有点下不来台。又说，都喝了酒，喝多了。

韩先让和野猪各自拎一袋东西去乡卫生院看匡其。匡其耷着脑袋坐在床铺上，韩先让就说，匡其，过几天我就带人来鹭庄了，你家位置比较好，把大门弄开，到院子里摆几张桌子开一家农家乐饭店，也能找钱啊。

匡其说，好的，苕吊，我就麻起胆子沾你光啦。

野猪说，现在村里人都叫他韩老板。

韩先让说，不要这么说，你喜欢怎么叫就怎么叫。你还是继续叫我苕吊吧，我听着会觉得很亲切。

我偏要叫你韩老板。韩老板！匡其说着就嘻嘻地笑了起来。

可以说，鹭庄的旅游事业在两年内得到一定的发展，是和野猪在匡其脑门上敲了那一瓶子密不可分，从此以后，鹭庄就按韩先让的设想一步一步经营了起来。两年下来，算是有了不错的开端。野猪那一下也不是白干，他由此荣升傻鸟旅游事业发展公司的安保部主任。

公司名为"傻鸟"，是我取的。韩先让力排众议，最终采用了这个名字，原因有二。其一，众所周知，鹭鸶是鹭庄人见过的最傻的鸟。以前有个脑筋急转弯的题目，说树上七只鸟，打了一只还剩几只。回答六只的被认为是傻鸟，因为标准答案是零只。其实出题目的傻鸟没见过有种鸟比他还傻，要是树上停着七只鹭鸶，你打下一只，估计树上起码剩得下三四只。其二，韩先让认为傻鸟听着亲切。在鹭庄，苕就是傻，傻这个字眼没人说。而鸟，其实是多音字，它在某些语境里也可以读作吊。

在傻鸟公司经营的最初两年里头，来鹭庄参观的游客量慢慢趋于稳定了。乡村旅游作为一个新事物在俚城遍地开花，游客们找哪家都是瞎打误撞。游客总量一多，每天多少就有一拨子撞到鹭庄里来。来了之后说好的也有，说不好的也大有人在，要退票是不可能的，因为进了寨门就算是参观了。俚城的乡村游景点都是这么因陋就简搞起来的，都被游客恶评过，但每个景点每天的游客量，总是一个相对稳定的数字。

但在这个当头，野猪要把自己的老屋掀掉，盖一幢水泥房子。

那天，韩先让在观景台上和我谈着远景规划，见到野猪拖水泥砖以后，他心思游离，怔怔地看着不知何处。我知道他是在想对策。他一直相信，自己比鹭庄别的人总是棋高一着。这个地方是他的。

我父亲是鹭庄人，爷爷如今还在鹭庄住着。我自小住在侔城，鹭庄的旅游搞起来以后我才过来多一点，帮韩先让照照风景照，顺便找他扯扯谈。回头，他将这些照片做成活动宣传板，摆在侔城古城区的大街小巷。虽然我以前来得不多，但鹭庄的老少爷们都认得我，只要见到我，就冲我说，你回来啦。

是的，回来啦。我回答着，心里不由得一暖。

再往前推个四五年，韩先让是我父亲专门为我指定的榜样人物。那时候，我毕了业，待在家里无所事事。父亲要为我找个临时性的工作，我还左右挑剔。父亲恨我不争气，遂提出了"向韩先让学习"的口号。韩先让的公司就开设在离我家四五条胡同远的马路上，父亲好几次请他来我家里做客，坐下来跟我讲他的事迹。我找不到理由不听，我一无工作，二无女友，彻头彻尾一个闲人。

聊了几次，我发现韩先让乍看上去其貌不扬，其实是个蛮有意思的人。他爱说起他的理想，说要把鹭庄搞成旅游景点，而且，他正在筹备，已经进入具体操作阶段。当时，侔城的旅游都刚起步，旅游局十几个人来七八条枪，要说旅游搞得起来，县长都没得把握。韩先让却肯定地说，旅游马上就会搞起来，但古城只够游一天，要是游客打算在侔城待两天，剩下的一天必须要找新的景点。

此前，逢年过节我去鹭庄走亲戚，看着鹭庄山高水低鸟飞蛇爬的状况，也偶尔地想，这里要是搞旅游，说不定会对大城市那些人的古怪胃口。我偶尔闪过的想法，竟然被韩先让当成事业一味猛搞，我不得不对眼前这人肃然起敬。有理想的人，身上总有某种与众不同的东西，我觉得韩先让就和别的鹭庄人不一样。

虽然和韩先让接触后，他也给了我一些感悟，但是我父亲意欲将他树立为我的榜样，显然没有起到立竿见影的效果。榜样这事，即使是宣传部门不惜重金树立起来的那些闪闪发光的人物，也总是被人们逐渐遗忘，何况只是开了一爿小公司的韩先让哩。后来，父亲就不再叫韩先让来家里做客，任由我在家无所事事。

父亲不再请韩先让做客，我却主动去找他了。此事与江顺生有关。有一天他打来电话，跟我说，闲人，愿不愿意找点事做？江顺生是我高中同学，当时我们一起把文学社搞得红红火火，铅印文学刊物到各年级以及周边的中专学校推销。

他大学毕业以后在省城里混，打电话的时候，已经成为一家时尚杂志的编辑部主任。他知道我一直闲在家里，就问我愿不愿意帮他做点事情。他说他想开设一个栏目，里面要忠实地记录普通人讲述的自己的事迹。不要有任何修饰，最好是买个小录音机录下别人讲的话，再一个字一个字地抠，整理出来。我一听就觉得蛮有意思，于是买了小录音机从我父母搞起，要他们讲过去的事情。之后整理成文，我把他们咳嗽的声音都不放过，仔细一听，咳嗽声也是千变万化，有时候是"嗯哼"，有时候是"啊嚏"，有时候却又变成了"咿啾"……我如此忠实地还原了录音机里别人的讲述，寄给江顺生，他却大感失望。他又打电话来，批评我做事情太走极端，并介绍我读一读一些杂志上"情感实录"之类的文字。

他要的文字，我始终没搞出来。但我得感谢江顺生，我会错他的意，自己却由此无意间闯入一片奇怪的天地。经过逐字逐句地整理，我发现原来人们大都是依赖言不及义、病句丛生、逻辑紊乱和阴差阳错的语言交流着的。不管江顺生是否采用我的稿子，我也染上了腰里别着录音机偷录朋友们说话的习惯，晚上回家躲在房间里整理成文字，立即就能进入那个奇异的世界。

我乐此不疲，头一次觉得生活变得有点意思了。那段时间，我找韩先让的次数多了起来。我发现，韩先让顺口讲的话，整理出来都是很有意思的，他语言逻辑和别人不同，讲出来的话古怪，而且说话时会无缘无故陷入激动。当年根据录音整理成的文字还在的，虽然没有发表价值，我自己却常常拿来看看。整理韩先让说的话，就有一厚本。这里只摘录两段，弄多了你保准晕头。当然，为了有阅读价值，我还是得做些改动，要不然他嗯嗯啊啊的声音，就会像黄色小说里的省略号一样多。

我问他是怎么想到要在鹭庄搞旅游的，他说：

……小丁，你晓得吧，要是我是宋祖英，我一定会放声歌颂鹭庄的大好河山。鹭庄真是漂亮，风吹草动，有时候还会下一场雨。要是下雨并且起雾，鹭庄保不准也有朦胧美。鹭庄真是漂亮，难能可贵，有些鹭鸶飞来飞去，你要是不想用枪打它，就会看出来鸟也是一种风景。我有时候也喊别的人一起爬到山上看鹭庄，但他们总是不太认真，调皮，还问我眼睛往哪里看，才有漂亮。我告诉他们看到的一切都漂亮，他们就活蹦乱跳地笑起来，仿佛我在讲鬼话。后来我就不停思考并琢磨着这个问题，为什么他们看不出漂亮。终于有一天，问题被我一下子搞通了，原来他们竟然不是游客。我和他们不一样，本地生本地长，却有一双游客的眼睛。……我在城里开店，看见来佴城游客像无头苍蝇一样到处乱窜。我发现他们并不知道要去哪里，要是我叫他们去鹭庄，这个人不肯，那个人说不定就肯。游客简直就像羊群，要往哪里走，主要取决于王二小的鞭子往哪边抽……

鹭庄的旅游生意要开张了，那一段时间韩先让找我帮忙照相，除了相机，我还随身携带着小录音机。我问他鹭庄的人对他的生意有什么样的看法，他当时正用电弦在泡沫块上割字，停下来想了想，是这么说的：

我是鹭庄第一个吃旅游这只螃蟹的，鹭庄人都等着当笑话看。要我看，农村人的愚蠢和落后就表现在这里，把新事物当把戏，等发现自己落后时就恨不得咬人家一口。我心里比较有把握才把自己这几年赚的钱搞旅游，反正我不会拿钱在城里买房子，尽管它会升值，但是买股票其实更好。过几天我就会开张了，我对鹭庄有信心，不管村里人说好说歹，在我看来，鹭庄的风景是独一无二的。我喜欢什么事都走在别人前头，走到后头就意味着吃屁。我计划用两至三年的时间，把每天的客流量稳定在四五十人甚至更多。……凭什么？现在我只能说这是保守数字，如果有一天你看见来了几百号人，也不要奇怪。即使风景不够好，也不怕。有人说有多不好，肯定就会有人说有多好，说好说差，只要你开着店门就总有人进来买东西。

鹭庄的旅游生意是在二○○三年秋高气爽的一天正式宣告

开张的。那天，两辆小中巴车拖着游客进了鹭庄，数一数不下四五十人。这个数量还是令人欣慰，但他们下了车，等鹭庄的村民围了过去，游客就仿佛被淹没了。鹭庄的老老少少悉数被韩先让放鞭炮的声音吸引到村口，黑压压的一大片，好奇地打量起这帮游客。游客一走，大多数人还跟在后面。

韩先让从村小里借了几个桌子搭台，没有请任何领导，他准备把开幕仪式搞成独角戏。他爬上了桌子，正要用言不及义的话表达他此时的心情，几挂鞭炮突然爆响，转移了人们的注意力。游客们也没有开会的准备，几挂鞭炮转移了游客的注意力，他们捂着耳朵，躲开硝烟往村子纵深走去。我那天也应邀参加，走过去，给韩先让拍一张"讲话"的照片。他无奈地看了看我，翻翻白眼。

有的游客拿出相机拍天空中的鹭鸶，有的游客偏要拍地上的牛粪。那个中年妇女问明白是牛粪以后，就很是感慨。她从没想到牛粪竟然有脸盆那么大一堆。韩先让脸就有点发窘，他忘了叫一个人把地上的粪打扫打扫。再原汁原味的乡村游，也不至于让游客在粪堆里行走。不过还好，游客对此满不在乎，不管是猪粪牛粪羊粪，都有探究一番的兴趣。正探究着，忽然一泡鸟粪砸下来，几乎砸着了一个游客的脑门，那人不恼，反倒嘻嘻哈哈笑了起来。游客去到别的地方，鹭庄的人依然紧紧跟随。农忙已过，收获未始，大家都准备得有一份闲心。韩先让一下子叫来这么多人，搞得小小一个鹭庄像是又过了一回年。有几个小孩跟着游客，游客兴致不错，掏出五块十块要给他们。小孩吓了一跳，纷纷地跑开，不敢拿他们的钱。

鹭庄没多大，游客很快兜了两圈，该看的看了，能拍的都拍了下来，吃一顿农家饭，韩先让再用车子把他们送回城。开张这天不收门票，坐车都免费，这帮游客过来看看，大体还是满意。韩先让掏出纸笔，他们也纷纷乐意留下墨宝，字大都写得不怎么样，但话尽量往好处说，诸如"青山绿水，梦里田园""养在深闺人未识，鹭庄是个好地方""千呼万唤始出来，犹抱琵琶半遮面""到此一游，有空再来""鹭庄鹭庄我爱你，就像老鼠爱大米"之类。韩先让好好地收藏，仿佛能派上用场。

后来，我就找到一个事做，跟朋友章二去做园林工程。章二以前一直想当画家，曾经夜以继日地创作旷世杰作，几年下来死了心：他一张八尺的花鸟工笔好歹卖到两千块钱，还要被中间人抽取五百。日妈妈的！之后，章二去搞园林工程，无心插柳柳成荫，生意一天一天铺开了。每个工程下来少不了有几个月时间。我不常待在家里，和韩先让也就没什么联系，不知道他生意搞得怎么样。韩先让还主动联系了我几次，说是生意渐渐上了路子，好几家电视台来鹭庄拍片子，还有中央一个台，都不收钱，他们自己找上来的。他知道我跟那朋友做园林，要我们也帮他做一套旅游景点设计方案。我把韩先让的预算额度讲给章二听，章二皱皱眉头，嫌少，他已经不再是赚两千被人抽五百的水准了。他还说，又是你的老乡，这点钱还挤不出水分。他这点预算，根本谈不上什么设计，无非增加几架水车、几盘水磨、几段游廊、几个歇脚凉亭，唉，无非就是这些东西。

我也点点头，乡村游无非就是这样，多走几家，虽然都破破烂烂，骨子里却跟肯德基麦当劳差不多，连锁店似的，道具摆设日益地标准化了，破烂之处也是大同小异。我在电话里把章二的意思说给韩先让听，韩先让也认可，说钱不能投多，眼下他还没赚着几个钱。现在，来鹭庄的游客只有这么一点点，他只能见招拆招地搞一搞局部改造。至于凉亭水磨之类的东西，他在鹭庄找几个木匠石匠就能搞起来，将成本降至最低。

我偶尔回到偲城，隔一阵，就发现街面上关于乡村旅游的广告越来越多。无数不知名的村庄，被人翻找出来，象征性地投入一笔钱，村庄就摇身一变成为景点。韩先让开发的鹭庄，还算是走在前面的，鹭庄的广告，尺幅总是最大号的。他后面请了专业的摄影师，拍出高清的风景照片，再用电脑 PS 一番，看上去，鹭庄云蒸霞蔚，雾霭深锁，那些破烂歪斜的房子色块明晰，与碧绿的稻田形成鲜明反差。画面当中还有一行白色的、呈弧线排列的舒体字：到鹭庄去，与山水有约，彻底拥抱大自然！那行字漂浮在画面上，就像一行鹭鸶飞翔在鹭庄上空。

我在广告牌下稍微站得一会儿，就有几个中年妇女走过来往我手里塞彩页广告，每个景点都有，大都是十六开的单张。而鹭庄的广告，我发现竟是折页，打开以后有三折，正面是一张全景照片，背面附有各个景点的介绍以及图片。介绍的文字较长，每一段都少不了好几百字。比如孤自兀立的一处陡崖，毫无新意地叫作望夫崖；而一根石柱则叫作吊马桩，杨令公在此吊过青花马，孙悟空路过解小手时（孙悟空就是爱解小手，而且从不上厕所）也曾经将白龙马拴在这上面，对面那个山豁子，就是白龙马啃的，白龙马吃山林吐雾瘴，吸江水喷长虹……这类民间故事，肯定是韩先让找人编出来的。

我拿着鹭庄的广告，看上面几百字一则的传说，时不时想喷。那些地方我当然都去过，年年挂坟，鹭庄周围都要走上一圈。我家丁姓祖宗死后没有墓园，他们零零散散地躺在鹭庄四周，守护着这片宁静的山水田园。我没想到，平时习焉不察的那些地方，忽然鸡犬升天全都成为了景点，还拥有各自的传说。

发广告的妹子见我看得认真，就说，大哥，既然来我们俚城，不妨去我们鹭庄。都说，不到鹭庄，没有真正到过俚城。八十块钱，包来往车费。

八十？鹭庄很大吗？有这么多看头？我吓了一跳。参观故宫好像也就这个价码，咱们鹭庄的门票，竟然也敢卖八十。——小时候我吃动物饼干，非常疑惑，怎么老鼠大象一般大。此刻我忽然晓得了，只要是被人捏的，老鼠大象无大小，蜗牛水牛一个样。

妹子用背书的腔调说，不要小看我们鹭庄，它是山水风光与人文风景结合的乡村典范，这里山清水秀，人杰地灵，物产丰富，名人辈出……

哦，都有哪些名人？我很惭愧，用自己脑子搜了搜，一个都找不到。

……著名的爱国教育家丁建国，就是我们鹭庄人。他的故居至今还屹立在我们鹭庄，岿然不动。妹子仍在背书，我估计这台词是韩先让的手笔，岿字旁边定是要用拼音注音，否则就归然不动了。

丁建国？

你认识？妹子眼光放亮，似乎觉得这单生意抬头在望了。

我唔了一声，当然认识。鹭庄没有第二个丁建国，他是我父亲，但我不知道他几时变成了爱国教育家。他教了一辈子书，但要说是教育家，我估计他本人打死都不肯认。因为我的存在，他一直认为他在教育方面很失败，何事还爱国教育家呢？

好像丁老先生还活着的吧？那不叫故居，要叫旧居才对。我纠正她的说法，要不然心里隐隐有些不适。

旧居旧居。妹子虚心接受我的意见，再次问我去是不去。

爱国教育家又是怎么回事呢？

妹子仍是振振有词，说，丁老先生在教育领域取得非常令人瞩目的成绩，惊动了美国，包括里根总统。美国教育局发函邀请丁老先生定居美国，为美国的教育事业锦上添朵花，他们说，教育无国界，你在美国将得到更好的充足发展。但丁老先生高瞻远瞩地断然拒绝了，他说，教育无国界，但教育家有国界，我离不开生我养我的地方……

我笑得几乎岔过气去，妹子还耐心地等我笑够喘平，看来她的提成不低。我忽然用地道的本地话告诉她，我就是……鹭庄的人，呵呵哈哈，我也姓丁。

你也姓丁，了不起，我几多崇拜你咧。妹子撇撇嘴，转身去寻找下一个目标。

回家后我把这事情当笑话讲给父亲听，父亲的表情有点古怪，眉头皱起来，却又憋不住要笑，最后还是憋住了。他虽非教育家，总归是教了一辈子的书，为人师表，摆起严肃的表情总是有模有样。……呃，这可不好。韩先让这家伙，哪天碰到他我要批评批评他。父亲跟我说，虽然他这么说也并非空穴来风，但人嘛总是要实事求是才行。……不过，我估计，大概是他理解的问题。他们搞搞生意，或大或小一律都叫企业家，这样一来，他可能以为教书的都是教育家。

我点点头，又跟父亲提醒地说，我不知道他是不是在老屋前面插了块牌子，写着故居什么的。我觉得，这才是问题的关键。但父亲对此不是很在意。他说，可能是韩先让语文学得不太好，这个情有可原，即使写错了，回头要他改过来就行。我经常见着他面的。

我爷爷一直待在鹭庄，和三叔生活在一起，父亲按月给爷爷送零花钱，现在他自己年纪也不小了，老往鹭庄跑，车子颠簸有如抽风。每月的零花钱，要么是三叔进城时取，要么就是托韩先让把钱捎到鹭庄。韩先让现在为了生意两头跑，在城里的广告公司照常经营，鹭庄的旅游生意也需要他随时亲临现场，指导工作，解决问题。他有一辆皮卡车，几乎每天都要在佴城和鹭庄之间往返一趟。如果拖拉机和农用车不算的话，他是鹭庄头一个拥有私家车的。

以前，韩先让家里穷。用鹭庄人的说法，那时候他们韩家简直穷得“嬲狗”“嬲鹭鸶”，因为“想嬲母猪都嬲不起”。现在，他一跃成为鹭庄最有钱的人。在一个村庄，谁家到底有多少钱，没有福布斯数据可资发布，但人心自有公论，他们都说韩先让是鹭庄首富，旗下有两家企业，有私家车共计六个轮子（皮卡车和一辆本田摩托）。既然别人都这么说，他就只能是。如果他予以否认，别人就更以为他是，不是也是。

有一次，韩先让跟我承认，在鹭庄搞旅游生意，另有一层目的，是想让他父亲韩光开一开心。韩光一听说儿子把村子承包了下来，气色和以前大有不同，此后见到村长村支书，以及杨大民等一干退居二线的村干部，不再耷着脑袋走路，打起招呼来，偶尔也敢直呼人家名字。这老人，脑子有时一闪神，便会误以为鹭庄现在是儿子的。看见游客进村，韩光左右看他们都像是亲人，立在路边，微笑着用目光迎来送往一拨拨游客。有的游客走得近了，跟他打招呼说，老人家你好啊。他就回应道，嗯，韩先让是我的儿子。他讲乡话，游客根本听不懂，但都微笑地颔首回应。老人就很高兴，心想，这些外地人都认得我崽咧。

我不知父亲托韩先让捎钱时，还好不好意思批评人家。"教育家"三个字，大概令我父亲表面惶恐，内里受用。我父亲其实和他父亲一样，活到一定岁数，却被生活淘洗出一种道不出来的单纯。

我在家里待几天，又去工地，帮章二管工。我对手底下那几个工人吆三喝四的时候，忽然会怀疑，自己一辈子就是这样过下去，说不定哪天找来一个老婆，我也没能力保证她能安心地做饭洗衣并生下血统纯正的孩子。偶尔也会羡慕起韩先让来，他手里到底拥有一份产业，娶了个漂亮老婆。

那一阵我在朗山干活。有一天，三叔跟我打来电话，说是今年地里的活都搞完了，待在鹭庄无所事事，要来投奔我，即使干力工赚几个辛苦钱也行。他确实用"投奔"这个词，这让我觉得三叔还活在《水浒传》的那个年代。我说你要来就来吧，我这里用得着泥瓦匠。三叔是个爱说话的人，鹭庄人送他绰号叫"怪话客"。大家坐成一圈的时候，他死活要把每个人都逗笑了，才甘心。他来我这里，我想我的日子也就不会那么沉闷。

三叔来我这里之后，很短的时间又成了这帮工人关注的人物。每天的工结束以后，大家聚成一堆吃饭，菜很简单，通常一碗大肉两三个小菜，一盆骨头汤。大都是力气活，累了一天，晚饭时少不了有酒。干活的人都爱说，要用酒先暖暖肠胃，再装饭菜才妥帖。酒都是两三块钱一斤的散装苞谷烧，用白胶壶装着，有时候还用洗洁精的空壶。我起初不喝这么狠的酒，几个月下来，喝起来也很对胃口。这种场合，能有三叔给大家讲讲笑话，简单的酒菜吃起来便别有一番滋味。

三叔讲的故事都离不开鹭庄，离开鹭庄他什么也说不出来。他和那些说书的人不同，说书的讲故事，每个人物出场，都有一番介绍，一身什么样的行头，胯下一匹什么样的骏马，手上那枝梭镖又有什么样的来头……三叔不这样，鹭庄的人物出场全不用介绍，仿佛听故事的每个人都耳熟能详，仿佛鹭庄和北上广甚至纽约巴黎一样闻名遐迩。

野猪第一次从三叔嘴里跑出来，是这样：野猪你们记得吗？他打匡其，打了也就打了，却又要用计。在我看来，打人也许有道理，用计往往不对。但是匡其，要是你不用计打他，他就不好意思不还手。而扯到匡其，三叔说，匡其一直住在我家坎底下，韩先让家对面，我看着他长大，直到看他开拖拉机。你们认为他婆娘长得漂不漂亮？其实我也讲不清楚，也不好讲，人家的婆娘人家自己看着算数，讲得多了回头传到他耳朵里，也不好。我的话到这里讲就讲了，你们不要传出去啊。这话讲得，鹭庄仿佛非但是有名，而且是一切口耳相传的消息最终汇集之处。

说到韩先让，三叔跟那些工人说，苔吊现在不喜欢人家叫他苔吊，你们叫他韩老板，但我还是喜欢叫他苔吊。

这种口吻，一开始的那几天，会让那些工人坠入云里雾里，因为要不是三叔说起，他们根本不知道这世界有个地方姓鹭名庄。但是，只要挨过几天，就好了。三叔以他特有的口吻，让别的人误以为鹭庄自己很多年前就知道，恍惚间，甚至觉得自己以前肯定去过。

多待一阵，三叔多年来积攒的故事慢慢讲完了，好在鹭庄搞起旅游以后，新的段子成批地生长出来。经他嘴巴一说，游客们都像是从外星飞来的，对一切事情都表现出浓厚兴趣，拿着相机发了疯似的拍，就仿佛数码相机里没有限容量。他们拍牛粪堆，拍马蜂窝，拍土地祠，拍榆树上的节疤瘤，拍鹭鸶在天空翱翔，拍水牛在泥凼里滚澡，拍公狗追着母狗嗅屁股，拍塘颂的小孩穿长袖的衣却不穿裤……

因他的讲述，鹭庄随时在脑袋里闪现，有如亲眼见到。

游客们前仆后继（三叔原话如此）地赶赴鹭庄旅游，来人多了，村子里缺什么少什么就慢慢体现了出来。比如说，游客上厕所成了一件麻烦事。鹭庄当然也有厕所，厕所往往也是养猪的地方，蹲坑在前猪圈在后。说是蹲坑，也显得抬举或者拔高，一个几米见方的粪窖上面横两根杉木，便是蹲坑了，要是踩不稳，那杉木还轻微地滚。塘颂家的厕所对外开放，明码标价，每位一块钱，免费供应手纸。头两个月，塘颂家依靠厕所还小赚了一笔，但是有个游客一脚不稳掉进了粪窖，捞上来以后，塘颂家光道歉还不行，游客索要精神损失费，开口要几万，最后赔了四千。

塘颂很恼火，他逢人便说，真是奇哉怪也，大不了喝了几口粪嘛，怎么就搞出精神损失了？

塘颂是这样一个人，他在哪桩生意上亏了，偏要在哪桩生意上找回来。既然在厕所里栽了跟头，塘颂就跟厕所较上劲了。赔了四千，他便研究厕所，研究出一个结论，城里人的高级厕所，往往都用抽水马桶。抽水马桶不像表面看去那么简单，下面要连着化粪池。但塘颂仍是有办法，他从城里拖回两只抽水马桶，在老厕所一旁修建了一个新厕所，两只抽水马桶次日就安装使用了，每位两块五。游客知道这是鹭庄唯一的新式厕所，趋之若鹜。一见价格，便问怎么高得如此离谱。塘颂说不离谱，上了以后就知道了。抽水马桶每用了一次，就要封闭一会儿，塘颂去井里吊一桶水，倒进马桶的水槽里，才让下一个顾客接着用。

现在晓得了吗？塘颂跟游客说，冲厕所的都是矿泉水，纯天然无污染，经检测营养成分略高于娃哈哈，喝起来确实有点甜，两块五不多收你的。

三叔说起小冲的生意，也颇多感慨。小冲是他大儿子，小我五六岁，初中没毕业就死活要辍学出去打工。出去了几年，没赚到钱回到家里，要他下地干活他一百个不愿意。在三叔眼里，小冲简直是条废物，但搭帮韩先让的旅游生意搞起来，小冲这废物竟然回收利用了。他邀来两三个同伴，把街边一个废弃的烤烟棚改造了一番，成为农家乐餐馆。鹭庄已有七八家农家乐餐馆，说来也怪，小冲的破店一开张，生意竟然是最好的，游客像被鬼扯了脚，只想往他那个店子里去。他的招数说来简单，和朋友先到山上溶洞里捕来一条六七斤重的大鲵镇店，游客要吃饭可以免费跟大鲵合影留念，要是不吃，合影一张收费五元。一拨广东游客想吃了那条大鲵，愿意以五百块钱一斤的价格买下来，小冲的两位合伙人心动不已（大鲵是他们一起抓来的），但小冲不为所动。他说，我将这条娃娃鱼看作是自己的崽，听见它哭，我就恨不得要我婆娘给它喂奶，但是，我现在还没有婆娘。所以说，谁要想吃它，最好先杀了我！

回头，再有新的游客进到小冲的店里观赏这条大鲵，小冲就将"我和我儿子的故事"一遍一遍说给他们听，听得那些游客啧啧称奇，感慨不已。大鲵的身价也一路飙涨，涨至一千七一斤的时候，就被一拨浙江游客吃掉了。

只那一天，小冲店上的营业额就高达万元。晚上，他同两位合伙人闩上门分钱，钱都摆在桌子上，厚厚的一沓。另两人担心小冲会难过，但他说，没关系，舍不得孩子套不到狼。三个人懒得将钱数清楚，像摸牌一样，你一张我一张地分了起来，分完大钞分小票，分完小票再分钢镚，分钱的过程前后持续了二十分钟，那感觉，高潮迭起都不足以形容。

小冲生意做活了以后，就有些挑客。有些大学生情侣进来，他看一眼提不起精神，要是港澳的客人，他就精神抖擞不已。他总结说，港澳客就像日本鬼子，个个都喜欢吃鸡。当然，仅仅是吃鸡，也不至于让他这么来劲。港澳的游客最喜欢用土鸡煲汤，端上桌以后，这些客人不下筷子，而是一味地喝汤。汤喝掉了，一大锅肉剩在那里，有几次，鸡肉看上去一块都不缺，要是拼起来，完全还是一只整鸡。一开始，小冲心有不忍，说你们怎么不吃肉啊？游客们却心满意足地说，精华部分都煲在汤里，喝掉了，肉就不吃了。鸡肉剩在那里，晚上店子关门以后，小冲便将鸡块剁细，加了生姜花椒叶和大料一通爆炒，摆上桌和两个合伙人吃起来，啜着酒，算一算当天的收入。

鹭庄寨子在山腰，下了山，是一条深深的河谷。韩先让一开始没把河谷算在风景区内，但游客们就像蚂蟥，听不得水响，听了水响自行下到河谷，留恋不已。山路太陡，很多游客下去时来劲，游了一通再返回鹭庄，觉着太累。滑竿的生意就应运而生了，鹭庄闲汉们用两根竹杠绑上一张懒人椅，搞成担架的模样，就能赚游客的钱，上山一趟能赚一百多块。韩先让看到滑竿生意做起来了，当然不甘心袖手旁观，要对挑夫进行登记管理。要是不服从他的管理，硬是单干，韩先让就让导游妹子反复交代游客，坐滑竿一定要听旅游公司安排，否则人身安全无法保障。这样一来，单干的几乎没有生意，没奈何，只有加入韩先让的旅游公司，让韩先让抽份。羊毛出在羊身上，韩先让将价格定为一百二，两个挑夫每一趟照赚一百，剩下的二十就成了韩先让的管理费和保险金。

游客们有的很瘦，有的很胖，有胖就有瘦，这是没有办法的事。要是单干，挑夫们没有任何怨言，但现在统一纳入傻鸟旅游公司的管理，都成了雇员，大伙怨气就重了。韩先让有本事抽份，挑夫们就找着问题要他解决。比如挑人，他们都抢瘦子，胖子的活不愿接。瘦子被哄抢着抬上山，行动吃力的胖游客却被扔在河谷，要是自己不肯爬，只好在河谷里过夜。韩先让感到头疼，但他脑子好用，不到两天就想出了对策。

韩先让买来一台电子磅秤。游客想坐滑竿，问多少钱，导游妹子就冲他（她）说，上去称一称。游客称了体重，价格就出来了。以一百斤为基数，一百斤以内的游客收费一百二，每超过一斤，加收一块钱。这样一来，挑夫们就专拣个大的挑，遇到身材苗条的妹子就皱眉头，或者打商量，要瘦的游客两个人拼一架滑竿。有的游客表示抗议，说你们把我当猪搞了。导游妹子也不强求。韩先让把塘颂的父亲老麻子请来，老麻子把游客上下打量一番，马上报出一个价格，游客愿坐愿走，悉听尊便。老麻子以前是干屠夫的，有眼估活猪的本事，一眼瞟去就能估得八九不离十。别的人笑着说，搞来搞去，还是把游客当猪搞嘛。老麻子想了想，把头一摇说，才不是哩，完全不一样。以前估活猪，都尽量压分量，现在我可是尽量添分量啊。

鹭庄的故事无穷无尽，三叔眼看着说得差不多了，只要给他放假，让他回鹭庄待几天，回来以后他又能咕咕呱呱地说起来。三叔回了鹭庄，再回到工地，晚上吃饭时，别的工人很自然就围在三叔身边，要听他讲些新玩意。三叔只消离开几天，他们的耳朵就会一个劲地发痒。

尽管三叔长着一张漏勺嘴，但有一件事，他还是很策略，在工友面前能一直憋着不说。有时候缺段子了，他仍然没把这事说出去。那天逢中秋，我跟三叔一起回了佴城。在我家里，父亲问起我爷爷的情况，三叔这才说，爹现在很精神，胡须蓄起来老长，坐在榆树底下，装百岁老人。

哦？他今年才八十七啊。

没得事，匡其的老子六十几岁，就敢说自己九十岁，四世同堂。爹本来就是鹭庄年岁最大的一个，要是他不充百岁老人，别的老头不好意思压着他。他这也是顺应民心啊。

为什么要这样搞？

这还不明白？游客对百岁老人很感兴趣，合合影，五块；要他讲一讲养生，十块二十块。爹也能扯，问他怎么养生，他就说天天吃红苕，吃茶籽油，喝老营山山腰的井水，每天绕鹭庄走三圈……

这可不行。我父亲脸色陡地变了，说，老三，你回去，叫爹不要再去装什么百岁老人了。

三叔有些不解，说，这怎么啦，反正旅游嘛，就是骗人。

你就是这么理解旅游的？

嗯！三叔理直气壮地引用韩先让语录，说，苕吊说过的，旅游嘛，就是骗人，游客嘛，反正是要被人骗。谁骗得高超，游客就往哪边走。

父亲无奈地摇了摇头，又冲我说，你明天跟你三叔回鹭庄，劝住你爷爷。你告诉他，零花钱可以给他加，骗人的事，我们丁

当代中国最具实力中青年作家书系

家绝对不干。

第二天过了中午，我跟三叔回鹭庄，还没进村，看见三叔的小儿子小昭正跟几个游客走在一起，咕咕呱呱，小嘴不停。

小昭。三叔喊了自己儿子一声。

嗯，光叔，你回来啦！

三叔叫丁有光，他的儿子忽然这么叫他，我俩都是一愣。正发着愣，小昭和几个游客已经从我们身旁走过去了。我俩怔怔地站在路边，听见一个游客侧身问小昭，小朋友，刚才那个人和你长得这么像啊？

嗯，你们看我们鹭庄人都很像，就像我们看你们也搞不清谁是谁。现在，回答这种问题，小昭简直有些轻车熟路。

到你们鹭庄，我仿佛是来到了外国。你们山地人，看着还真有那么几分像。那游客笑笑，又说，刚才老远看见，我还以为是你爸爸呢。

我爸爸已经死了，我刚生下来不久，他就身患绝症，一命呜呼。小昭这么回答。他们已经走到离我们十几米远的地方，小昭分明想压低了声音，但风是从那边往这边吹，把小昭吐出的每个字音都清晰地传了过来。

我和三叔面面相觑，不知说些什么。到了榆树底下，我看见爷爷和另几个老头都坐在树底下，个个蓄着长须，在游客面前，年纪都上了九十，颇有几个过百。我和三叔走到这帮老头面前，正要打打招呼，匡其的父亲却先皱起了眉头。他说，老丁，我看不好。

我爷爷问，有什么不好？

……你都快一百一了，你的儿子才这么大，你的孙子才二十多，说不过去。从今往后，但凡碰到游客，有光就是你的孙子，丁小昭是你的重孙辈。这样才说得过去。匡其父亲这么一说，别的几个老头一阵哄笑。我爷爷说，那我儿子是谁？光有孙子没有儿子岂不怪哉？不行，我要从你们里头挑一个。

既然我与三叔一同回来了，当天鹭庄游客来得又少，爷爷便听了我的，跟我们走。走的时候我还跟那帮老头发烟，祝他们个个发财。去到三叔家中，我跟爷爷讲起道理，要他不要再出去骗人。三叔风向不定，一开始还帮着我劝爷爷在家享清福，但我爷爷说起最近的收成，三叔又迅速变了口径，觉得爷爷这么做也不是坏事。……能赚钱咧，你给的是你给的，再出去赚游客的，多有一份不好？三叔笑嘻嘻地和我唱起反调。

爷爷起初去装百岁老人，心里还有些隐隐地不适，现在已经完全适应过来了，每天赚几张钞票，他觉得很是过瘾。三叔坚持认为人不应该和钱结仇，为了配合爷爷虚报的年龄，他认为自己当当孙子也是无妨的。我一张嘴说不过他们两张嘴。正好这时小昭进来了。

爸，你回来了？堂哥，你也来了？小昭热情地打着招呼，眼睛看着水壶，走过去咬着壶嘴喝起来。

三叔不声不响地走过去，忽然抽了小昭一耳光，说，刚才你说什么来着？你爸死了，你是孤儿？

不这么说，游客怎么肯给钱？小昭捂着脸，很委屈，他说鹭庄很多小孩都纷纷地说死了爸爸，甚至父母双亡。虽然游客也奇怪这个村子怎么这么多孤儿，但是他们还是纷纷把钱拿给孤儿们，五块十块地给。

以后不准再这么说了，我还没死，养活你的钱我掏得起！三叔很愤怒，突然把话说得铿锵有力。

小昭脸上疼，眼睛滴溜溜地转，看着爷爷，又说，爷爷都说他有一百零八岁了，他都能一下子长出二十岁……

三叔作势又要抽耳光，小昭赶紧闭了嘴。这时候，三叔盯着我爷爷，不容置疑地说，爹，你是老人家，跟小昭表个态，你们都不要出去讲骗人的话了。

好，我表态，不去了不去了。爷爷脸上有些懊恼，但这个时候，他知道自己只能这么说。我在一旁看得一头雾水，根本不晓得，在三叔身上，风向几时又转了过来。

韩先让知道我回了鹭庄，硬是要留我吃晚饭。我们已经有好一阵没见面了，他有话跟我说。因为以前的采访，他发现我是个不错的听众。能像我这样耐着性子听他滔滔不绝，同时又不至于坠入云里雾里的听众，实在不好找。吃饭时天色已晚，韩先让气色和上次见到时大不一样，脖子上也挂了链子。

他聊起了下一步的打算，说是想把村东头的那片林场全部包下来，圈起来，蓄养一些野物，供游客打猎。他又说准备组织一次攀岩大会，山下面的河谷，多的是几十米高的石壁山崖。他还知道，只要请几个洋面孔凑凑热闹，这个大会的级别就高了，甚至是国际级的。谈到此处，韩先让忽然沉吟一会儿，不无担心地跟我说，要是这个大会搞起来，级别一高，请我们市长来主持，都未必镇得住场子。

我认为这份担心未免太过了，要是一台大会能被你搞得出这么高的级别，市里的领导当然也是蛮喜欢。你不必开口，自是有人帮你去上面拽个镇住场子的大领导。有的领导，干实事虽不在行，但是要套级别，还是很来劲呀。

他点点头，认为是这道理。这次见面，我发现他说话流利了，语病大大减少。很明显，旅游搞起来以后，他必须不停地跟人说话。那天酒喝得不少，话说到很晚，且他意犹未尽，要我第二天别急着走。他刚修建了一个观景台，可以俯瞰整个鹭庄。

……呃，鹭庄全景，我看过的。

不，你到我那里再看看，保证全新的感受！

他眼神亢奋，直勾勾地盯着我，不容推托。我鬼使神差地把头点了点，表示明天早上一定和他去观景台看风景。

第二天上午，我和韩先让在那个碉堡似的观景台上看鹭庄，他指着下面的整个村庄，好几次问我，你看你看，到这上面看到的，是和以前不一样吧？我仔细地看了几遍，觉得鹭庄还是以前看到的那副模样，但碍于面子，就顺着他的意思说，是啊是啊。他似乎很高兴，说只要待在鹭庄，他每天都要到这台了上看一看，像是检阅……

检阅？

是啊，只要站在这上面，我就强烈地感觉到，鹭庄是我的！

当他这么说的时候，我忽然明白了什么，退一步再看一看他的侧影。他个头不高，但此时神情肃穆，长时间看着下面的鹭庄，脸面上不经意涌起了一层慈祥的微笑。我忽然明白，在这个观景台能看到全新的风景，是他独有的体认，他用一种检阅的眼光，仔仔细细打量着属于他一个人的东西。但他没理解这一点，以为每个人都能和他一样，感受一新。我想下去，叫了他一声苕吊，他没应，我只好改口叫他韩老板。

但就在这时，野猪买了两车水泥砖，往村里拖。韩先让正在检阅他的村庄，这两车水泥砖将他搅乱了，神情立时大变，像是正吃着肉，却忽然嚼着一只屎蛆。他似乎有很多话要跟野猪说，但野猪此时不想聊天，他指挥着匡其和四毛，将两辆拖拉机大步流星地驶向他家屋基。

我在鹭庄还待了好几天，因为我爷爷实在让人放不下心。他装百岁老人，其实已有点上瘾，不光为赚那几张钞票，而且也是喜欢沐浴在游客们好奇的眼神中。跟游客们摆一摆养生经，看着他们一个个侧耳倾听，甚至在抄写簿上记几笔，我爷爷会觉着大过嘴瘾。游客竞相和他合影留念，他认为这是大领导才能享受的荣誉，现在差不多每天都有人将他当大领导搞，此乐何极？任何事情一旦成瘾，要想戒断，总是需要一定的时间。三叔看不住爷爷，他讲任何事情都严肃不起来，道理被他一摆都成了笑话。我在爷爷面前，敢于谏言犯上，能够保持不苟言笑的神情，摆出一套套道理。爷爷活了这一把年纪，听人讲笑话已经反应不过来，但道理还是听得进去。

我跟章二请了假，在鹭庄待的那几天，知道野猪家的房子没有很快盖起来。韩先让去做野猪的工作，不知道用了什么办法，好歹是劝下来了。野猪拖来的那几车水泥砖最终没用去盖房，韩先让用火砖跟他调换。野猪家的房子后来是用火砖盖成的，盖了两层，外面没有按原计划贴上瓷砖，而是刷上一层灰浆，砖缝处用大白勾了线条。

次年的春节我照例去鹭庄挂坟，进了村，看见观景台伫立在眼前。这个台子眼下依然是鹭庄最高的一幢建筑物。野猪那幢新房，站在观景台上看过去，并不是很显眼。

因为我家祖坟稀稀拉拉地埋在各个山头，那天我又将鹭庄转了一大圈。当天的游客不多，只那么四五拨，一二十人。我没碰见韩先让。

那天，我还看见很多块屋基上都堆着水泥砖，堆得老高，足够建楼房。甚至，我还看见一家水泥砖厂，就在东边的一处山坳里，那里采得到足够硬度的青石，粉碎了和上水泥搅拌，用推车推进送料斗，砖机的那一头就哐唧哐唧地吐出水泥砖来。我走过去看看，匡其就冲我打招呼，给我递来一支好烟。他脖子上也挂着链子，所以，我据此判断砖厂是他开的。果然没错。他告诉我，既然大家都想建新房，他就想到了要为人民服务，把砖厂开设在村子里，可以帮乡里乡亲节约不少运输费。

……你三叔也在我这里买了砖哩。匡其告诉我说，他手头的钱不够，好多砖我都赊销给他，和他搞按揭，他按月付，呵呵。你要帮他涨涨工资啊，你们反正是一家人，而且他还是你叔叔啊。

这事，我竟然一点都不知道。我说，我又不是老板，自己都等人家开工资。小冲不是有钱嘛，我不信小冲赚到的钱还不够盖房子。

两单生意哩，小冲要盖自己的房子，你三叔盖的这幢房子，是留给小昭的。小昭眼看着已经是半大小孩了，人又那么聪明，我敢打包票，过不了几年，小昭就能骗个女孩结婚生崽哟。

我问他看没看见韩先让。

……茗吊啊，上个月还老是看到，他爬上他的那个烽火台，看有人拖砖就劝人家，要大家都不盖新房，继续住旧房子里。为什么？因为旧房子漂亮，新房丑。但是，除了他，所有人都觉得新房子漂亮，谁还愿意住快要垮了的旧房子？他劝不好别人，自己就哭。一个男人，见天哭几回，他自己都不好意思待在鹭庄。

这个月，好像还没见着他人。

挂了坟，在三叔家吃饭，说起鹭庄盖房子的事。三叔认为，这还是韩先让自己惹出来的。数月前，野猪打算盖新房，韩先让去野猪家里好说歹说泡了几天，起了作用，把野猪劝下来了，不用水泥砖。野猪家的火砖房很快盖了起来。过得两三个月，鹭庄里到处在传一个消息：为了让野猪把水泥砖换成火砖，韩先让当时给了野猪一笔钱。韩先让当然是极力否认，野猪也帮着澄清，说根本没这件事，除了等额换砖，他若是多拿韩先让一块钱，全家都不得好死。但是，鹭庄的人越来越坚信，野猪拿了韩先让的钱。这笔钱是多少，一直没个准头，一开始传出来是几千，慢慢地，数字像活物一样在长，变成了两万三万。

于是，鹭庄的人盖新房的热情前所未有地高涨起来。他们先是和韩先让打招呼，说自己准备把旧房扒了，盖一幢水泥砖房。当然，他们同时也表示，要是韩先让肯掏钱，这事也有得商量，可以在旧房子里勉强住下去。

韩先让一分钱都不掏，只是苦苦哀求大家不要盖新房，不要破坏鹭庄美丽的风景。他甚至还说，谁要是盖新房，谁就是鹭庄的罪人。本来，盖新房这事有些人只是跟着风，顺着嘴说一说，手头的钱还没有挣够。但韩先让说出这种屁话，大家就不好意思光说不练了，咬一咬牙，借上钱也要把新房子盖起来。

他们纷纷说，老子就要当罪人，看苕吊他娘的能判我几年刑！

现在，各家的砖都已经备好，一幢幢新房拔地而起，指日可待。而且，现在也流行给外墙上贴瓷砖。在鹭庄，瓷砖不叫瓷砖，叫霹雳砖。霹雳砖一贴，所有的房屋都将闪闪发光，等太阳一出来，鹭庄这些新房的墙面，将把一团团阳光映射成一道道晴空霹雺。其实，鹭庄的人更能接受这样的风景。

三叔说他本来也不是很想建房，但看人家都备好了砖，心里莫名其妙就慌了起来。再说，匡其还答应给他搞按揭。只有每月能固定拿到一笔工资的人，才能享受这种待遇。本来是掏钱的事，被匡其嘴皮子一吧唧，就变成了享受待遇，三叔当然更是按捺不住了。

我听三叔说起这堆事，忽然想起八月份那天，韩先让看见野猪拖来两车水泥砖时，脸上那巨大的反应。他是敏锐的，在第一时间就预感到，天要下雨娘要嫁人，一切都无可避免。掏钱摆平不是办法，即使他有这么多钱掏出去，说不定，别人的房子会盖得更快，立起来更高，一幢幢都足以俯瞰观景台。

因为要盖新房子，三叔年后没有再来工地干活。匡其当初给他赊销砖头，并搞按揭，是看他能按月拿一笔工资。但现在这笔工资没有了，不知三叔是怎么跟匡其说起的。对待变化，农民总是能在最快的时间想到解决的办法。既然是靠天吃饭，无数个年头，他们都是这么活过来的。

三叔不再来了，我也没机会再听到鹭庄的消息。二〇〇六年的上半年，我跟着章二越跑越远，把生意做到贵州和重庆。那年入了夏，我父亲的风湿症反季节地发作了，也带出其他的病症。我只好回家看护父亲，每天陪他去中医院搞推拿、针灸，每天弄上几个小时，再扶他回家。

那天我照常扶着父亲往回走，走到牛摆尾胡同口，一辆皮卡车嘎的一下在眼前停住。这是一辆被涂抹得花花绿绿的皮卡车，上面画着很多图案，乍一下我来不及细看。车上的人摇下窗玻璃跟我打招呼，他戴着墨镜。因为脸窄，墨镜遮了他大半张脸。声音很是熟悉。

我其实知道他是谁，但故意发懵。我父亲根本认不出他来，所以我也不好意思抢在父亲前面叫他名字。他果然就跳下车，摘掉墨镜堆出满脸的微笑。我父亲果然戏剧性地不敢相信自己的眼睛，说，先让，你怎么把自己搞成这个样子？

我看清楚了，车门上有个图标，图标下面喷着一行工艺体字：傻鸟户外/登山/攀岩俱乐部。看到这一行字，韩先让一身的打扮就不奇怪了。他头上反戴着长舌帽，脖子上扎着一条方巾，就像是把当年的红领巾反着扎。他的衣裤都是专业的户外产品，鞋起码有他两个脚掌大。如果是野猪和匡其穿这么一身，无疑是既精神又气派，但韩先让背有些驼，这身衣服，没有很好地被撑开。

这就是你以前那辆车？我看看车型，好歹看出些道道。他就一笑，说瓢子一样，外面的油漆重新喷过了。他看出我父亲身体有病，执意让我们上车，把我们送回家。既然到了家里，父亲当然是拽着他不让走，要他一同吃饭。

吃饭的时候，我父亲问他，好好的一个人，为什么要搞成这个样子。

迫不得已，迫不得已啊。韩先让笑着说，都是为赚两个钱闹的，既然要搞户外俱乐部，就要有这样的行头。打个不恰当的比喻，就像去当鸡，去站街，衣服就要穿少，肉就要尽量地露出来，让那些男人……

呃，这个比喻确实不好。我理解你的。父亲示意他把比喻收住。

说到鹭庄的旅游生意，韩先让只好摇摇脑壳。新房一幢接一幢地建起来，村里人又问他要钱，要是给钱，墙面上还可以按他的意思搞，比如门前栽种爬山虎，让绿叶把每幢房子都遮掩住。韩先让不愿付钱，村里人就贴瓷砖了。这么一搞，如果再带游客来观光看风景，那么，这行为不仅是诈骗，甚至可能是抢劫。于是，他只有把心思打到下面的河谷。属于鹭庄的河谷，长好几里，河岸还有大片滩地，长满狗尾巴草芭茅。村子里的风景丢失以后，韩先让就把心思放在了河谷里，想在这里做做文章。想来想去，就把"攀岩"这个噱头用上了。河两侧全是石壁，要搞攀岩，可谓资源丰富。把这条河谷推销出去，鹭庄还是可以继续卖门票的。

我说，攀岩可不能乱搞，需要资质的吧？

他说，天高皇帝远，哪个部门有闲工夫，管事管到鹭庄的河谷里去？再说，攀岩设备我不敢随便买，全是进口货，价格不低。再说，我选定的那几处崖壁，下面都是水潭。人从崖上掉下去了也没事，我找几个水性好的后生捞人。价格都讲好了，除了保底工资，他们每捞一人发五十块钱奖金……

不按重量来，大人小孩子胖的瘦的一律五十？

那当然，人家掉到潭里喝了几口水，被救上来，难道还要让他去磅秤上称一称？这有点不人道啊。

呵呵，那帮愣头青在崖壁下面站着，肯定都巴不得多有几个游客往水里掉……我忽然想到别的，又说，要是拿攀岩当招牌，是不是有点偏了？几个游客敢攀岩呢？年纪大了小了都不行，年轻的，十个里面未必找得出两三个。

自己不敢攀的，可以在下面看，我请的那几个人，除了下水救人，也可以表演攀岩。他们都乐意。

我问，还可以经营别的吧？

那是当然。河谷这么宽，滩地又多，可开发的项目不少。我下一步还打算买几十顶帐篷，供人晚上在河谷露营。年轻人来得多，谈恋爱的大学生来得多，他们肯定都喜欢露营，况且又不贵。晚上我让人搞篝火晚会，成本低，但光靠着卖啤酒，卖小吃，也能赚下不少。

看样子，如何经营河谷，韩先让已经想得蛮多。我说，呃，是个好想法。要把游客留下来过夜，就好比是捂住了他们的钱包。天一黑他们哪也去不了，就只好打开钱包任你慢慢往外掏。

不要说得那么直接嘛。韩先让说是这么说，脸上毫无窘意。

临走，他还叫我多去鹭庄走走，看看。我噢了一声，倒是真心的。我想着以前鬼不拉屎的地方现在要搞成野宿的营地，帐篷像蘑菇一样散落，篝火烧起来，夜夜笙歌……倒真还有几分向往。

过不久，我专门往鹭庄跑了一趟，说是给爷爷捎钱，同时也是按捺不住好奇心，想去看看韩先让将河谷搞成什么样了。政府门口有辆车，专门往鹭庄跑，每天有两三趟，我就搭那辆车去。村里的模样大变，贴了瓷砖的新房在太阳底下闪闪发光。白色的房子和山水固然是不协调，但是，我知道有一天它们会协调起来。凭什么土墙瓦顶的房子就和村庄协调？那也不过是年头久了，大家都看顺眼的缘故。

三叔告诉我说，爷爷前一阵还是忍不住去榆树底下装百岁老人。当时，他没把这事告诉我们，怕我父亲又担心起来。担心归担心，老人家你又不好成天把他看管起来。现在好了，游客们不在村子里盘桓，来了之后，都是笔直地下到河谷里去。这样一来，爷爷的那点小生意就没法做了。

吃了饭，我往河谷去。走最近的那条山道，河谷离鹭庄有四五里样子。这条山道是韩先让雇了人在山脊上开出来的，说是九曲十八盘毫不为过，有些险要的地方装了护栏。

顺着新开的这条山道走一阵，就到了河谷上头，再往下十来分钟，全是下坡的路段，都凿了梯级，但是拐来拐去，像是下楼。往下走的时候，我得以窥见这条河谷，狭长，这季节里芭茅最是茂盛，一人多高，在滩地里一片一片地长着。芭茅草中间有些地方，被人为地辟出空地来，方方正正，看样子是韩先让提供给游人露营扎帐篷的地方。我去时已经到了晚饭点，但下面人还不少，大都不是游客。河谷里完全是一派大生产的图景，很多人在河边圈定一块滩地，整理着地基，看那架势是要盖房子做生意。那些人，我大都认识，不断地跟他们打招呼，互相敬烟，聊几句。村子里已经冷火秋烟了，这河谷却是热火朝天，我感觉鹭庄的旅游生意，仿佛是从阵地战转入了游击战的状态。

河谷拐了一个急弯的地方，河水聚成一个深潭，叫黑潭。我在那里找到韩先让的大本营。他建起了一座木结构的两层楼，楼头有一块大尺幅的横牌：鹭庄大峡谷散客服务中心。走近了，墙上还挂着一溜小竖牌，"傻鸟户外用品销售部""傻鸟攀岩俱乐部""篝火晚会接待中心""黑潭别墅"……说实话，这幢楼装修的气派程度还是令我意外。我是带着寻找游击队的心情下到河谷的，没想到，竟在鬼都不拉屎的地方找出一幢别墅。

我走近了，一个妹子迎出来，把我当游客搞。她操着夹生普通话请我进去，问我要不要用餐。我跟她说，我是来找韩老板的。妹子听我讲乡话，就带我去见韩先让的老婆杨花花。花花说，韩先让暂时不在，因为他等一会儿才来。

他干什么去了？我品咂着花花说的话，发现不但有夫妻相这一说，两人待得久了，还会有夫妻腔。

当代中国最具实力中青年作家书系

哎，别说了。晚上唱歌的那个妹子，来我这里半个月，嫌钱少，今天中午偷偷地跑掉了。先让只好临时再去请一个。再说，啤酒也不够，起码还要搞三四十件才应付得了今晚。

偷偷地跑了？那她拿到工资了没有？

才半个月，怎么拿工资？我这里包吃包住。花花说起这事，脸上还有些气愤。

天黑的时候，还下来了整整两车人。加上白天就到的，我估计有百把人。伴城旅游搞起来以后，每天至少有一万多游客。韩先让只要拉到这个数字的一两个百分点，就足以把河谷搞得热热闹闹。当天的游客以年轻人为主（我意识到，此时正值暑假），下到河谷，心情似乎都还不错。河谷里茅草疯长，杂花生树，同时又正大兴土木，看上去，简陋寒碜之中藏不住一份生机勃勃。这应该适合年轻人的胃口。

天全黑了，河湾一侧的那块滩地就搞起了篝火晚会。滩地很大，桌椅有的摆在滩石上，有的摆在草丛中，还有的摆在河上的漂浮台上。我挑了一个僻静的位子坐下来，马上就有妹子问我要不要啤酒。我说三瓶，妹子笑着说，一瓶一瓶地来，我随时把酒送到你的手里。拿着酒，我才意识到，这一片区域只有椅子没有桌子，酒瓶必须拿在手上或摆在身前。如果多买几瓶，彼此真还分不清楚。

我不由得慨叹，咱们国家人就是多，只要说是景点，总有人来；只要说是晚会，永远都会遭到严重地捧场。

韩先让请的那两个主持人，倒有几分专业，普通话操得圆溜，还善于搞气氛。晚会上，韩先让并不提供多少节目，主持人总在煽动观众上台搞互动游戏，抢板凳、肚皮夹爆气球、双人拔河、猜手语、土匪抢亲……都不是新点子，周末去各省台看看综艺类节目，随便找也能找出一大堆。

即使简陋，观众们的情绪依然不错，谁想要唱歌，跟主持人沟通一下，乐队也能给伴奏。我喝着酒，心想，这台晚会倒真不需要多大成本。好在这些年轻人一下到这河谷，就得来一种肆无忌惮的情绪，大热的天，围着篝火喝啤酒，随便哪个人都少不了好几瓶。酒喝多了，谁还理会晚会上的节目专不专业呢？

晚会进行了一个多小时，男主持人拉起了手风琴，女主持人唱起苏联歌曲，整个场面迅速地安静下来。女主持人唱得很好，《白桦林》《共青团之歌》，或者是《山楂树》，都唱出浓浓的怀旧情绪。而下面的年轻观众晃着被酒精泡大的脑袋，听着怀旧的歌声，都纷纷晃动身子扭摆起来。一时间，群魔乱舞。

我忽然意识到，韩先让这一招真是高。几首苏联老歌一搞出来，便把整台晚会的寒酸气都盖下去了。我估计了一下，按人均三瓶计算，啤酒少说卖出去五十件。其实这个数字严重低估了，啤酒都是小支的，我这一小时下来，不小心就喝了半打。

韩先让不知几时来到我后头，拍拍我。我扭头看看，他戴了一顶牛仔帽。我说你几时来的。他说刚才我在伴舞，你看到没有？我不好意思地摇摇头，看样子酒喝多了，有点障眼。再说，打死我都不会想到，他会驼着背去给人伴舞。这个老板当得，事必躬亲，把自己搞得跟总理一样忙。

生意不错。我说，今晚上你光卖酒，就少不了几千块钱。

我卖得便宜，不是酒吧那种翻十倍的搞法。再说，啤酒都是找人从坡上挑下来的，我这运费成本就比别处高很多。村里人帮我挑酒，一路上，撕开纸箱抽出啤酒，一路走一路喝，我也拿他们没办法。

有那么多游客，羊毛都出在羊身上嘛。

晚会散场后，他叫我去他的中心睡，但是铺位严重不够，他只好叫我爬上坡去村子里睡。游客不熟悉地形，又喝了酒，这么晚了只好在河谷里找地方。一顶价值两百块钱的帐篷，韩先让租一晚就收三十。他还说，便宜他们了，要租六十，他们还不是照样掏？

我说，要是你租贵了，村里别的人也买了帐篷，租给游客。你怎么办？

韩先让叹了一口气，并拍拍我的肩，说，你别说了，这正是让我头疼的地方。你也看见了，是我出点子把河谷搞起来的，但村里人只要圈一块地，马上就能抢我生意。别的不说，就算是晚会上卖啤酒，也被村里人浑水摸鱼。

一条河谷，你又不能用盖子将它捂起来。

是啊，反正，只要是扯到赚钱的事，匡其这种猪脑壳，脑子也能转得飞快。他在那边圈了一块地，起码有十来亩。他要是开个店，也就算了。听人说，他也打算搞一搞篝火晚会。这岂不是明着抢嘛。

他就算要搞一台春节晚会，你也拿他没办法。

是啊，现在野猪也离开我单干了，找不到人再砸他娘的一瓶子。

此后鹭庄的事情，还是由三叔进城来说给我听。谷子收完，他很闲，在城里找点小活，其实就是拉游客去鹭庄。提成很可观，门票涨到八十八元，他拉一个客可以提五十，韩先让为了拉人来，还是肯下血本的，分成已经倒开。三叔只要把游客带到指定的那辆中巴车上，钱基本就到手了。我父亲叫三叔别在外面吃盒饭。因为旅游，佴城的物价比周边任何一个县份都贵，若不在旅游生意中赚钱，就无端增加了生活成本。

据三叔讲，前一段时间，在篝火晚会的生意上，韩先让还是彻底搞赢了匡其以及野猪。匡其野猪现在是合伙人了。匡其他们辟出的晚会场地，离韩先让的场地不过两百来米，要不是河道轻微地拐了拐弯，那简直就是面碰面。从那条专门开辟的旅游山道下到河谷，游客们首先要经过匡其的地盘。这样一来，匡其似乎占着地利的优势，扼守咽喉之处，掐了韩先让的脖子。因为他的砖厂产多少卖多少，这半年多时间下来，手头也小有积蓄，在信用社又认了一个妹夫，所以掏得出钱，还到佴城戏剧团挖来几个专业舞蹈演员排节目。他那台晚会，本钱投的大，从服装、道具到演员，明显比韩先让这边高出一个档次。而韩先让，他虽然已不再戴着牛仔帽充人数了，但是手底下的舞蹈演员，大都是鹭庄本地雇来的，白天下田，晚上充当演员，很有游击队的风范。但队员们跳出的舞步，一不小心就蹿出了摸河螺踩秧泥的习惯性动作。

但是，几乎所有的游客还是聚到韩先让的晚会上。匡其本来也拽住了一些人，两台晚会差不多都是晚上七点半样子点火，火一升起来，匡其的客人经常一呼啦哗变了，转眼间就拢至黑潭边，汇入韩先让的晚会。

这是毫无办法的事，在我们佴城，类似的情况可谓屡见不鲜了。一处巷口，一处街拐角，但凡有一家生意好的餐馆，马上，周边的门面都会做同样的招牌菜抢生意。但做来做去，照样是原来那家好，抢生意的只能抢得一嘴燎泡半撮毛。

当代中国最具实力中青年作家书系

村里人想趁着天黑给晚会上的观众卖啤酒，也被韩先让规范下来了。他也不好叫人去捉那些打秋风的乡亲，只是让自己的雇员都穿上了制服，胸前还配有机刻的徽章，徽章主图是一只头大身子小的鹭鸶，鸟脚上蹬一双解放鞋。晚会前，主持人告诫观众，买啤酒请认准傻鸟俱乐部的销售员，本公司每瓶酒上面都贴有"傻鸟专卖"标签；否则，私买啤酒发生食物中毒事件，本公司概不负责。

说是这么说，也有观众买啤酒时不看制服。他们相信，啤酒总归是喝不死人。两边的啤酒，每瓶差价都是几块钱哩。即便这样，卖酒这生意的大头还是牢牢掌控在韩先让的手里。所以，韩先让对于零星的损失总是不以为意，他大度地说，钱赚得顺了，难免要舍点肉喂狗。喂了狗，还防了狼哩。

匡其他们硬着头皮，把晚会撑了不到一个月，就偃旗息鼓了。一个月前，他自以为办砖厂赚来的钱还不少，但他的晚会场场倒贴，他那点钱真的拿来打消耗战，犹如掰玉米粒堵水井。匡其退出演艺业，这一下伤了元气，还有一点钱，赶紧在搞晚会的地方弄出几间简陋的门面，准备进军餐饮业。那几间门面，用杉木打了大骨架，再用杉木皮钉成墙，屋顶子上苫上油毛毡。匡其嫌油毛毡不好看，又叫人就地取材用稻草再苫上一层。

韩先让在这一着上虽然把匡其压了下去，但是，晚会生意并不稳定。前一阵由于是暑期，学生游客占主流，他们喜欢在这里过夜。暑期过后，大多数游客不愿在河谷里宿夜，只是白天来转一圈，看看风景，登山攀岩，或者租下烧烤盘三五成群地搞一搞野餐。到了下午四五点钟，游客们就没了玩性，顺山路返回鹭庄，再搭车返回佴城。黑潭边的篝火晚会，观众越来越少，从几十个人降至一二十人，烧起篝火，韩先让都越来越舍不得添柴。

谷子收了以后，几阵秋雨一淋，天气降温，晚会就停掉了。韩先让只得改变经营策略，不能老指望借助天黑捂住游客的钱包，只能趁着白日里游客逛河谷的时候，尽量赚一点。侔城搞旅游的乡村越来越多，到这个时候已经不下二十处了，韩先让给拉客者的提成也越来越高。仅靠门票收入，是不足以支撑傻鸟公司的运营了。

于是，还是要搞餐饮。游客们在河谷一待，通常都是好几个钟头，一顿饭少不了要吃的。但是，当韩先让回过神来时，鹭庄人已经在河谷里搞起了二十几家餐馆，还有几家小卖店，照相、租相机的铺子。一开始，韩先让对那些店子是不放在眼里的。村里人做事就图俭省，店面往往搭得连牛栏都不如。整个河谷里，唯一看着有模样的建筑，只能是他的黑潭别墅。别墅里有大餐厅，上百人的餐位，桌椅板凳一水玻璃钢轧制的。再看匡其那餐馆的桌椅，就在河谷里找青石板码成，土匪窝的架势。韩先让当然不把那些餐馆放在眼里。他相信，比起晚会生意，餐饮生意更牢靠地攥在自己手里。

……但这一手，苕吊又搞错了。游客们下到河谷，转上一圈，吃饭的时候，喜欢往那些破馆子里去，不喜欢在苕吊那里吃食堂饭。三叔说到这里，就笑了。他告诉我，小冲已经把餐馆搬到河谷底下，就五六张桌子，但经常是爆满。韩先让的餐厅里，经常一桌客都找不到。

三叔又说，咦，小冲就摸得准游客的心思。比如说吃鸡，在苕吊那里，你往菜单子上一点，马上就给你端来一盆。这么搞，游客觉得没有意思。鸡哪里都吃得到，你怎么做都做不出特色。

小冲就把活鸡放在芭茅草里，游客来了，给他们几只弹弓枪，让他们去打鸡，打死哪只吃哪只。这么一搞，他的鸡卖得最快。游客一来是玩得开心，第二，这么一搞，他们就死心塌地地以为，茅草里的鸡肯定是地道土鸡。

本来就是嘛。父亲说。

哪是啊，整个鹭庄有几只土鸡？小冲一旦放鸡给游客打，不消一个月，村里面的土鸡就被他买完了。现在都是良种肉鸡，赶集时从界田垅集场买来，一买好几十只，一集的时间（五天）就被游客打光了。有时候，游客一兴奋，一打就是六七只鸡，捉过来称着重量跟他们算钱，他们不在乎。吃不完的，要么带走，要么就十来块钱一只转卖给店子。现在，我吃鸡都吃怕了。三叔呵呵地笑起来。他又说，现在去帮小冲说亲了，找个妹子嫁到家里来，等她怀孕坐月子，每天保准有一只鸡吃。

我说，现在，多得是妹子想嫁给小冲吧？

他妈的，他歪着眼睛挑人家。钱没挣几个，搞出有钱人的胃口，迟早要栽。三叔说是这么说，脸上映起一片喜色。

我说，小冲能想到这个办法，旁边的餐馆子不晓得学？

哪有不学的？这个办法好，转天家家都用上了。鸡都放了，敞在芭茅草里乱窜，分不清哪只是哪家的。还是我想了一个办法，用油漆给鸡染发，红的一家，黄的一家，绿的又是一家。这生意就看天了，游客打死哪一色，就往对应的哪家店子里去。

呵呵，还是看天吃饭。

乡下人，能有什么办法？找不到正式工作，永远看天吃饭。

十一月的一天，韩先让跑到我家里找我，问我有没有会画地图的朋友。

小孩都会画地图。我说。

不是，正儿八经的地图。他脸上蛮严肃，丝毫没有开玩笑的心思。

我留他吃饭，吃饭时要他把具体的情况说说，再根据情况，看找不找得到合适的熟人。他脸上很急，不太愿意坐下来吃饭。我就劝他，韩老板，财喜不催忙人哟。他哈哈一笑，硬是要出去买瓶酒，再回来坐着谈事情。

……你知道的，你建个池子要往里蓄水，水嘴只有一个，但漏水的眼洞总是越来越多。他喝了一口酒，这么比喻他的境遇。接下来他说到的情况，和我从三叔嘴里听来的也差不多，但我装不知道，仿佛是头一次从他嘴里听来。听着他讲，我还时不时夹一句，怎么会这样？他脑袋一甩，说，嗯，就是这样咧。他说着说着，脸上免不了激愤之情。不过，激愤过后，他总是大度地说一句，都是乡里乡亲，肉烂了总是在锅里，我不计较。

餐饮这一块，他始终做不上去。每家店都投放了很多鸡放进芭茅丛，为了保证质量，他还专门去买本地土鸡，不像匡其他们，图便宜买肉鸡。一开始那阵，别家店里的鸡死光了几拨，他买的土鸡依然鲜蹦乱跳。那时候，他估计是肉鸡不善于跑动，容易挨枪，像国民党的兵。而土鸡们个个飞檐走壁，像游击队。游客们只能像是鬼子进村（也确实，进村的鬼子除了喜欢花姑娘，就是喜欢捉鸡），打不着游击队，只好打国军了。明白了这一点，他转天就把土鸡换成肉鸡。但再往后一阵，仍是他家的鸡命长。有时候，游客打死他的鸡，来他的别墅称一称重量付了肉钱，头一扭，把死鸡丢到别的破店子里弄。

也不知怎么搞的……说至此，韩先让感叹道，这年头，大老婆总是被野婆娘欺负。

我说，主要是这年头，家婆娘野婆娘也分不清楚了。

那我能怎么办呢？

别老把自己当成大老婆，面对着狼，你自己也要变成狼。和野婆娘斗，你就要把自己搞得比野婆娘还野。

呵呵哈哈，你的想法和我一样。他酌着酒，又告诉我，这一段时间，他敲疼了脑壳，终于想到一条解决办法。他考虑到，相对于河谷别的店子，自己最大的优势是手里有导游，那些游客按哪条线路走，他说了算。如此一来，他雇了人工，把那条旅游山道进行修改，在一个坡头改了向，直接拉到黑潭上方，再挖了阶梯，装上护栏，让游客一走到河谷，第一眼看到的就是自己的黑潭别墅。导游们把游客先带进黑潭别墅里交代注意事项，然后让他们订餐。五十块钱一位，买好了餐票，再让他们四处活动。订餐不是强行的，但这么一搞，游客往往以为河谷里就这一家店子，于是不少人买了餐票。

即使投了大成本这么搞，韩先让也只能让一半左右的游客在自己店上用餐。硬是不肯买餐票的，他也毫无办法。等游客们在河谷里逛起来，买了餐票的连呼上当，没买餐票的大赞自己英明。

对于流失的那一半的游客，韩先让当然不肯善罢甘休。于是，他想到要做一张地图。

……想来想去，只有在这张地图上做文章了。等游客们买好了餐票，我再一人发一份鹭庄旅游地图。地图上标有整条河谷的地形，哪些景点一目了然。不光是这个好处，对于那些餐馆，如果他们肯给我抽回扣，就把他的店子印在地图上。我会让导游交代游客，外面的店子，印在地图上的，安全才有保障。

他们肯听吗？

反正，导游要怎么宣传，我说了算。编几个食物中毒的例子，不怕他们不听话。

我说，只要到旅游区，哪家店子不给导游抽回扣啊？你不印地图，他们也会讨好你啊。

河谷的情况，没有你说的那么简单。我给鹭庄带来那么多好处，他们却是恨我，总有一些店，死活不会给一分钱回扣的。他们那么自信，我把地图一印，他们就知道厉害了。要是我不印图，仅仅说是带生意，那他们会以为我不带的话也会有生意，或者会以为我给每一家都带生意。既然给每一家都带，回不回扣也就无所谓了。鹭庄人什么脑壳，怎么想事，我最清楚。但是地图不一样，它白纸黑字，把哪家印在上面，又不印哪一家，很有权威性的哟。……再说，哪家乡村有详细的地图呢？我要是率先搞出来，这也是一个特色哟。

借着酒劲，他眉飞色舞地说了起来。又说，他以后还想利用地图，做新的旅游产品。比如说，在地图上特意标几个点，游客带图走到那几个点，就有工作人员在图上相应的位置盖一个章，或者发一枚小纪念品。当游客把特意标出来的景点走完了，他就返还一定的门票费。

……不能全部返还，要不然我要倒贴哟。韩先让说，只要游客把我指定的点走完，天一黑，他们就出不了谷了，只好在河谷里睡一晚上。我越来越发现，旅游生意的诀窍，是要拖住客人的脚，把他们留下过夜。……我甚至都想去找一帮年轻漂亮的妹子了，但是，唉，皮条客或者龟奴，总是不好听的哟。

那天，我从他脸上看到了踌躇满志。看得出来，他似乎蛮有把握，通过一系列举措，鹭庄旅游将重归他的控制。他就是这样一个人，老觉得鹭庄是他的，所以他要掌控这个地方，最是理直气壮，因此也就屡屡得逞。再说，对于鹭庄的了解，他也比村子里别的人来得深。比如，他从野猪拖来的两车砖看到了颓势；同样，我也宁愿相信，他能从一张未曾印出的地图中看到未来的大好图景。

那天，我答应帮他联系，找一找能做地图的朋友。有这本事的朋友，我一直没能找出来。韩先让自那次喝酒后，也没再来找我。

韩先让按自己的计划一步一步行事，而河谷中别的经营户，则信马由缰地赚几个小钱。这状况，会让有计划的人，抢占许多先机。据三叔以后捎来的消息，在鹭庄，韩先让逐渐显露出狠人的面目。大部分事情都被他预先算准了。旅游山道改道以后，韩先让把攀岩设备也用上了，年轻的、胆大一点的游客，上到黑潭边的崖顶，可免费借用攀岩绳具速降至崖底。这一招着实刺激，年轻游客沿着绳索一路降下去，内心已经嗨到顶点。老弱的则沿梯级下去，下到潭边，导游不由分说，先把所有人带进黑潭别墅，介绍情况，交代纪律，推销餐票，然后再发放鹭庄旅游地图。

地图是用浅黄的牛皮纸印刷，对开大小，小小一个鹭庄以及一线河谷，巨细靡遗地反映在了图上。每一个愿交提成和回扣的小餐馆，都能在地图上占据指甲盖大小的一块地方。

大部分游客都在黑潭别墅吃五十块一份的盒饭。那些不吃盒饭，自己出去找餐馆的人，果然也按地图的引导，对照着餐馆的牌匾，看是不是被地图记录在案。如地图上找得着该店的名字，那么，游客心里就多了一份信任。

没登上地图的餐馆，生意明显下滑。当初拒绝了韩先让的那些店家，现在才知道厉害。这里面就包括匡其野猪等人，也包括小冲。匡其等人，素来不把韩先让放在眼里。当初听到花花讲起有关上旅游地图的新计划，他们咧着嘴笑，很是开心。

他们说，你们家苕吊，是不是参加还乡团打回来了？难道，鹭庄又落在国民党的手里了？

花花好就好在脑袋有点不济事，由她去跟那些人宣布计划，再合适不过。那些人热嘲冷讽，花花毫不动气，她公事公办地说，反正话我已经带到了，还有什么不清楚的地方，你们去叫苕吊说好了。

她把她男人也叫苕吊，叫起来和别人口气不一样，充满柔情蜜意。

匡其等人说，找他说？我们过去找他，是不是管一顿饭呢？

花花说，你们来了，盒饭随便吃。对外面可是五十块钱一份呐。

匡其等人只得无奈地喷笑了，花花这妹子，你说她傻不啦唧，真要开她玩笑，她总是一本正经地回应着，也就不知道是谁在涮谁。

而小冲，他倒不至于不把韩先让放在眼里，而是因为没文化。他既没文化，又聪明得要命，天生会赚钱，所以把钱送给别人的事，他都过于谨慎小心。直到发现生意大幅下降了，他才搞明白中间的窍窍。

当初，这帮人管饭都不过去，过得几个月，发现生意形势每况愈下，就主动找到韩先让，让他在地图上也给自家的餐馆添个名。

当代中国最具实力中青年作家书系

……这是地图，不是村委会的小黑板，想添个名就添。韩先让跟他们说，最起码，要等这一版的地图都用完了，做第二版地图时，才能把你们的店名添上去。

三叔来我家时，说起韩先让，时不时咬了咬牙。他说，也怪韩先让把事情做得太绝，所以我们也就顾不得太多了。他要这么搞，得罪了一大帮人，大家稍微动动脑筋，就有办法对付他的。小冲的店名没有上地图，所以，韩先让这种做法，也就曲里拐弯地得罪了三叔。

三叔说话的时候，还在城里活动，继续拉游客生意，但现在的他已经和以前不一样了，是为小冲的店子找生意，是为自己家干活，所以精神十足。据他说，现在鹭庄很多人都像魂一样游荡在侔城的街子上，见到游客便拿韩先让印好的宣传资料，跟着游客少则走出一二十米，多则跟上半里路，苦口婆心，劝游客对这个地方多关注几眼。明白底里的人，知道这是推介景点，不明白的，当他们在讨钱。

但我还是相信韩先让，他会把河谷一步步收拢到自己手里。三叔他们这种搞法，太没有技术含量，

我没想到，在咱们脚下这块土地上，不正规的总是搞得垮正规的。何况，韩先让的"正规"也只是相对而言，如果没有三叔、小冲他们的纯野路搞法，韩先让的"正规"就无从谈起。

我好久没有跟韩先让联系，父亲身体好转以后，我继续跟着章二东游西荡，直到章二跟重庆涪陵一个女医生结了婚，之后章二摇身一变，也成为一个十代单传的苗医神人，在他老婆的诊所里坐诊。章二对兄弟还是有感情，如果我跟着他干，他会把祖传秘方透露给我，然后我们在诊所里三班倒地接治病人。

但我还是回到偡城。我很多亲友熟人，一旦离开偡城就再也见不着了，我在外面怎么兜转，终是会回到偡城过日子。

父亲作为优秀的教育工作者，赴京开了一次会，据说规格很高，会是在京西宾馆搞的，照了一张相，宽只一尺，长却是四尺有余，上面密密麻麻好几百个人头。那种地方每天都在搞规格很高的会，但对于我父亲而言，今生只此一次，所以特别看重这张大照片。有一天，他跟我说，照片必须裱起来。我说好。他就叫我拿到韩先让的广告公司，让他帮着搞，比在专业的装裱店省一半钱。

他现在还有空搞这个？

有的，你去好了。我那天碰见他，已经打好招呼的。

我去韩先让的广告公司，在马路对面就看见他了。他就在店门口，穿一件老头衫，用电弦割着泡沫字。那架势，完全没有了老板的模样，干活的神情似乎特别安分。我走近了叫他一声，他抬起头看我，笑了一笑，眼里夹杂着说不出的无奈。我把照片先给他，他量量尺寸，说是会用 PT 板压了边再框，这么裱出来尤其好看，照片保存的时间也长。他叫我过三天来拿。

三天后我再去到他店子上，去之前，特意绕了点路，去到政府门口。以前，鹭庄旅游的专线车一直是停在那个地方，但我再去，那个位置已经被另一处乡村旅游的专车占了。

照片已经裱好，他正在用九夹板帮人做招牌，用喷漆筒往板面喷一层清漆。我正要走，他叫我等一等，似乎有话说。空气中弥漫着难闻的漆臭，他喷好漆，扯我到隔了几个门面的快餐店里坐一坐。那是他熟人开的，不点饭菜，搭坐一会儿也是无妨。他还要了一壶免费的大麦茶。

既然摆开这副架势，我也无须问什么，知道他会把这一段时间的变故说给我听。果然，他告诉我，鹭庄的旅游已经搞不下去了。他没料到，最关键的一着，在于河谷里没上地图的那些餐馆，为了把生意做下去，就私自到城里拉游客。拉了游客，他们不走指定线路，而是另找小路把游客直接带进河谷地带。只要游客保证在他们餐馆里吃一顿饭，他们就帮游客免票。免票的事，对游客很有吸引力，有的游客来之前就上网查过的，知道鹭庄的门票是八十八，到俚城碰到这些野马导游，一说这笔门票钱可以省掉，他们浑身就来劲。河谷有那么长，曲里拐弯，条条小道都可以钻进来，韩先让根本是防不住的。即使防住了，那些小道一不是他修，二没被他买下来，别的人要走，他无权干涉。

　　韩先让这才意识到，鹭庄旅游之所以能卖出门票，还是因为有群众基础。鹭庄的人不管对他有什么样的看法，一直以来，还是兄弟阋墙，对外保持一致。村民达成一个共识，虽然进鹭庄的路有很多条，但是，每个人有义务帮着韩先让瞒住游客。否则，鹭庄人会觉得自己在吃里扒外。正因为这样，鹭庄这个千疮百孔的气球，一直还鼓胀着，或者没有彻底瘪掉。现在，村里人要拔气芯，他怎么堵也堵不住了。

　　……这以后，我的门票都卖不成了。他们再怎么挖墙脚，大部分游客还是被我拉来的，搭专线车，买门票进鹭庄。河谷里风景本来就不错，可以登山攀岩，打猎野餐，夏天还可以到划定的河段游泳，游客觉得买张门票也值。但是，匡其他们偏要跟我的游客说，其实不买票也可以进来。这一来，买了票的就不干了，找我退票。要是把票都退了，我又算是什么，投了这么多钱来学雷锋？我被游客打了好几次，没办法。韩先让说到这里，笑一笑，让我看看他背上的瘀伤。

我其实没把毛主席的书读好。他又说，我以为自己了解一个村子，其实也根本不了解。

我就笑他说，你别发这么大的感叹了。人家毛主席搞一个国家，你只是搞一个村子，这有什么可比性？

他想想也是，看看时间快到午饭点了，忽然想到要请我吃饭。我正要推辞，他就把店上几个伙计都叫到这个餐馆里，说是一块儿搞。他们经常在这里吃工作餐，我来了只是加一双筷子。

他的伙计大都是鹭庄老乡，吃着饭，大家聊的仍是鹭庄的旅游生意。韩先让卖不出门票以后，他就没法在侔城再投宣传费用，专线车也停掉了。鹭庄的生意，全靠游客找上门来。靠这点游客，韩先让的黑潭别墅最先支撑不住。而别的餐馆，成本纵是小，慢慢地也撑不下去。有时候，经常几天抢不到一桌客，卖不出一只土鸡，开一个店到河谷里，请人看门的钱都赚不回来。

鹭庄的旅游生意，甚至没有一个衰败的过程，差不多算是猝死。韩先让经营鹭庄，前后不过五年的时间，挣扎了几个回合，终于是没戏了。

后来我去鹭庄，偶尔也碰到零星游客，也有小孩给他们带路。

据说，河谷底下所有的餐馆子，已经无人蹲守。以前搭建起来的店面，没有人气养着，日晒雨淋，还有放牛的小孩搞搞破坏，很快就一片一片地塌掉了。只几家餐馆，店主还有心把店面保持着，时不时去修补一番。人不在那里，做生意的一应物件也不敢存放在店里面。后来，他们运用了地雷战的搞法，"不见鬼子不挂弦"，他们也是不见游客不开张。那几家餐馆约好了，每家轮上一天时间，像是值日。见着有游客经过鹭庄下到河谷，当值的店主赶紧背了锅碗瓢盆、白酒啤酒和荤肉素菜，一路丁零哐啷地响着，抢在游客前下到河谷，将店门打开做生意。

有时候，他们专为一桌游客去开了店门，却没想，游客自带着食物和酒，铺一块地毯，怡然自得搞起了野餐。有人压不住火揍了游客，他们认为自己被游客调戏了。游客可不是让人打着玩的，他们被抓到城里公安局拘了几天，交足罚款才放回来。

这事，网上马上就有帖子，搜一搜"侔城鹭庄：虎狼之地，游人慎入"便可看到。

每去一次鹭庄，我就觉得荒凉之气又厚重了一层。韩先让搞旅游时留下的亭台楼榭还在的，无人看管，很快都被当成了牛栏或者柴房。不仅如此，鹭庄曾经有的人气也散了，年轻人要不看不到，要不就聚在一起打牌，一个个死眉烂眼。这个村子，像是被短暂的旅游抽走了魂。

韩先让虽然已不做旅游生意，但旅游的事情还和他没完。二〇〇八年的夏天，有几个外地来的大学生钻进鹭庄，是四毛的儿子小星带他们下到河谷。神龛岩上，韩先让留下的攀岩路线还清晰可见，大学生一时兴起，要去攀岩。小星就坐在崖畔等待，那些学生答应他，带这一天路，给他三十块钱，外加一包好烟。小星才十二岁，抽烟已经有点瘾头。

去攀岩的大学生有三个，前两个都稳当地下来了，最后一个，在离地面还有十来米高的地方，突然就掉进了崖下的水潭。事后，掉下崖那人的同学说，他水性很好，那一下，肯定不是失足掉下去。他看看下面水潭，一汪茵绿，可能心一动跳了下去。但小星不知道，当是游客落水。当时他可能想到，三十块钱加一包烟非但没有赚到，还会惹不小的麻烦，这笔生意亏大了。小星毫不犹豫跳进水里，想救起那个大学生。两个人都会水，但那天，两人在水潭里都失去了章法，拍水的样子显得慌乱。两人好不容易挨近了，还抱成一团，忽然没了命地扑腾起来，让身边泼溅起大块的水花，仿佛都忘了怎么游水。

两人被捞上来的时候，都不行了，有点蹊跷。这事马上就传遍了鹭庄，鹭庄的人百思不得其解，便找出理由说，下面那条河谷有煞气。

韩先让起初还不觉得这事跟自己有关系，待在广告店里继续干活。四毛磨好了一把柴刀进城找韩先让，他得到消息，立马就消失了。游客死在鹭庄，这事闹得很大，俚城相关领导都去到鹭庄查看现场，看看崖壁上人工凿成的凸台、凹窝、裂缝，还有铁制的快挂搭扣，一问都是韩先让雇人专门搞起的。领导们很容易得出个结论，这件事情，韩先让负有主要责任。大学生的家属索赔一百万。而四毛，他一开始想要十万，但得知大学生值一百万，就知道十万是远远不够的。如果小星值半个大学生，那他娘的也是五十万呵！他暗骂自己真耆，然后把价码猛地加了上去。

韩先让再也不敢露面了，他的广告店马上也关张。自那以后，直到现在，我再也没见到过他。

去年年初，我又去鹭庄挂坟祭祖。鹭庄很平静，我去的时候，整个村庄湿乎乎的，前几年修的新房，贴墙面的瓷砖已经变暗，发黄，甚至爬着绿藓。在鹭庄这个地方，一切东西都旧得很快，但旧了以后，反而有一种协调。

我往山头上走，碰见韩先让的父亲韩光正拎着两大坨东西往河谷里走。我跟他打个招呼，问他韩先让有消息吗？老人气色惨淡，摇摇头说，我真是不知道，知道的话一定揪他出来。我问他这时候下河谷干什么，下面又没有坟。他就叹了一口气，说造孽啊，好好的一个大学生，却死在我们这个穷地方。我去神龛岩，帮他烧两坨纸，让他在那边也多有点钱花销。我就奇怪，我们这里的纸钱都是用黄草纸敲上铜钱窟窿做成，他手头拎的纸钱怎么花花绿绿？

　　哎，你看看。他把他的纸钱杵到我眼前。我一看知道了，韩先让印的首版的鹭庄旅游地图还没用完，老人手中的纸钱，都是用地图敲成的。

戒灵

"豹崽子"扁金

云窠寨这个地名，是可以顾名思义的。方圆百十里的人都认定，天上的云团都是从这个地方飘出来。远远近近全是绵延的山，山底下往往有脉象牵扯。一条大的脉象上，牵连着百十座山，像藤蔓上结满八月瓜。山民寻不到脉头脉尾，一辈子困在这山脉中，终年苦作，收成微薄，却又不敢轻易离了这方水土。老人们都说，走出山脉，是更大的山脉，像笋皮一样层层包裹。离了自家的山，外面山上的神，是不会庇佑你这外乡人的。神就像每户家里养着的狗一样，见熟人就摇着尾巴相迎，见生人就恶吠相欺。

而有些山孤独地、孑然一身地耸立着，和近旁势力庞大的山脉冷眼相觑，互不往来。山民往往依傍孤山聚集，居住下来形成一个个村寨。孤山与山脉之间的空隙会稍微平展，可垦出田地。孤山往往预兆着水脉走向，在山脚寻着富水的土壤，稍微凿深一些，井水就会汩汩地流出来。

另一个缘由，就是遇着土匪抢掠，山民可以往孤山的山巅跑去。山巅早已垒好一圈石墙，备着大块的滚石。进到墙体里面，居高临下守紧了，匪灾十有八九都躲得过。若往那些有脉象的山峰上跑，任何一处峰头都不牢实，土匪摸得上去。

囿于山地的封闭，山民的视线也铺不宽，总以为天上事物都与近旁的一些山有关系。云是从云窠寨飘出的，雷和雨都是从兮颂寨播撒出来的，而太阳，山民们如果早起登上山顶，都可以看见那是从最东边的内腊山上升起来的。那山不住人。那山住着日月，山民把日叫作"内"，把月叫作"腊"。据说日月都喜好清静，人住在上面，会扰得内公腊娘晚上睡不落觉，早晚升起会误了时辰，造的孽大了。

渐渐地，有的山民走了出去，晓得这片山看似占据蛮宽泛的地方，和外面一比，着实小得可怜。走到外面，就明显看出来，云不是从云窠寨飘出来的，日月也不是从内腊山升上来的。出去的山民回来，跟家里人说到这事，说眼光得变一变，外面太大，像一个大号篾箕，而我们这里所有的山堆起来，也只是篾箕里的一粒谷壳。老人不喜听见这些话，要出去又回来的人嚛声，说不要让内公腊娘听见，不要让兮颂寨的雷神兮颂听见，他们会不高兴。今年的日光雨水都给得足，还不是他们心情好了赐下的？

有山的地方多雨。春天的时候，打雷闪电，闪电不像是从天上划下来的，而是在一片灰暗的映衬下，从一座座孤山的山头长上去的，直插天宇，劈得一天暗灰的雨云不断开叉，又很快闭合。这也应了人们的说法，兮颂神会在众多孤山的山头跳跃，作法。

下雨前的那个晚上，天色会特别浓黑。如果月亮还出得来，会蒙着一层雾霭。山民说，腊娘戴斗笠，早雨如顿溃；内公披蓑衣，地界三年稀。按语序，内公两句应摆前头，腊娘两句应放后头，但山民编个四言八句常常反着说。意思是，大旱三年，其实应落下来的雨水都在天穹顶存着，像存在一口池子里。然后，这池底子忽然被谁的手揭开，积存三年的雨水同时泼了下来。顿溃没有对应的词语可译（山民很多词汇，在汉语里找不到现成的词去对应），那意思，大概是说天被凿了个大窟窿。

而太阳披蓑衣是怎么样的景象，挨到扁金晓得问这问那的年岁，已经无人说得清。老人们只晓得似是而非地描述一些天象，完了都交代一声，说自个儿从不曾亲眼看见过。

那年大旱，天象也不早早给予明示，这一带大量田地绝收，出了穗的秧苗，也像虮子一样细细的，瘪瘪的，里面没有米，只有"胀谷风"。空谷皮磨成细糠，吃起来满口钻，比碾出米的谷糠口味还要差许多，因为没有被米油浸润过。

云窠寨的扁金不晓得父母的模样。早早过世的父母留下一块田产，等扁金长到几岁，那块田突然塌陷，形成好大一个地漏，不能再种植作物。扁金到了二十啷当岁，只好每天早起爬行十几里山路，到挨近内腊山的一块河滩上去垦地拓荒，种些谷物。他倒是想在那河滩住下来，但云窠寨的老人却做死地劝他，每晚收工还是回寨子。扁金说，我不会惊动内公腊娘，我一条光人，狗都不带，天黑下了就睡，一丁点声响都不会弄出来。老人们还是不许。他们说，内公腊娘就撇在一边不说，以前祖上这些说法，也当不得真。但内腊山那边有虎，有豹子。你一人搭个小茅棚，如何防得了这些兽物？老人们又说，扁金你光卵一条是不愁，但你娘死的时候我们不巧在场，听你娘托话的，要看顾你，你饿了要周济你。既然那天我们当着你娘点了头，现在就得管着你。我们也不是闲人多事，喜欢管你。

扁金说，不是有梅山神戒灵保佑我们么？有他在，我又没干忤逆他的事情，他怎么会遣了虎豹来吃我？有个老人叹了口气，说要是梅山神戒灵打个盹，这当口虎豹来吃你怎么办？神仙也有照顾不到的时候呵。

扁金看这些老人认真的模样，只好点头答应，每天来回二三十里，去看顾河滩上那块薄田。

这年大旱，河干涸了，扁金开的田，土薄，被太阳晒成焦褐的颜色。兮颂寨每天晚上会传来神汉巫婆的鼓声，那法鼓敲三下一顿，顿三下会传来一句祷词。一连响了好几个通宵，浸湿地皮的雨也没降下。神汉聚毛杠了一道仙，借笔神在铺了米的匾里画出一些符谶。聚毛说，雷神兮颂走人家去了，串亲戚去了。看这符谶，估计他老人家往南，去了南海。在那里他有个小姑子，死了。他小姑停灵一晚，合着就是我们山里的一年辰光。

神汉聚毛的话第二天才传到云窠寨，于是云窠寨的人心也悬到嗓子眼上。他们想，兮颂的那个小姑停灵得有几晚啊？按山里的习惯，死人是要摆七天的，那岂不是，得熬上七年才有雨下？神仙家里亲戚多了真不是好事，有个生死病痛，婚宴嫁娶，都会让下界的人受罪。

聚毛说，神仙事情多，忙不过来，串个亲戚，顶多也就一两天。别人提心吊胆地问，一天还是两天？聚毛又说，我苦点累点，道场做勤快一点，给他老人家告告急，没准他早点回来。

兮颂寨的鼓声响得有半个月了，之后有个傍晚，山民胡乱弄了一顿晚饭，举头往天上窥去，今晚的月亮有点不同，月亮的边线轮廓很不分明，毛茸茸地。再后来，一些云翳沾附在月亮旁边，就不再动了。山民们看着这样的景象，想起自小就会念的谚语，心底按捺不住一喜，以为明天天象有变，雨说不定就浇下来了。

一连几天过去，每夜月亮都披了轻纱似的脸面模糊，但次日太阳依然焦毒，一遍遍翻晒地面。山民这才晓得，谚语里说的事，有它的道理，却也不是屡试不爽的祖传单方。白天，顾不上燥热，山民拿了筐筐篓篓去掘草根采树叶，预先备着。能充做野菜的草无非是青蒿、芭茅根、青川草、老鸦菜、糯米草、野茼蒿……把这些东西挑出来，塞进大缸里面，再把开水化盐，放冷以后浸进去，一应弄成泡菜，吃着有一股酸腐味。但人的胃囊子瘪了几天以后，只求有东西往里面填，哪顾着味道？要是手脚稍慢，过不多久，山上草根也没处挖了。

雨没有落下来，月暗星稀的晚上，豹子好几次摸进云窠寨，找吃食。

山里人家大都养着狗。山民再穷，狗食还是会省出一碗来。教小孩算人口，家里的狗通常是要算一口的。不到大饥大荒的年头，狗自个儿生老病死，留下一具尸身，也不能吃，而是跟人一样打发，找个向阳的地方埋了。山民有山民的讲究。这些狗不进到城里富户宅院，而是落生在山民的草窠里，不嫌穷蔽，一门心思把这家看好了，山民心里先就有一种愧怍。狗叫唤了一辈子，若死后还剥皮燎毛炖了吃，老辈的人就会骂了，说现在年头还过得去，就要吃狗，那日子稍微困顿，还不得吃人了？

山里的狗还是蛮多，晚上，狗们会吠月。一天都是黑的，黑得一塌糊涂，却飘出一只月亮，着实有些奇怪。老狗对这见怪不怪，但当年落生的嫩狗还不习惯眼前的事物，又刚开了叫口，嗓子眼憋得慌，吠个不停。这吠声扰得老狗们也耐不住了，也跟着小辈长短不齐地叫唤开了。

豹子的嚎叫声，像是从很高的地方掼下来的。说来也怪，豹子的声音并不尖细，而是低沉喑哑的，像一阵风钝钝地滑过竹林，过去之后还留下簌簌余音。狗们的声音很高亢很驳杂，月光惹得它们突然记得自己祖上是密林深处的狼，于是欢实起来，拖长的尾音有如狼嚎。但豹子声音一落到寨里，狗们一下子全哑了。主人开了门出去，往往看见院落里的狗低低吠着，很哀伤的样子，若见了光，会弯着身子一圈圈转起来。那是被豹子的声音吓蒙了。狗从不知掩饰情绪，高兴了就把尾巴甩得一片风响，悲哀了就低吠，害怕了就会急得去咬自个儿尾巴。

豹子最爱吃狗肉，就犹如狗最爱舔食人粪，牛最爱嚼河边的丝茅草，羊最爱啃篱笆上的女贞树叶，生的。寨里的人看见狗的动静，晓得豹子会来，不敢大意，都进去把门闩死了，把自家孩子看好了，再支起耳朵听外面的动静。碰到这样的时候，狗反而不往屋里带，得留在外面。这也是山民多少年来形成的习惯。畜物是护不周全的，若狗护住了，还有猪，还有牛，还有羊，还有鸡子。豹子不得手，盘旋在寨子周围不肯离去，反而是更大的祸害。每次，豹子只拖一只狗去，往后寨子会平静数月。所以山民们说，这豹子其实蛮仁义，不贪心。若它三天要吃一只狗，你还不是得给它？

豹子来临的夜晚，狗都得留在屋外，用不着约束，每家都会这样做的，只看哪家的狗倒霉。被豹子叼了，也没事，回头有哪家的母狗下崽，去抱一只。

豹子趁夜叼得一只狗去，过不了多久，寨子的狗又吠起来。寨里的人也知道，今晚上的凶险事过去了，打开门看看，自家的狗还在，也不是蛮庆幸。别家的狗死了，别家的人会有一两天难过。

扁金从不养狗。寨子里就他不养狗。他白天出门，那间破茅房用不着狗看护。听见豹子的声音，他会暗自欢喜。第二天，起个大早，拽把柴刀踏着露水出去，绕寨子转一圈，就知道豹子的去向。循着路径，他不断能找出一些细微的踪迹，走不了几里，就能寻着没吃完的狗尸。豹子不同于红狐和紫貂，工于心计，一顿吃不了的会挖个洞穴埋藏起来，等哪时背运逮不着兽物，再重新挖出来享用。豹子不是这样，这顿啖了个肚皮滚圆，就把吃剩的东西一扔，也不管下一顿到哪里寻觅。豹子是捕猎好手，少有放空的时候，从来都无忧无虑地过活。

扁金找得着豹子的弃物。甚至有一回，找到地方一看，圈柴家的大狗子仅仅丢了个脑袋，四条腿都完好的，拿回去有几天口福。扁金不难瞧出来，昨晚进入寨子的这头豹，个头应是挺小，食量也小，吃相斯文。不像别的豹子。大多数豹子玩性大，一边吃一边还会掏狗肚子，把狗的肠肝心肺掏出来到处扔。

人吃狗肉，讲究一黄二黑三花四白，讲究后腿肉厚前腿肉薄拎个狗头全是壳，而豹子反着来，先从狗头吃起，喜欢吃里面嫩如豆腐的脑浆。

云窠寨的人都晓得扁金会这一手，能从豹子嘴里分得狗肉吃，也不恼，反而亲切地管他叫"豹崽子"。自家的狗不能杀了吃，若寻到豹子弃下的狗肉拿回去吃，怎么说也是天经地义了。寨里的人也羡慕扁金讨得这手便宜，遇到丢狗，次日一早也攒了心劲出去寻找，但摸不着门道，瞎走一气。回回出寨寻狗的人多，最后找到狗肉的，仍是扁金。

寨上的老人看出来了，这若不是扁金生就的才能，便会跟扁金嗫了几口豹奶有关。扁金吃过豹奶，管用得很，从此他身上也有了豹性。事情还得说到扁金半岁大小的时候，那时他娘还没死，抱着他下地干活，奶完了，就把他连同襁褓放进一只藤篮里。那天正好一只母豹从那一带过道，寻着扁金他娘不注意，叼着扁金的襁褓就走，沿着山谷往远处去。他娘赶紧呼救，好几条后生听见山里泛起的回声，赶了过来，知道女人的小孩丢了，一路往山谷深处撵。撵了三四里路，竟然远远看见了那头母豹。

　　那地方是山谷里马鞭溪折转处，凸出一块巨大、光滑的麻石。有经验的人一看就晓得，那是豹子出没的地方。夏天里，豹子最爱去到马鞭溪边的石头上乘凉。走得近了，几个后生看得清楚，那是头花斑豹，个头不大，六七十斤，正像狗一样蹲坐着。见到有人靠近，母豹一点也不着慌，龇龇牙露出些凶相。它晓得这一群两条腿的货色根本跑不过自己，用不着担心的。

　　几个后生再一看，奇了，女人的那孩子竟然在母豹肚皮下蠕动着，小脑袋一拱一拱。母豹把猎获的兽物叼到地方，总是要耍弄一番，再咬死。待这只母豹放下了扁金，扁金哪管身边是个什么东西，他饿了，就到处去找奶头嗫。居然给他找到一枚，叼在嘴里就不肯放了。后生们手里拿着锄头茅扦，慢慢拢近了。那母豹这才甩开扁金站起来，抻抻懒腰。豹子跟狗不一样，肩和臀高耸着，身子、肚皮如同一道弧线往下坠。抻懒腰时，它臀部先行拱起来，前爪尽力往前探，身上的膘好似在流淌一般，哗啦啦全堆到屁股上去了；两只前爪舒坦了，又去抻后爪，臀部立时矮下去，肩头高高耸起，浑身的肉看着又一圈圈往前面捋。母豹整个身子都弄活络了，这才轻轻一跃，跨过溪涧进入那片矮林。

后生把小孩抱起来。这家伙，除了襁褓上被豹牙挂出几枚洞眼，身上竟然没伤口，还嘬得满口豹奶。

当夜，这事传回云窠寨，寨上生过小孩的女人一听，也并不奇怪。她们说，肯定是母豹发奶发得太多，正胀痛着哩，小孩一嘬，它就舒坦了，哪还舍得一口把小孩咬死？男人们一听明白了，说那倒是，母豹又不能像你们那样，腾出手来自个儿挤，挤得满地都是，招得蚂蚁爬满了院子。

吃过几口豹奶的扁金，日后长相却有些邋遢。小时候寨上人还蛮欢喜地冲着他喊，豹崽子，豹崽子！死了娘后，他慢慢长大，身子矮圆，发毛拉杂，根本不似豹子那般膘实精悍，倒像传说里的人熊。后来，豹崽子这名字也没人叫了。等他成了年，无师自通掌握了循着豹子踪迹找死狗的本事，"豹崽子"这名字，也一同被找了回来。

有些后生也想吃狗肉，碰见扁金就不肯放他走，说，豹崽子哎，也别吃独食，把你找死狗的法子，给我们教教。扁金哪里肯说出来？寨子丢狗，一年也就这几回。而且，狗肉这东西，越吃越上瘾。即使夏天吃多了会腾起内火，烧得鼻血长流，他还是直呼过瘾。扁金在人前乐得摆出个憨相，敲着脑壳想了半天，也说不出话来。别的后生说，豹崽子，是不是你吃得几口豹奶，得来豹性？那我们岂不是学不来？扁金就顺着他的话说，嗯，也奇怪，要我说个子卯寅酉，还真是没有。豹子过道，我像是闻得出气味。豹子身上有点膻，走道挨着草树，草树上就会沾着膻气，仔细闻一闻，闻得出来。

那些后生竟然肯信，听得心头一凉，晓得这狗肉活该扁金一人吃着。其实哪是这么回事？扁金的鼻子又不是狗鼻，他找豹子，虽然也隐隐闻得见一股豹膻，有时候豹尿的腥臊他也能分辨出来。但主要的手段，还是凭着眼力。豹子行经的地方，有迹象可循。若讲出去，只消一顿饭的工夫别人都能学了去；若不讲，这手工夫便闷死在自个儿肚皮里。

扁金不是话多的人，他若不想讲，嘴巴任谁也撬不开。其实有时候他也想讲话。他一个人过惯了，如果肚皮里实在憋着话，像女人憋奶一样难受，他就会去跟山脚的树去讲，跟溪畔的石头去讲。每顿吃狗肉前，他会对着狗肉讲一堆话，再面朝山林说话。那些话他是说给豹子听的。他感谢豹子仁义，把那么好的狗肉留给他吃。

有时候，扁金心里觉着，也应该感谢丢狗的人户，但他晓得不能想太多。想得太多，狗肉吃在嘴里就会觉得亏欠了人家，就会吃不出味道的。他的胃口和山上豹子一样，吃上狗肉就觉得是过年。

开堂会的麻婶娘

这一年的辰光，绝收断粮是铁板钉钉的事了。豹子来得勤快，两月不到就进寨三回。有一回，豹子被牛现兄弟埋下的兽夹夹伤了腿，拖着兽夹跟跟跄跄地跑了，狗没偷成。老人们聚在苦楝树下，都说，看样子，又到了吃狗的年景。

这月余的时间，云窠寨已有两户人家丢了狗。前一回，扁金没有寻到剩狗；后一回，扁金只找到一条狗后腿，边缘有撕咬过的印痕，还有扔得满地都是的狗下水。狗是牛现家的，牛现在丢狗后一天的晚上来到扁金的茅棚，看看扁金在不在吃狗。扁金果然在吃狗。他用瓦钵炖着狗肉，配料都是从山上掘来的草根，和城里人户炖狗肉时常用的柑子叶八角茴香不同，炖出的味道不那么酽，那味道平实轻淡，袅袅地在茅棚里飘着，又从茅苫里钻出去。方才，狗肉香跑到了牛现的鼻子里。他晓得这个下午应该会有狗肉香从扁金的茅棚里飘出来，一闻，果真就闻到了，还打了几个响喷嚏。

扁金也晓得是牛现的狗，只是笑笑。他暗自地说，现在，这狗跟牛现没一点关系了。狗是自己找来的。牛现也明白这一点，扁金吃狗的事，全寨的人都默许了。谁叫他闻得着豹子身上的臊气，寻得着踪迹呢？

扁金，我就是看看，你找狗的本事是不是真的。牛现兀自笑笑，说，看这样子，是真的咧。

牛现坐下来以后，掏出一壶米酒，说，老弟，我也不白吃你的。这狗我不认得，认得的话，我也不会吃。这几天哥哥我败火败得厉害，搭帮你吃几坨狗肉，补补火。

扁金就奇怪了。天气已经够热了，牛现何事还缺火啊，毫没道理。扁金说，牛现你拿我寻开心不是？这样的天气，你怎么能缺火呢？一口狗肉一口酒，会吃得你流鼻血。

……我也不瞒你。牛现折了两根柴棒做筷子，径自撵起肉来，说，按说现在应该吃性凉的东西败火，但哥哥我身上的火气，都让女人给吸光了。这几天，我的脚跟子抽了几回筋。我就晓得，要补补火气了……

扁金哦的一声，然后才想起来，牛现这人也跟自个儿一样，还没娶媳妇的。他就说，牛现，你到哪里找的女人？你莫不是去找麻婶娘了？

牛现被狗肉汁呛了一口，说，我还以为你不晓得，原来你也晓得这回事。天，我还以为你不晓得。寨上的男人，我左右看去觉着数你最老实、最牢靠，却原来你也想着这些个花花事情。牛现奇怪地笑了，抿一口酒，把酒壶推给扁金。扁金也能喝酒。

扁金吃狗肉的时候不说话，这样，肉香能往上走，跑到扁金的脑子里去，也好久久地回味。但牛现闲不住，他嘴里挂着酒味，鼻孔里塞着肉香，脑子里却仍然跑着麻婶娘白晃晃的身子。他一个劲说起跟麻婶娘做下的那些事，脸上只有酒劲熏出来的酡色，没有半点羞色。他觉着，那事既然做了，既然把自己快活了，就没什么不可告人的。

扁金嗯嗯啊啊地应着，也想到麻婶娘这个女人。他记得麻婶娘和自个儿一样，独自一个人过活。麻婶娘的男人好多年前就出去了，说是想赚点洋钿回来，总比土里刨食要划得来。结果那以后就没回来，有人说是他入伙干了土匪，有人说他中瘴疠死在辰州，又有人猜测，他八成在外面另外找了女人过生活……在山里过活，再苦再累也不能把日子盘活，把家底盘厚。云窠寨子里面，好些个男女跑出去，再没了音讯。麻婶娘是从很远地方的寨子嫁过来的，既然男人没了下落，她似乎也可以离开寨子，去好一点的地方落脚。但麻婶娘是个落地生根的命，没有再离开。于是，就开起了堂会……

你说，麻婶娘长得怎么样？牛现这么问扁金。扁金端着酒壶，就说，长得跟酒壶一个样，宽宽的，扁扁的。

是呵是呵，但要比酒壶多个出气孔，所以就大不一样了。牛现一脸坏笑，又问，我是说，她长得怎么样？

扁金想了想，说，长得，还过得去。

没想到，你还蛮挑剔。

两个人继续喝。米酒喝下去是淡淡的，得等上一阵，后劲才直冲脑门上去。牛现自顾着说，扁金的心思却活泛了，麻婶娘的样貌，伴着狗肉和酒的气味，渐渐清晰起来。

他也是这一年才知道什么叫开堂会。在城镇里，开堂会是宗族聚事，晚上免不了要请几出乡戏。但在远近的诸多山寨里头，开堂会是另一个意思。山寨里的堂会没有戏唱，一切都是暗中进行，所有人都对此心照不宣。寨里但凡有寡妇，开开堂会，上了年纪的人是不能说的。毕竟，云窠寨子太穷，嫁出去的女人多，接进来的媳妇少，很多男人注定是要打光棍的。于是，寡妇半夜留了房门，让找不上媳妇的男人进来，过一夜，黑灯瞎火闹一阵，甚至不要问是谁。男人临走留些东西在寡妇的门背后，多少随意。但寨里的男人去摸寡妇的门，都尽量多带了东西。虽说黑着灯，但一个寨太小，哪晚上是谁来，留下值多少钱的东西，寡妇心底一清二楚。这回留得太抠门了，下回再去，寡妇就会甩出冷脸，侧开身子，让男人着急上火。

扁金一直在想，麻婶娘就是这样的人么？他看不出来。麻婶娘像男人一样的身板，宽大板实。扁金时常在寨子里、在田间地头看见那女人，她都在忙着活计，流着汗水。他着实想不到，一到晚上，她又是另外一个人。想到这些，扁金心子有些隐痛，忽然又自嘲地笑起来，不晓得这些不着边际的心思都是打哪里来的。

上一年，他还不知道有开堂会这回事，也不知道男人女人晚上怎么个闹法。那次，豹子来过寨子后，他捡得的狗尸四腿俱全，一时高兴，就卸了一只后腿，趁天黑偷偷扔到麻婶娘的屋门口。他觉得一个女人过活，怪不容易，定然有好长时间没沾荤腥了。

第二日，也是天黑下后，麻婶娘把那只狗腿送回来了。她说，扁金，着实没想到，你这么年纪轻轻的，也有了那些胡乱的想法。扁金有些蒙，答不上话。麻婶娘说，哎，看你这日子过得，媳妇也是想不着了。也别太当回事，今晚来吧。一个男人，有贼心呐就更要有贼胆，畏畏葸葸那叫投错了胎生错了把。今晚上来吧，我有空闲的，心情也蛮不错。扁金更懵了，他问，麻婶娘，我今晚去你那里干什么？麻婶娘这才瞧出来，扁金这孩子真还不晓得那些事。她叹了口气，说，以后不要给我送狗肉，我忌这一口。你本来好心，别人不晓得，要是撞见了，还会在背后说三说四。

那次，麻婶娘走了以后，扁金脑袋里装了一堆想不明白的事。本来想去问人家，突然有了提防，在别人面前硬是开不了口。慢慢地，他能从寨里人闲言碎语和窃窃私笑里头，听出来一些门道——体会别人的言外之意，串起来弄明白一件事，对扁金而言，要比寻找豹子留下的踪迹难许多。扁金挨了几个月，才逐渐开了窍。倒不是他脑子不够转数，而是，有些隐约的事物藏在脑子里，想得越多，就越不得要领。随着年岁增大，他越来越觉得，人的事，比豹子的事复杂得多。之后，想明白了，他临睡前就会想到麻婶娘的宽臀大乳，心里烦乱。

好几个夜晚，扁金走出茅棚，看见月光很暗，把路映照得不那么真切，但可以看出来，路直直地铺向麻婶娘那栋垒石为基、三合土砌墙的矮屋。他鬼使神差地走去，但路走得一半，他的心思变得比路面上铺的月光更暗淡，只好折返回来。

牛现说起这些，他就羡慕牛现毫无顾忌的态度。换了他，他憋死也不会说出来。牛现在扁金的茅棚里吃了肉喝了酒，说一大堆话过足了嘴瘾，站起来还放一溜屁，这才心满意足地离开。扁金还原地坐着。他有些愤恨牛现把事说得这么通透。这之前，他对麻婶娘开堂会的事还存在知之不详的地方，但经牛现一说，一点疑惑也没有了。他甚至在牛现叙述的同时，脑子活生生地冒出当时那景象。扁金的喉咙涩了起来，几口米酒灌下去也没有润开。他两眼发乌，忘了狗肉的滋味。他强烈地认识到，世上还有比吃狗肉更美妙的事。

当晚，月光依旧晦涩。扁金睡得不好。他心子仿佛长出八只脚，一遍遍地往外面跑，而自个儿，始终躺在稻草铺上，背脊上沁出好大一摊热汗。

自后扁金也没趁了天黑去到麻婶娘屋里。按说一个寨子，其他的后生，家里都有老辈的看管着。扁金要去，无人拦阻，最是方便，但他到底把自个儿管住了。牛现说话的当夜，扁金体内有来自酒和狗肉的两股热火攻心，都强自憋住了不去。过了那夜，扁金的这份心思淡了许多。但入睡前，还是会有疑问：今晚上，谁去了麻婶娘屋里？麻婶娘做了这样的事，心里是怎么滋味？于是，扁金仍免不了有些难过。

入了秋，能骗住肚皮的树皮草根越来越难找到了。内腊山底下的溪涧早已干涸。这些天，扁金能做的事就是翻开溪涧里的石块，捡拾附在石头上的虾皮蟹壳，还有绿藻，以前，这些绿藻呈絮状浮在水里，现在，都已经干成疤痂状，一块一块。可以预料，这个冬天要死好多人。扁金还想活下去。活的时候也不觉得有什么好处，一年也只有吃狗肉的几天说得上快活。一旦感到死在迫近，活着的滋味忽然丰盈起来，忽然才发觉，饥也好饱也罢，包括痛楚烦闷，原来都值得一番玩味。

有些人户开始杀狗。寨子里，白天也时常传来狗的惨叫声。

按说，白露过后，肉用重盐腌着才不易腐坏，可以保存到冬春时分。但心急的人已经痛下杀手。听到狗的惨叫，老人仍会蹒跚着脚步去到杀狗的人户，说这么急干什么，让狗多活一天是一天。人呐，积点德。杀狗的人嘴一歪，说，好歹也是几十斤精巴巴的肉呵。手脚稍微慢点，说不定又留给扁金了。

他们都不说留给豹子，而是说留给扁金。扁金这才晓得，几年下来，寨子里的人积存着对他不满的心思哩。

快挨到冬天了，麻婶娘家里早揭不开锅，但她还是舍不得杀自家的狗。麻婶娘家里养着一条纯黑的大狗，腿长，精瘦膘实，眼里冒着蓝光，样貌挺唬人。有人还当麻婶娘一个女人，不敢杀狗，找上门来愿意代劳，只求分些狗下水回去炖汤。但麻婶娘一应谢绝了，嘴上说，怎么能吃狗呢？即使炖了，也咽不下去啊。再说我只这么一条狗伴着，晚上摸进来的那些死人，哪能有狗这么好的良心呐。

麻婶娘管那条纯黑大狗叫鬼共农腊，意思是一口能吞掉月亮，是个雄浑的名字。狗刚被抱进屋，还很小，麻婶娘就成日这么叫来着，日后，狗果然越长越雄实，在寨里头，算得上狗王。别的公狗一见着鬼共农腊，就把尾巴夹住了，吠出哀声，隔老远就闪一边去。鬼共农腊在寨里要干哪只小母狗，别的公狗也只能远远看着。

另外，鬼共农腊特别通人性。狗是从神汉聚毛家里抱过来的。聚毛跟麻婶娘说，这狗被我调教过了，通人性，有别的狗都不具备的本事。你一个女人家独自过生活，日后用得着。当时麻婶娘理会错了意思，不领情，还把聚毛骂了一通。聚毛好脾气，说我晓得你是好女人，我当然不是你想的那个意思。这就轮到麻婶娘双颊绯红了。

鬼共农腊被喂养的头一年，一直不长个。翻过年，突然脱胎换骨般地长大了，长成一只挺神气的黑狗。麻婶娘这才晓得聚毛是好心的，原来鬼共农腊会认人。云窠寨子不过四五十笔炊烟，两百来号人，鬼共农腊用一年的时间全都记下了。晚上，鬼共农腊把在麻婶娘的屋前，要是没结婚的后生崽进去，它就趴着不动，也不吠。要是娶了媳妇的男人摸进来，鬼共农腊就会腾地跳出狗窠，一顿狂吠。要是来人还不知趣，鬼共农腊就会跳起来老高，往男人身上扑。

所以，寨上结了婚的男人都不肯叫狗的名字，而是叫它列格达寄，意思就是长眼睛的王八。

麻婶娘就在这只大黑狗的看护下开起堂会，日子比一般的人户过得还好一点。别人家的狗陆陆续续都杀掉了，但麻婶娘舍不得杀鬼共农腊。扁金从麻婶娘家门前走过去，鬼共农腊就腾地从矮围墙里头跳出来，朝扁金摇尾巴。别的孤男鳏夫来赴堂会，鬼共农腊不吠，但也懒得理睬，快快地躺在地上任人进去。半夜，屋里头冒出扯皮的声音，吵架的声音，鬼共农腊就晓得主人遭遇麻烦事，就伸出前爪去扒门板，并一顿乱吠。里面的男人就不吱声了，静下来。鬼共农腊退到一边去，照样冷眼看着男人在暗中离开。

鬼共农腊一闻见扁金的气味，就会活跃起来，摇尾乞怜。扁金也奇怪，不晓得这狗何事对自己这般殷勤，那尾巴大幅度甩开，把整个屁股也带动起来。起初扁金也蛮喜欢鬼共农腊，它黑得纯然一色，锅底灰都黑不出这种成色，再者，个头巨大，肚皮也略微地往下面耷拉，远远看去有几分豹子的模样。但有一次，扁金正吃着狗肉，看那黑狗经过自家茅棚前，就随意扔了根后腿骨给它吃。本来，扁金当鬼共农腊对这根骨头瞅都不瞅——稍微上得台面的狗，都不会啃同类的骨头，没想到它竟然一口叼了走，寻个僻静的地方，嘎嘣嘎嘣啃起来。那个馋样，让扁金顿生出厌恶来。从那以后，扁金知道鬼共农腊并不是只好狗。每当鬼共农腊拦在路中央摇尾讨好，扁金就厉声呵斥它，要它闪开让路。鬼共农腊却显得没心没肺，摇得更欢，于是扁金就拾起石块砸它。鬼共农腊那么大只狗，挨了一下就显出颓势，低吠起来，满眼都是恐惧和无奈。

扁金心里还在骂，去，没成色的。

但寨里别的男人不敢用石头砸鬼共农腊，一砸，就把它的狗性，甚至狼性砸出来了，口唇上的赘肉一紧，钢牙一亮，便扑腾过去。那样子，像是能要了人命。

麻婶娘有次看见了扁金砸她家的狗，正担心扁金会吃亏，遭鬼共农腊撕咬，却没想到，鬼共农腊把大尾巴卷成个内弧，藏在肚皮底下跑开了。麻婶娘放下心来，走过去问扁金，扁金，何事要打我家的狗？

扁金没有作声。寨上有打狗欺主的说法，扁金理亏了，只好任麻婶娘说上几句，再走人。麻婶娘其实不恼，凑得更近些，问扁金，是不是晚上它不让你进来？这就奇怪了，我家那狗是聚毛施过功法，精心调教出来的，一寨人它都认得清楚。

说话那时，扁金还不晓得麻婶娘干着夜里的营生，一头雾水。翻过年头，他才知道，那一回麻婶娘神情诡谲说出的话，是什么意思。想明白的那一刹，扁金的脸一下子滚烫了，仿佛麻婶娘的声音仍飘在耳际。

唱神之夜

那年入秋，刚下了一顿细麻麻的雨，山脚就崩塌了一片，压倒一户人家的房屋。幸好这事白日里出的，屋里没人。等到户主回来，看见埋在泥土下的房屋，只是淡淡地说，幸好，狗先杀了。

他的意思是，要是不杀，狗被深埋在泥土下面，砸成肉泥，挖出来都吃不着了。

云窠寨的老人晓得这事，也到塌山的地方看了一圈，在苦楝树下蹲作一堆，有模有样地做起了商议。这事着实蹊跷，雨都刚落下来，地皮还润不透，何事就塌山了？几个老人几缕胡须，捋来捋去，都说没见过这样的景象。于是，老人就猜，是不是梅山神戒灵怒了？这年的山，山上的草树藤蔓，被寨里人拔了砍了，弄得光秃秃的，好似脱下戒灵的一件衣服。戒灵作为一个神，光着身子也不体面哩，会被他（她）的那一帮神仙朋友耻笑，于是就小施惩戒，有了塌山这样的怪事。

老人们越说越觉得是这回事。

看看那天的云相，暗灰的云往天穹中间堆积挤轧，仿佛一张愁苦的脸，老人们又商议，是不是请聚毛也来云窠寨唱几堂。戒灵是喜欢听歌的神。聚毛有些歌子人听不懂，是唱给神的。起先山民也怀疑，问聚毛，聚毛，你是不是蒙人呐？你神神道道地，谁都听不懂，难道山上的神就听得懂？

——做人要讲良心，我又不是吹牛皮，凭的是真本事。聚毛不紧不慢地跟那些心里疑惑的人说，学这一套是要钱的。以前我老子给我一把钱叫我去学，往西边走，先是去了梵净山，再次去了峨眉山，又次去了昆仑山，死皮赖脸跟了几个大师傅。你以为容易？

戒灵给了山民怎么样的庇护？聚毛的歌里有得唱：

> 风高偏向天上吹，雨疾专拣旱田倾。
> 仰仗谁人？梅山神戒灵。
> 鱼游河中碰扳罾，鸟过草山撞网绳。
> 仰仗谁人？梅山神戒灵。
> 打牲不着畜牲咬，捡菌不中伞菌毒。
> 仰仗谁人？梅山神戒灵。
> ……

聚毛嘴上吃饭，他夸神就把神作死里夸，把山民们遭遇的好年景和顺心事，都说成是戒灵神在托庇。所以山民都尊敬这个大神，腊月不知去祭灶拜祝融，不怕灶神月晦之夜上天说坏话。年夜，山民吃饭会捏几个大粑粑摆供桌上，请戒灵享用。

戒灵是什么样子，聚毛却说得模糊：

> 戒灵欢喜花豹的尾巴，
> 戒灵自个儿就长条尾巴。
> 戒灵是长尾巴的神哩。
> 戒灵欢喜鸱鸮的羽翅，
> 戒灵自个儿就长对羽翅。
> 戒灵是会飞翔的神哩。
> 戒灵欢喜老人的烟斗，

戒灵也就抽起了烟斗。

于是戒灵晚上也咳嗽。

……

这样一个有趣的神，喜欢模仿人和兽物的种种行径，对于吃和喝却从不挑剔。聚毛的歌里唱着：

葛粉捏成粑粑送上去。

戒灵做了一天的好事，

但吃着糙食。

马桑冲成茶水递过去。

戒灵做了一地的善举，

但喝的茶苦。

……

一遇到聚毛唱神，扁金就会去听。聚毛唱神的晚上，扁金感到像个节日，他听着聚毛的声音，会微微地恍惚起来，忘了身边成堆的乡邻，心思去到以往的时日，或者很遥远的地方。这天听说寨里人又把聚毛请来了，老早就从山上下来，等着去听。

牛现看着扁金一脸的虔诚，就把他拍醒，问他信不信有戒灵这回事。扁金当然信，还杵了牛现一眼，觉得牛现就不该有这一问。但牛现不在乎，他说他不信。他说年头大家都请戒灵吃了最好的饭菜，今年却照样旱年。

扁金不作声了。牛现问，你信，你请戒灵吃年夜饭了吗？

扁金说，当然，我请了。我请戒灵吃狗肉。牛现也想起来了，年夜前几天，扁金到兮颂寨捡狗去了。他隔老远听到兮颂寨有豹子的叫声，就攒了心劲，天麻麻亮着就爬起来往那边去。真还找得两腿狗肉，还搭帮碰上一只野猫拖着斑鸡，攒上去，拣现成的。

牛现又说话了。他呵呵笑着，张开手罩着扁金的耳郭，轻声说，莫非是戒灵吃了你的狗肉，上了瘾，就弄出个旱年，让大家杀狗吃，戒灵也好讨些剩肉？

扁金没有作声，心里想有这样的事吗？但聚毛歌里也唱着，戒灵长着花豹的尾巴，或许，戒灵也长着花豹的胃口。

这个问题，扁金想得毫无头绪，牛现又岔进来说，麻婶娘也是这么看的。这个女人，除了会开堂会，对事事物物也有自己的看法。她最不相信有戒灵神。她说，戒灵若果真的在山上庇护着寨里的人，那她男人怎么会跑得不见踪影呢？

说到麻婶娘，扁金心底又是一阵烦乱。他也不晓得何事会这样，这情形有好一阵了。于是问，最近你又去了麻婶娘那里了？

哪有那劲头？好久吃不上饭了，哪省得下粮食去会她？去了，说不定也是去吃人的。牛现的眼光落在聚毛身上，侧着脸跟扁金说，再说，现在列格达寄也怪，饿昏了不认人，见谁都乱吠，不让人进到麻婶娘屋里去。

鬼共农腊？我一直就看它不是好狗。扁金想起那黑畜牲啃狗骨头的狠样子，吐了口唾沫。

牛现说，列格达寄，现在寨上人都叫它列格达寄，长眼睛的王八。嗤，现在已经是不长眼睛的王八了，过一阵没了吃食，说不定会咬人。

扁金重新投入聚毛唱歌的声音当中。聚毛面朝东边的内腊山，在吁求内公腊婆好好歇几天；在吁求兮颂即使过了季，仍然多给些雨水，让河水返了时光地丰盈起来，自上游带来草鱼和虾蟹；还问戒灵，山民有什么地方开罪了，竟然降下塌山压倒房屋这样严重的惩戒……

风声起来了，所有人都张着耳朵听。

牛现又来打岔了。他告诉扁金，麻婶娘现在惨了。寨里人都瘪着肚皮，没人拿得出劲头去赴堂会。麻婶娘该自个儿刨食了，偏巧，肚皮不合时宜地鼓了起来……

你是说，她肚皮里驮着娃娃了？扁金惊诧地叫起来，牛现就捂住他嘴，点了点头，依旧压低声音说，隔着衣都显现出来。肚皮里的东西，现在只长得蛤蟆这么大，过不了多久，就得有三个拳头大，一只狗獾这么大，不能再出去做工。

这事足以让扁金奇怪地咧开嘴，半天也合不拢。他虽然年轻，阅事不多，但也知道非常反常。早几年，麻婶娘和她男人一块过日子，肚皮里老是驮不住娃娃。她男人的离开，跟这事也不无关系。麻婶娘当自个儿再生不了孩子，这才死心塌地地开起堂会，不想再醮。没想到，这大灾之年，她肚皮里面却长了东西。

往下，扁金老也听不进聚毛唱的歌子。他老想着麻婶娘肚皮胀鼓的样子，像准备打架的蛤蟆。他心底一片督乱。往天上看去，今晚月光隐去，星子稀稀拉拉，怪不得每一阵风声都走得很长很远，绕着人的耳朵久久不散。聚毛说这是众神在给他回话。他很快就会把听到的事告诉大家。

很晚，聚毛才把唱神的诸多事体做完。寨里人打着火把回各自家中。狗又叫了起来。经过前一阵的杀戮，寨里已经剩不下十只狗了——有的人户已经思忖着杀牛了，何况是狗。狗的声音也稀稀拉拉，星子就成了狗叫声的音符，遥遥对应着。

当代中国最具实力中青年作家书系

这晚上，又有豹子摸进来了。狗吠突然一下顿住，寨里人听见豹子的低嚎，特别遒劲。耳朵灵的人听出来了，这不是前些日子来过的豹子，声音格外透着气势，就猜想定然是只身长体阔，长满了硬膘的公豹。按说人是不敢出去的，但这年景不好，寨里的后生好久没吃肉，反而不再惧怕豹子。听见豹子的低嚎伴着风声飘来，便聚作一团，手持刀械火枪在寨子里到处巡游。在他们看来，豹子是一堆精巴瘦的好肉。

麻婶娘不去听聚毛杠仙唱神。她要去，也没有谁阻梗，但她觉着有些人的眼神古古怪怪落在自个儿身上。唱神这样庄重的场合，寨里的人都暗自期望她不要去。她也就应了他们的期望。在云窠寨一住多少年了，她蛮适应这里的风水和这里的人。这一天她觉着腹内阵阵绞痛，又不好唤邻近那几家的女人问问怎么回事。麻婶娘年纪不小了，肚里驮娃娃却是头一回。头一回的事，总会让人紧让，让人伤神。

于是她把鬼共农腊唤进屋内，让它伏在自个儿脚边。感到绞痛，她一只手能抓捞着活物，即便是只狗，心里也稍稍安定些。等肚皮不疼的时候，豹子的声音就响起了。鬼共农腊的反应极大，绕着屋子来回转圈，扭弯了脖子凶神恶煞地朝着自个儿尾巴狂吠，咬了几口，竟然咬脱了尾尖上的那撮毛。

鬼共农腊！麻婶娘唤着狗的名字，招招手要它拢过来。狗喜欢人顺着捋毛，多捋上几回，鬼共农腊才安定了些，原地盘旋几下，伏在地上。狗没了精神，脑袋就伏得特别低，像是脖颈断了的样，整个下巴颏牢实地贴在地面。麻婶娘这夜也不顾寨里一贯的规矩，心里想着，既然豹子来了，把鬼共农腊留在屋子里，毕竟还是踏实些。

寨里的后生有几管火枪，还有一支汉阳枪。年前山脚有个病匪过路，受了刀创染上丹毒，倒在溪边。几个后生围住他，把他的汉阳造夺了过来，把人绑了石块扔进水潭。现在，想拿这枪去打豹子，再彪悍的豹子，也挨受不了子弹。火枪就不一样，前面装满了细铁砂，打鹌鹑还凑合。这夜，一众小伙子打着火把把寨子绕了数圈，只听得风声一阵阵紧起来，豹子的嚎叫却再也没有了。后生性子急，几炷香的工夫就灰心下来，猜测着这豹子是不是去往别的寨了？又商议着，豹子这回不得手，搞不好明晚还会来，到时候得找只狗缚在一蔸树上，下个饵，这样打起豹子也好有些准头。

火把上的枞膏燃尽，一众后生只好一路打着呿喝，铩羽而归。

那豹子其实并未走开，在草堆里伏着。豹子有它的灵性，远甚于狗。人和狗接触得多了，满以为狗是非常聪明灵性的畜物。其实放在豹子眼里，狗只是一堆死肉，附着人而生，离了人的荫庇去往深山老林，就没几日活头了。那豹子循着一种感觉找到麻婶娘的屋外。三合土的墙面已经斑斑驳驳，露出墙中间的一道竹篾。年月久了，竹篾也严重朽坏，豹子探出爪，四处叩叩，很快就叩出来哪一块墙皮最为薄弱。

尔后，豹子倒退去丈余远，蓄好势往前一蹿，双爪做死地一扑，就把墙体扑出个窟窿眼。里面漏出桐油灯的微光，随着墙块倒塌钻进来的风，光和影在屋子四壁摇曳，屋里一切什物都恍恍惚惚。

豹子小心地把头探进去。它闻到了狗的气味，进去一看，果然，偌大一只黑狗颓丧地伏在地面，浑身像一块没硝好的板皮一样垂塌。在大狗子的旁边，还有一个妇人。女人惊得从椅子上栽倒，发出一声尖叫。尖叫过后，却又没了声音，想必已经昏厥过去。

豹子也不急，抻了抻懒腰。它两只后腿站定，前爪蹭了几蹭地上的土，显出很惬意的样子。它晓得，狗虽然也长着凶煞的模样，个头比自个儿还要大，但已经吓破了胆。这时分，越是沉静，狗就越是慌乱。豹子闲庭信步地踱过去。狗低吠了两声，眼仁子的光已经聚不齐了，四散开来，随着墙上的影子飘摇不定。

鬼共农腊看着眼前有一只比野猫大不了多少的家伙正朝自个儿靠近，按说不应惧怕的。鬼共农腊是寨子里的狗王，打狗架也打了若干回合，从未败过阵。但眼前这东西个头不大，却散发着一股自个儿从未闻过的煞气。鬼共农腊奇怪地发觉，自个儿四条腿都绵软了，软得像身后那根秃了毛的尾巴。鬼共农腊心想没必要腿软啊，也许和这家伙有得一拼。但腿仍然拾不起力气，接下来，眼也泛起金花。鬼共农腊突然看见，这家伙身后还跟着一只庞然大物，那家伙每逼近自个儿一步，那庞然大物就暴长一尺。鬼共农腊已经不能清晰地分辨出豹子和豹子身后拖长的影子。鬼共农腊挣扎着站起来，刚想用尽力气狂吠，那家伙已经箭一样蹿到身前，一口就咬住它的脖颈，让那顿狂吠都堵死在喉管里。

麻婶娘尖叫的声音，半个寨子的人都听见了。大伙都没睡。不久前豹子的低嚎撵走了人们的睡意，一时半会儿睡不落觉。这会儿听见麻婶娘的叫喊，反而稍稍缓解了心里紧张情绪，得来一丝趣味。听见尖叫的人都在想，嗬，现在都吃不上饱饭了，哪家的后生还有力气跑到麻婶娘那里开堂会？

扁金也听见了麻婶娘的尖叫。那一刹，他脑袋里又浮现了牛现伏在麻婶娘肚皮上的景象，有些难过，但也晓得纵是再难过也与己无关。但接着，他就闻到一股浓烈的气息，是豹子身上特有的膻味。扁金头皮发紧，再也按捺不住，摸起砍柴用的钩刀，出门循着路疾走而去。靠得越近，豹子的味道就越重，扁金心底愈发清晰了，豹子是在前头不远的地方。接着他又闻到狗血的腥味，他想到鬼共农腊，知道它凶多吉少。

走进屋子，地面上满是豹爪抓挠过的痕迹。墙面上有个窟窿，不大。麻婶娘躺倒在地上，嘴里发出谵妄的声音，人还没清醒。鬼共农腊却不见了，地面上有一摊暗淡的狗血，不注意还看不出来。扁金不晓得怎么办，跑出屋子朝山腰大声叫着，圈柴，圈柴佬佬，麻婶娘出事了……

圈柴是云窠寨的草药师，家住得高，在山腰上。扁金的喊话声飘不到那去。于是，寨里醒来的人就帮着传声音，把声音一阶一阶送到山腰上去。待一会儿，圈柴的房间就有了火光。寨里别的人也晓得麻婶娘出事了，睡不安稳，持一支火把往这边来。

等人们都来了，圈柴也背着药包进屋了，麻婶娘自个儿慢悠悠醒转过来。看看寨里人一张张旧脸，她才相信自个儿没被豹子吃掉。圈柴把麻婶娘的身体翻找了一遍，没有伤口。再探探脉象，肚里的娃娃也安稳着。然后，圈柴在麻婶娘的后背上掐了几把，麻婶娘这才镇定下来，能把话说顺当。

……一开始我还当是只野猫，脑袋蛮小的，只三个拳头大。但它身子从窟窿里扯进来了，才看得出是头豹子。麻婶娘呷了一口冷水，又说，豹子比我的鬼共农腊小许多，鬼共农腊应该咬得过它。但不晓得何事，鬼共农腊怕它怕得不行……

麻婶娘又说，真是蹊跷，比鬼共农腊身量还小两圈的一头豹子，何事能把我家鬼共农腊拖走呢？

寨里人听着也稀奇，都说鬼共农腊在寨里还是狗王哩，何事就这么见不得场面？都说狗肉上不得正席，看样子，狗真是见不得正式场合，家霸王，窝里狠。

扁金看着麻婶娘没事，也就放心了。想想鬼共农腊，觉得真是活该。他心里已经算计着天亮了以后要干的事。鬼共农腊偌大的一堆肉，豹子肯定是吃不完的，应该遗落在寨子附近哪条山谷。

豹子的领域

扁金本想去借那支从土匪手里抢来的汉阳枪，但人家不借。扁金只好去牛现那里借。牛现的哥哥牛秧有只火枪，还有特制的大颗粒铁砂。牛秧本来也打算次日一早拿着枪去找狗的。他没有扁金那本事，但他蛮相信自个儿的运气。牛现还是劝牛秧把枪借给扁金。以往他也去找过豹子遗下的狗肉，找了几回，知道那并不容易。牛秧心里算计一番，跟扁金打商量说，找到列格达寄了，你要分我一碗肉才行。扁金自然答应。他想，这用不着你说的。

扁金以前从没用过火枪，牛秧还得教他。火药装在一只牛角里，牛秧从填火药教起，然后是装铁砂，最后，还得用铁钎把一团揉好的老棉纸塞在枪管里，卡紧铁砂。

扁金看得摸不着头脑。牛秧示范到这一步，扁金开口问，打枪的时候，我怎么把老棉纸取出来？

牛秧就笑了，牛现也笑了。兄弟俩相互觑了一眼，很是奇怪。这个扁金脑袋里比常人还缺一根筋，偏偏就有特异的本事，这真是毫无道理。

扁金是那号看似傻头傻脑，遇事却有章有法的人。第二天早起，他晓得寨里有人会尾随在他后面，捡现成的。山民没有路不拾遗的迂气，而是用见财有份的规矩取代。扁金找着狗肉，若是别的人在场，就得平分，有几个人均分为几份，没有价钱好讲。扁金在寨子兜了几圈，把后面的人都转蒙了，突然寻了一条路闪出寨子。尾随的后生找不见扁金的去向，只得暗骂这豹崽子，鬼得很，腿脚真他娘的快。

但这一早，扁金显然找得不顺。他估摸着那豹子没把鬼共农腊的尸身拖多远，走了半晌，出寨有二十几里了，过了内腊山，又过了更远的云堆山，仍然没见着遗落的狗肉。扁金想着偌大的鬼共农腊，一只腿就足够吃上三四顿，委实不甘心。再往前，进入一道山脉的腹地，越走草树越深，是少有人来的地方。扁金以前没来过，

翻过一道矮梁，现出一片棕红色的石林，石头参差零乱，中间岩窠岩洞密密麻麻地隐藏着。岩石中间有小片小片的空地，长着一丛丛狗尾草、黄茅草。一看就晓得，这是兽物出没隐身的上好场所。

扁金仍寻得见豹子遗留下的踪迹。狗血早已在体内干涸，但当狗尸擦过草树，仍会留下一星半点的暗斑。循着这些不易察觉的痕迹，扁金又穿过这片石林，看见前面百十亩大小的一块空地，黄茅草长得茂盛，因今年雨水不足，只有半人多高，而且天气未冷就已悉数焦枯。扁金眼里是一片寂寥瘆人的景象。他把那只火枪端好，便往草窠当中走去。草窠里没路，扁金时常得用枪管拨开横在前面的刺藤。耳里铺满虫豸聒噪的声响。

前面那一窠草有被豹子卧过的痕迹，拨一拨，豹毛就飞了起来。接着，扁金闻到浓烈的狗血腥味。狗肉摊开着，剩着两条瘦

长的后腿，连带一块肚皮。肚皮被撕开直到尻子，里面的下水被掏过了，稀烂的。摊开的狗肉挂在一丛火棘树上。火棘子要么没长出来，要么被人捋光了。大旱之年，犄角旮旯的地方都有人来过。

扁金把狗后腿提起来，蛮重的，少说也二十多斤。于是，扁金满心欢喜，想这大半日的寻找，总算没白费。他把两腿狗肉翻过来，肚皮朝上，如同下江佬挂褡裢一样挂在了肩头。死狗鬼共农腊的腿杆细处，摸着都有人的手腕那么粗，扁金一捏，正好捏得有一握。

他刚要走出草窠进入石林，满脑子正努力记忆着狗肉的芳香，这时，后面就有一股风声，仔细一听，正是豹子的嚎叫。扁金端着枪就转过身子，四处睨去。还是刚才那片草窠，虫豸的鸣叫却突然哑了。等不多久，看见一只兽物脑袋从几兜升麻中间探出来，知道是豹子，但它身子没现出来，那脑袋状如一只胖猫，显出憨相，并不让人过于惊惧。它眼的内角往下挂着两线黑条纹，绕着嘴角一直扯到下巴，透露着暴戾嗜血的秉性，这才和猫区别开来。

豹头一矮，身子一纵，蹿出了升麻丛。豹身和豹头明显不合比例，而豹尾，又和豹身不成比例，尤其粗长，尾端蓬松，犹如老人做烟斗用的老竹根。豹子见眼前是只两条兽，身上挎着自个儿没吃尽的狗肉，手里还操着一根粗长的家伙，不敢造次，也不敢放松了心情去打个呵欠，抻个懒腰。豹把浑身的毛都耸了起来，臀部翘起前肢猫低，做出随时都会扑腾的样子。扁金站着不动。他晓得现在动不了。

豹子把样子摆了好一阵，见眼前这只两脚兽并不惧怕自个儿，便把前身探高，两肋耸起来，张口便嚎了一声。它还待再嚎一声，扁金手一哆嗦，把扳机扣着了。豹子听见一个声音，比自个儿的嗥声要高出许多，挟带一股怪味。再一看，颞侧一撮茸毛已经焦煳了。豹子缩着头便往后跑，跑不多远，又扭回来，盯着那只两脚兽。

两脚兽手里拿的那根细长的家伙，前端还在冒烟。于是豹子猜测，那家伙招惹不得。但又不忍离去，慢慢地，又拢了过来。

扁金头回正面遭遇一头豹子。以前，找狗也仅在云窠寨周围，地势熟悉，纵是远远看得见豹子，也早早闪避开了。这一遭，他只顾着找狗，离得太远。这一带，是豹子的地盘，它更熟悉地形地势。豹子早早地在周围一带撒下尿迹，示意别的兽类非请勿入，放明白点。但扁金这日落了进来。

心子紧了一阵，扁金慢慢又放松了。他盯着现在退守在十丈开外的那只豹子，不敢分神去给枪管填火药。他晓得，豹子也并不知道他手里只剩下一管空枪。他对填火药上铁砂之类的事并不熟悉，等把枪再次装好，那豹子可能已经把他肚皮豁开了。

形成僵持的局面后，扁金心思活泛了，一耸肩把狗后腿抛在地上。他想起了以前的一件事。人怕山上的兽物，兽物更怕两条腿的人。不凑巧撞见了，得使些攻心之术。若是胆小，生出怯意，整个人一稀软，一旦对方瞧出来，命就保不了。那一回，扁金去离寨子很远的河滩侍弄庄稼扯稗子，一不注意误了时辰，天黑下了，才想到得回自个儿那间四季漏风的茅棚。走到一处山沟，伸手已经看不见五指了。仰起头，天际和山廓已互相融入，彼此不分。扁金凭着记忆往云窠寨的方向去，走着走着，迎面有个活物渐渐拢近。听那响动，仿佛也在赶夜路，走得很疾。扁金起初还当是别个寨的人，打个招呼，没见应声，那活物突然蹿得更快了，和扁金撞在一起，一同滚进旁边的草窠。

扁金这才认定活物不是人，却辨不出是别的哪样，不知它是否会伤人。扁金吓得不行，手上却没闲下来，干脆一把把那活物搂住，用头抵住那活物的下颚，用力抵死。双方都叫不出声音，一直如同情侣般做死地抱紧。扁金摸在那活物身体上，触感也格外蹊跷。那活物身上披着的，又似绒毛又像鳞甲。过得个把时辰，扁金能感觉那活物浑身松懈了，自个儿便也稍稍松下来。双方都放开来，不作声，自顾走自个儿的路……

此时，扁金脑里再次捣腾出这往事，心里也稍有放松。看那个头不大的豹子，还在那地方试探，不敢拢过来。扁金干脆做出架势，往前冲了几步，那豹子果然掉头又蹿了几步。但扁金停下，豹子扭了头又拢过来，比方才的间距还缩近了些。扁金晓得这东西比狗有胆量，这办法使不得，只好原地不动。天上飞过一只岩鹰，扁金和豹子的眼光只往天上闪了一瞬，又落到原处。扁金闻见自个儿浑身的汗味，汗水正涔涔地往下流淌。

扁金忽然想到，今天会死在这个地方。他又想，死在这里，寨里人都不晓得，尸身也留不住。他心底泛出一种冰凉蚀骨的滋味。他想挪一挪步子，竟然挪不开，浑身被一股古怪的力道攫住，木楔一样楔在原地。他听见心子跳动的声音潮水般地涌起。

又过得一阵，扁金听见在左侧另一只豹子的叫声。那是一种类似"喔喔"的低鸣，不是向敌手示威，而是在呼朋引伴。扁金被这声音唤醒一样，竟然能动弹了。他偏过头去看看，在不远的一处岩崖上，多了一只身形巨大的豹子。他无端猜想，那应是一头母豹。母豹往这里瞥了一眼，只一眼，就收回去了，脸廓是傲然的神情。母豹蹲坐在崖头看向很辽远的地方，似乎并不介意扁金这两脚兽突兀地冒出来，闯入它的领域。

与扁金僵持着的那头豹子似乎不愿意就此罢休。岩崖上的母豹的鸣声却越来越疾，有了催促的意思。那头豹子使劲睃了扁金几眼，这才一晃身体，闪进黄茅草里。

扁金当时还不太敢信，这一遭，竟又是有惊无险地过去了。他转身要走，也没忘了把狗肉重新扛上肩。穿过石林，再翻过两座山，前面已经有了田地和石砌的山路，有了人居的气息。扁金这才敢坐下来深深喘几口气，憋了太久，喘出的气息显得异常浑浊。喘匀了，他也敢折回去记起刚才的那一幕一幕。这时忽然明白了，那个头小的豹子，哪能拖着鬼共农腊去那么远？肯定是有帮手的。这一点，扁金怪自个儿早没想明白。扁金站起来接着赶路，心里又揣摩着，那岩崖上的大豹，和与自个儿僵持、身形较小的豹子是哪样关系？母子？夫妻？突然又想起老人曾说过，畜牲就是畜牲，可以既是母子，又做夫妻。人有了伦常，有了长幼序列，所以人才能够理直气壮地把那些活物叫作畜牲。

回寨子的一路上，扁金脑袋里挂满岩崖上那头豹子漠然的神情，当然，也不无感激。他暗自地想，如果它是只母豹，那定然是只非常漂亮的母豹。扁金无端得来一个想法，那只母豹，迟早还会碰见的。他想，给它拿个什么名字？

扁金要当达寄

那两腿狗肉，扁金自有他的安排：把一条腿肉割下一半给了牛现兄弟，自个儿留一半；另一腿，次日他给麻婶娘送去。

麻婶娘说她不要。她说，扁金，拿回去你慢慢吃。狗腿是你的，跟我没干系。扁金说，我把给你吃。狗太大，豹子吃了狗脑壳就撑饱了。我把狗的四条腿都捡齐了，一个人不能吃太多，吃太多内火重，烧心。

那是我的鬼共农腊，我吃着心里会很难受。我已经是坏名声的女人了，不想再做烂良心的女人。麻婶娘看着那只狗腿，嘴里冒出呜咽的声响。麻婶娘已经瘦了许多，一脸菜色，还泛起虚浮的白光，和肚皮鼓凸的样子极不相称。

扁金就说，你不能这么想。鬼共农腊既然是你的狗，现在死了，它也情愿拿肉把给你吃。鬼共农腊泉下挨下去，你肚里的娃娃也缺不得粮食。

很奇怪地，扁金一张嘴巴突然乖巧了起来，舌头犹如装了弹簧，叽叽呱呱弹出一堆话，说得麻婶娘不再作声了，低了头，眼光芜杂，不知看向何处。

……我会炖狗肉，可惜弄不到豆腐一块炖。扁金这么说着，就折回去取砂锅。炖狗肉用的几种草根树叶，扁金以前攒着心劲备得充足，随时可以取出来。那天那锅狗肉，扁金下足了工夫，紧火烹过又换慢火熬汤，等到月上树梢，锅盖移开一条缝，所有的滋味就流了出来。事情做完，扁金看看麻婶娘背对自个儿坐在屋角，估计她是闻到狗肉香的。扁金也不多说话，打个招呼走了。

又挨了一夜，扁金去到麻婶娘屋里，不招呼，先把砂锅的盖揭开看看，看见肉和汤矮下去寸许，心里就欢喜，比自个儿吃狗肉更有滋味。他出去搂些柴棍，把剩锅里的肉汤又加热了，等到肉汤滚开，又添了几块狗油，几张柑子叶，一把晒干的野茼蒿。

麻婶娘的屋里是冷冷清清的气息，用山民的说法，就是家里炊烟都粗壮不起来，细得像筷子。麻婶娘的屋也独在一边。云窠寨的人户住得很分散，三两成群，四五成伙，围住这座名叫云窠山的孤山而居。扁金忽然有了把自个儿的茅棚迁过来，和麻婶娘比邻而居的想法。他也是一个人住在一边。

这一阵吃食不够，每天粗粮夹野菜吃两个半顿，扁金的四肢老是疲乏的。搬屋的主意一旦拿定，扁金整个人心思便活泛起来，忽然找回了些精神。出到麻婶娘的屋外，四处看去，鬼共农腊留下的窝占着巴掌大一块平地。把狗窝推掉，直接就可在上面搭窝棚，用不着整理地面。这么想着，扁金也懒得跟麻婶娘打招呼，回自个儿茅棚去了。

那个日头轻淡的下午，牛现兄弟各自挑了两只木桶，到老远的马鞭溪挑水去。马鞭溪看似断流了，但几个凹槽子里还存着水。牛现兄弟就计划着趁早多挑几路。走过扁金的茅棚，看见扁金在修房子，拿个锤笃笃地在板壁敲出声响。牛现兄弟觉着怪事，眼看都要断炊了，都快喝不上水了，这扁金如何还有心情修破茅棚？真是个脑袋不转弯的家伙。

再走得近些，看见扁金原来在拆茅棚。他那间茅棚的板壁由几根杉木方楔成大骨架，然后里外盖上两层草苫，就算完事了。眼下，扁金正拆杉木方，归拢作一堆，像是要扛到别处去。

牛现就说，扁金，你吃饱了没事干么，拆茅棚子当柴烧吗？

扁金抬眼见是牛现两兄弟，也不作声，只是笑笑，埋头干活。牛秧放下水挑，走得近些，看出来了。他说，扁金兄弟，看样子你要搬家对不？是不是前天找狗，寻到了一个好地方？

扁金歇下来，看看这两兄弟，说，是哩，不如一同住过去。可以天天开堂会。他嘴一滑溜，就把这话说了出来，自个儿都奇怪，怎么还有逗乐子的心思。

牛现两兄弟眼仁子就亮了，说你这家伙，毛都还没长齐，就

当代中国最具实力中青年作家书系

会拿人家开心。哪还有心思开堂会？开一夜堂会，吃几天饭都补不了元气。那事情纵是能让人乐得癫狂起来，却也当不得饭吃。

扁金也不想瞒他两人。他晓得，说与不说，翻到明日整个云窠寨的人都会知晓，都会喊喊喳喳议论这事。扁金看着天上絮一般的云朵，慢吞吞地说，我要……我要搬到麻婶娘屋外头去。搭个伴，半夜，再有豹子摸进来，也好有个照应。

你原来要搬去和麻婶娘一块住。牛现说，你都跟人家打商量了么？

扁金想了想，说，没哩。

牛现又说，那麻婶娘以后就不好开堂会了啊，你跟她住在一块，麻婶娘会怨你碍着她做生意。

扁金说，没哩，我在她屋子左近另外搭一个茅棚，也就是挨得近点，遇事能照应着。平日里她做她的事，我管不着。

牛现说，把茅棚搭在哪里？也不要离人家屋子太近，以免以后开堂会的嫌你挡道，不舒坦。

没办法，就是狗窝那地方平整一点，我想把茅棚搭在那里。扁金说，反正鬼共农腊已经被我们吃了，它再不需要那个狗窝。

牛现做出一副很明白的样子，说，原来是这样的呵，原来你是看着麻婶娘的鬼共农腊死了，你要去顶上鬼共农腊的位置，给人家看屋子。扁金，我这才晓得原来你这人良心蛮好，良心有葫芦瓜这么大。

扁金听得一愣，不晓得应该摆什么表情。好半天，他才说，牛现你实在要这么说，我认就是。你再没有话说了吧。

牛现不作声了，但牛秧眼睫毛眨得几下，又接着开腔了。他说，扁金，我看没这么简单，你搬过去住，哪只是想给别人当狗看家？你不要装老实，是不是有别的想法？

扁金说，你说呢？

牛秧摆出无所不知的样子，说，你是看上人家麻婶娘了，好歹是个女人，肚里驮着娃娃很快能生下来。你看，你去给她当男人，省了很多麻烦，全都捡现成的。呵呵哈哈。

扁金不作声，算是默认了。本来，他脑袋还乱糟糟一片，只想着把茅棚移过去，以后的事没想太远。顺着牛秧的话一理思路，他就发现确实有这样的意愿。牛秧既然没说错，他就认了。

牛现也明白了。牛现想事总要比哥哥牛秧浅一点，经过这么一点拨，他才疏通了这一窍，说，原来你不是要做鬼共农腊，你是要做列格达寄啊。你要晓得，要是你娶了麻婶娘，那你就是……

牛现张开一只手，把中指抬高，其余四指作爬行状。那意思便再明了不过。

扁金仍不作声，摆出气定神闲笑骂由人的姿态。

什么列格达寄咯，王八不长眼睛，但扁金是长着的。牛秧闲了一会儿又岔进来说，要是扁金想当王八，本来就是长眼睛的王八，何必画蛇添足唤他列格达寄呢？扁金就是要去当达寄。

扁金看看这兄弟俩，脸上都憋着笑的样子，随时准备倾泻出来。扁金拿起一块断了的短木方，抛在空中又接住，反复几次，然后把短木方扔在地上。

他说，我就是想当达寄，那又怎么样呢？

扁金说着，还把两道眼光直直地朝牛现牛秧杵去。牛现牛秧兄弟相互觑了几眼，反而笑不出来。什么话摆明了说，不再躲躲闪闪，就不再可笑了。

挨得一阵，牛秧就过去拍拍扁金肩头，说，扁金你真是个角色。这水我也不挑了，舍这半天的工夫，帮你搭屋子去。

那个尿黄色的下午，扁金得来两个帮手，拆屋拆得很快，有用的杉木方蹾齐了用草绳捆扎好，没用的草苫暂且堆在原处，冬天可以拿去烧火引柴。牛现牛秧把木桶放在一边，先帮扁金扛木方，去到麻婶娘那里。

一路上好些寨里人看到这一幕，三个后生家各自扛一捆木方路上走着，显然是要搭茅棚的样子。寨里人就问，谁又要搬进来？这大灾年，谁还往我们这穷山僻地跑？一齐饿死吗？

牛现牛秧就一遍一遍地跟人解释，说没哩，是扁金要搬家，把茅棚搬去和麻婶娘住在一块。寨里人又问，扁金住过去干什么呢？扁金难道开堂会开上瘾了，晚上赶过去还嫌路远？牛秧就回答说，不要嚼蛆，扁金是个好后生，从不去开堂会。人家有心思把麻婶娘娶成屋里人。

寨里人一听，个个眼睛瞪得老大老圆，甩了牛现牛秧去找扁金证实，要他亲口说说有没有这样的事。扁金仍然不说话，只是咧嘴一笑。

寨里人一看就明白了，豹崽子扁金想女人想疯了，活蹦乱跳的大姑娘讨不到，打起了麻婶娘的主意。寨里人都是看着扁金由一个孤雏长成板板实实的后生，心里琢磨着这回事，得来一阵恓惶，一阵隐约的难过。于是，这下午不做事的人都跟在了后头，想到麻婶娘那里看个究竟，另外，有什么活要干也好搭把手帮帮忙。

圈柴到外寨替人看病，回来也看到这一幕，尾随在这一行人后面。他老瞧着哪地方不对劲，憋着气想了好久，才问出来，扁金呐，麻婶娘她晓不晓得这回事？要是她同意了，你何事还在狗窝上搭个茅棚呢？直接住进她屋子里不就完事？

这一大堆人经圈柴一说，才醒过神，发现确实不对路。扁金靦着脸说，我还没来得及跟她说哩。

众人这才晓得，原来扁金想当达寄，眼下还是一厢情愿的事，人家麻婶娘还没点头许可。但想想也没事，扁金这样一个能吃苦干活的后生去寻她一个寡妇，她若是不肯，那定然是脑壳有毛病。所以众人仍然往前行去，到得麻婶娘屋外，也不招呼，直接把狗窝掀翻了。

麻婶娘感到肚里驮的这孩子长得很快，起码有半只狗獾大了。这几日她感觉力乏气短，成天心里空空地着慌。把那钵狗肉吃完，人才稍微稳住了。这日她正在屋里躺着，迷迷糊糊地，就听见外面传来哗啦啦的响声，还有男人讲话的声音。人来了不少。

她推门看去，见狗窝被寨里人推掉了，石块也被捡在一边。她不晓得是哪回事。扁金走上来，脸上笑的样子堆了太多，把脸皮都压塌了。他说，麻婶娘，你是一个人，我也是一个人。这冬天豹子肯定经常蹿进来。我们做回邻居，也好有个照应。不是么？

麻婶娘正两眼发蒙，牛秧走过来一口就把话说破了。他说，麻婶娘，扁金想当你的男人，照应你过这个冬天。

又一个人说，哪只这个冬天，扁金有心照应你整下半辈哩。

扁金觉得这是自个儿的意思，依然笑着，把头点了几点。

麻婶娘把脸就拉了下来，避过扁金，跟别的人说，扁金小孩子不省事，你们却都不小了，还跟过来闹我笑话……

嘿，麻婶娘，到晚上你就晓得扁金这伢子其实不小了。有人冷不丁说了句话，把麻婶娘的话打断了。众人乱哄哄地笑起来。

哪个狗日的嚼蛆？麻婶娘摆出火冒三丈的模样，厉声地说，站出来，老娘跟你日亲道娘理论理论。但没人站出来，都把头重新埋低，去帮扁金做活。捡完了那块地方的石头，下一步该定几个点打桩头了。

麻婶娘晓得自个儿也架不住这么多男人，就拿眼杵着扁金，说，扁金，你进来说话。扁金便跟了进去。

那屋子即便在晴好天气里，仍然透着阴晦。狗肉的香气留不住，已经从屋里消掉了，扁金进去只看见、嗅见很冷清的味道。他想，豹子扑塌的那个窟窿回头得堵住，很快秋凉了，往里头灌风会砭人肌骨。

麻婶娘杏仁眼凸出来，问，扁金，你到底是什么意思？

没别的意思。扁金说，我是一个人，你也是一个人……

你还是嫩伢子，回头你会怨恨我。

扁金斩钉截铁地回答说，不会。他拿眼光去碰麻婶娘的眼光，但很快吃不消了，又把头勾下去，走漏出一股稚气。

麻婶娘好久都没有作声，看着低下头的扁金，满肚子都是很荒唐的滋味。门没合住，看看外面那堆人，干得热火朝天。她想，那些狗东西，很多都是开过堂会的，现在又来寻开心了。她用上颚的牙咬住下嘴唇，很用力，让痛感直钻心底去。

好半天，回过了神，她看见扁金依然把头耷拉着，嘴角挂出些许浅笑。她暗自地骂着，这豹崽子，想法真是不与人同。她摸了摸自个儿肚皮，感受到腹内水波浪一样涌起来的胎音，便哂然一笑，说，扁金，不怕你笑话，我都不知道这娃娃是谁种下的。每晚黑灯瞎火，走马灯样地，把我彻底搞蒙了。

扁金说，我不在乎，娃娃跟我姓好了。

麻婶娘说，现在你还没真正弄明白。等你再年长几岁，就会生出别样想法来，嫌弃我，恨不得一脚把我踹开。

不会。扁金总是把话说得很短。

说白了吧。要是你跟我一起过日子，别人就会把你看成一只达寄，知道么？

嗯，我想当达寄。扁金说。

麻婶娘泪涌到眼角，又用力憋回去。她叹一口气，说，先不说了，你喜欢就住在外头，别说是我同意的。

扁金的新茅棚架不住这么多双灵巧的手摆弄，很快蹿了个，天光开始变暗的时候就往顶棚上苫草了。扁金住了进去，听见这个豁口风声跟原先住的地方不同，有了回旋的音韵。他想去麻婶娘的屋里看看，问一问寒暖，心底却冒出个声音说，不慌的，挨几天再去。让麻婶娘习惯习惯另一个人的挨近。

住到一处，扁金感觉时间被抻长了，每天都过得慢。时间仿佛城里有的人家的闺女，扎起了小脚。特别是晚上，听着风的回旋音，他睡不好觉，老是在揣测隔壁的麻婶娘睡着了没有，正有着怎样的心事。

那一段时日，扁金看见麻婶娘的屋门老是闩着，不敢去拍门。冬日挨近，可做的事不多，一门心思还在吃食上。扁金每天去得老远，往山脉深处走去，挖葛根、老藤、茯苓块、地葫芦、冬笋，或者寻找草皮下的洞眼，找出半僵不死的蛇、依然鲜活的鼠，或者去溪涧的烂泥里摸螺蛳、蛤蟆。这不是扁金的强项。找豹子弃下的狗是他的长处，而这些伎俩寨里另一些人是里手，也是不轻易让别人学了去。

这日又循着那日找鬼共农腊的路径，去了那片豹子的领域。

他寻思着，别人不大敢去的地方，可能还能多找着些东西。去的一路上他脚一直打颤，想起那日的情形，还鲜活得很。他仿佛又闻着了豹子逼人魂魄的臊气，还是硬着头皮去了。每当有了怯意，扁金心底又响彻另一个声音：我偏要去！过了那片石林，看见那一丛黄茅草已经枯败，几阵浓秋时节的疾风刮过，草秆都倒伏下去。地面上，别的藤本草类显露出来。扁金轻易就挖得几条葛根，有一条很粗壮，少说也在这里生了几十年。

他没有碰到那两只豹，回来这一路上，反而空落落的。

回到住处，麻婶娘屋子的门仍然闩着。他好几天没见着麻婶娘把门打开了，忽然涌上一种不祥的念头，她是不是，死在里面了？他敲门，没见里面冒出声音回应，就更急，转了半圈，从豹子当初撞开的墙洞里钻了进去。

他钻进去时，麻婶娘正坐在床上看着他。看见他钻的样子活似那晚的豹子，就笑了。麻婶娘的肚皮大得不能再大，每天弄吃食都胖手胀足，极不利索。扁金把门闩撤了，让所剩不多的天光渗进来。这屋子布满了阴气，他生起一堆火，就着那火，把切成小段的葛根煮了。

他跟床上大肚皮的女人说，麻婶娘，你身边少不了得守着个人。别霸蛮了。

麻婶娘没有吭声。

扁金煮透了葛根，招呼一声又出去了，从外面把门带上。

麻婶娘有一天晓得娃娃想出来了，就叫喊，扁金恰巧听见。扁金正要出门去，麻婶娘晚叫半袋烟的工夫，事情就难说了。说是胎位不正，打横了，是条门闩胎。寨里几个老年妇女一看就晓得碰到玄事，不敢接活。圈柴胆大，他说我试试。他在麻婶娘的肚皮上搓搓揉揉，还捻着穴道，好半天竟然把胎位纠正过来。几个妇女往下做活，还顺手。

听见孩子细若蚊蚋的哭声，麻婶娘总算放下心来，挣扎着要道声谢。圈柴就说，谢不到我头上，全赖这娃娃自个儿生得小。要他长到正常斤两，事情反而麻烦了。

圈柴还有话但没说出来，他隐约觉着这娃娃活不长久。

娃娃确实太小，不足斤两。扁金见着时，这娃娃几乎可以被自个儿一手握住，像握着一条胖些的四脚蛇。脸皮也很皱，夹得住蚊子腿。他没想到刚生下的娃娃是这么难看，着实吓了一跳。

他对麻婶娘说，个头是小了些，但长得蛮好看。麻婶娘依然卧着，没力气坐起来，冲扁金笑笑。她说，你给娃娃取个名字。

扁金说，叫老鼠儿吧。

麻婶娘说不好。

扁金说，叫豹子行吗？

不好不好。麻婶娘说，我看叫狗子。

扁金只好冲娃娃喊一声，石狗子。

麻婶娘说，原来你姓石？

扁金点了点头。麻婶娘说，还是叫麻狗子好了，随我的姓。

扁金变得有事可做，去挖砂地抠树蔸，晾干当柴烧。每天他都要在麻婶娘的屋里烧起老高的火苗，让屋子热气腾腾。墙洞堵上了，还新抹上一层石灰。

云窠寨的女人免不了进到麻婶娘的屋里帮帮忙。更多的活没法让扁金去做，是女人的事。扁金就每天挑着柴来，让火苗不断扑腾。麻婶娘终于有了奶水可以喂给麻狗子。扁金觉得自个儿不应该看，就尽量进去得少了，每天把柴放在屋门口，跟来帮忙的女人打声招呼，又去做别的活计。

这个冬天不算冷，风被不远的山脉挡去了，消耗了。寨里的女人也不是每天都来，每个人首先得忙完自家的事。

有一天，扁金放下一捆干树蔸，照常招呼一声，要走开。但今天没有女人来帮忙。麻婶娘叫扁金进去。扁金进去，看见麻婶娘抱着麻小狗。麻小狗长了些斤两，所以表面的皮子被抻得平些了，不是刚生下来时那番脸皮堆叠的模样。

把门关上，关紧。麻婶娘就这么交代。

扁金照她的意思做了，拢到火塘前把火堆扒开一点，烧大一点。

你过来。

扁金就过去了。看见麻婶娘的两个奶有点瘪，像装了半袋水的猪尿脬。但扁金也不奇怪，他想，还胀得起才见鬼了哩。

这一阵难为你了。你想做那事吗？

什么事？

那事。

嗯，想的。扁金突然听明白了，就用舌头濡了濡嘴巴皮。冬天干燥，嘴皮上浮起了一层壳。

麻婶娘就呵呵地笑了起来，说，我吊你胃口，现在不行，我不能做那事。你嗫几口……

扁金说，狗子不够。

麻婶娘说，我给他留了一只奶，这只大的给你。她指了指右边稍微鼓凸些的奶袋。

扁金还四下里看了看，定定神，这才埋下头嗫得几口。奶腥的味道让他脑子活泛起来，想起寨里人都说，自个儿曾吃过儿口豹奶。这种味道让他脑袋恍惚。

你在想什么哩？麻婶娘看出来扁金心思飘忽，不晓得跑哪去了。

没想什么。扁金说。这时候他突然想起那只伏在岩崖上、身型硕大的母豹。他想，这个冬天，豹子又是怎么度过的？他闻着麻婶娘身上湿湿的气味，听着屋子外面的尖细风声，闭上眼睛，脑袋里是丰富而又芜杂的图景。

扁金的戒灵

扁金新盖的茅棚弄成了灶房。扁金自个儿床板上垫的稻草搂进麻婶娘的屋里，把她的床垒厚，晚上再把自个儿放上去，于是那张床多了一个后生的体温，就热气腾腾地。小孩闹夜的哭声，扁金也不感到烦躁。他以前一个人住久了，现在被小孩吵闹，反倒觉着很惬意。

扁金搬进去住的事，寨里人第二天一早就晓得了，扁金走出去，碰见人，别人老远就朝他递眼神，说，呵呵，扁金，一个晚上都捡齐了。孩子都不要自个儿生，省事呵。扁金也不认为别人是说损话，也咧嘴一笑，说，这都是托你的福呵。

缺粮的冬天，寨里好些人跑去远处讨要，担心待在寨里过不了这一冬。男人经常聚了伙去山脉深处打猎，备下干粮，一去好几天。牛秧来邀扁金。他说，扁金，你闻得着豹子骚味，寻得着踪迹。我们搭个伙，一齐去，说不定打一头花豹。

但扁金不去，他说屋里走不开。现在屋里添了两口人，他每天要干的事挺多。事实上麻婶娘已经能够屋里屋外忙活了。

麻婶娘是个攒家的女人，开了几年堂会，刨开一天两顿，余下的都换成钱财首饰攒着。正巧碰上了荒年，就只好把家底抠出来换了口粮。她有个硬木盒，每回，扁金也没看见她是从哪里把硬木盒取出来的。打开看看，值钱的东西格外有一层光，直晃人的眼目。扁金以前也没见过这些东西，土里刨山上取，全塞肚里了，没有攒性。眼下看见那些东西，还是蛮喜欢，突然一下开了窍似的，晓得过好日子，原来不光得糊弄了嘴，还得有节余。麻婶娘每回挑挑拣拣拿出一样东西，告诉扁金，去到三十里外的水溪镇，能换几斛谷。扁金去了，每回都换不了麻婶娘先前说好的斛数。拿回去，麻婶娘也不怪他，知道这灾年的吃食，价格会蹿得没谱。再说，扁金这人左右看去都没长心机，不担心他竟会玩私下克扣这一手。

腊月底，要祭戒灵时，麻婶娘又把硬木盒翻出来了，找出一对四棱扭花的大银镯，好几两重。她嘱咐扁金去镇上买些谷，另还须买些灰面、糯米粉子，好捏成几个供粑。戒灵是喜欢吃粑粑的神。

临走，麻婶娘又交代扁金一路小心些，少跟路人搭茬。她说，这可是最后的家底了，别当我像粪窖一样一年到头掏不干净。说着还打开硬木盒，杵到扁金眼底，让他看了个仔细。里面孤零零地躺着几枚铜钿。

但路上扁金还是跟人搭茬了。是兮颂寨的人，以前就认得，结了伴往水溪镇去，一路上哪能不说话。兮颂寨的人告诉扁金，说不远处车砂寨的人，昨日打得一头豹。

扁金就问怎么打着的。豹子不比野猫野兔，人翻一座山它能蹿过三座山，哪是那么容易死在人手上？

那个偷狗贼，嘿嘿，撞了霉运。兮颂寨的人把豹子叫成"偷狗贼"，又说，昨晚摸进车砂寨，到处溜圈，没闻见狗骚，反而被车砂寨的后生发觉了，一路撵着跑。那偷狗贼肚皮也饿瘪了，腿杆挨一火枪，跑得不快。车砂寨的后生馋它那一身膘肉，哪肯白白放过，竟然撵过几座山。偷狗贼着了慌，天一黑看事物也看不明朗，一蹿蹿到一蔸树的树杈子上，卡紧了，怎么抓挠也脱不了身。这不，车砂寨老廖那一家的男丁撵上了，一顿棍棒敲死。今天正在割肉哩。

扁金问，那头豹子长什么样？

是头花豹，长什么样我没见过，据说个头不蛮大。

扁金心里一紧，忽然如中魔怔一样，想改道去车砂寨看看。他跟兮颂寨的人说，我想去车砂寨看看。这些些年，得了豹子不少好处，但从没见过豹子长什么模样。

兮颂寨的人说，那要快。慢几脚，那豹子就卸成一堆死肉了。

扁金既然定下了主意，便往车砂寨去。分豹肉的事在廖家的庭院里弄，看热闹的人把院落围了好几匝，扁金几乎是从人们脚杆底下钻进去的。人们脚杆都饿细了，钻一钻还有空当。豹子已经被专门请来的屠夫豁开了，皮肉分离。豹皮被几块篾片撑着，撑得像面风筝，挂在屋檐上晃悠。扁金不难认出来，这正是当日与自个儿在黄茅草中对峙的那头豹子。

他忽然想把豹皮给买下来。廖家的老头怪眼一翻，把扁金上下打量几圈，问，你买得起么？扁金说，买得起。他把两只银镯拿了出来。那人把银镯掂了掂，说，这荒年灾月，一张上好的豹皮也只有贱卖了。要是往日，怕是两只镯都不够数。

扁金不吭声，这才想到自个儿不晓得价钱，事先总该问一问。他只好拿了眼睛看着那人。屠夫倒是一脸明白样，说，这事我当个中间人，说公道价。这张豹皮纹样是好，尺码稍小，要不到好价。你一只银镯四两六钱五分重——喏，镯子内圈打得有戳记，我认得。一只银镯不够换，一对拿去，显然又亏你了。后生，你说这如何是好？

扁金说，你既然公道，你看着办。

屠夫说，那好，要不我叫他添你几斤豹肉——补人得很，一斤豹肉吃下去长出的力气，抵好几斤猪板油。我说后生，寻得媳妇了么？

嗯，有了，那又怎样？扁金问。

那好办，不如我叫廖家把豹鞭也添给你。那也是值钱的货。

豹鞭又是什么东西？扁金听不明白。抬眼一看，周遭的男人都窃笑了起来，扁金心里就更加疑惑了。

屠夫说，这物件蛮好呢，拿回去炖汤，保管你饿着肚皮也把媳妇整个人仰马翻。

扁金这回听明白了，脸上燥热，说，我不要。不如你们添我一些灰面，一些糯米粉，补足剩下的就成。

廖家的人连忙说，这个好办。

扁金用那两只银镯，换得一堆杂乱的东西：豹皮、豹肉、捏好的供粑和一袋瘪谷，折回寨子。豹皮豹肉的血腥味浓稠，直往两个鼻孔里熏。那天难得地出了太阳，离屋近了，见麻婶娘正抱了狗子在屋外踱步，让小家伙看看外面的事物。再近了几步，听见麻婶娘嘴里嘟嘟囔囔念叨着，是一首童谣：

娘在家里待，爹下水溪镇；

爹去水溪办年货，娘在家里坐月子。

几时有？二月二蛟龙抬头。

几时生？二十六花雉翘首。

弟弟有多大？像只狗獾大。

弟弟有多小？不比鹌鹑小。

爹回来了拿些啥？十个鸡蛋两斤粑。

还有啥？五尺锦布开花花。

……

扁金听得心里一酸，一是晓得麻婶娘的确把自个儿看成她孩子的爹了；二是忽然去想，小时候有没有听见自己娘哼过这歌谣？已经一点记不起来了。

走进去，麻婶娘就有些疑惑，说，哪能这么快，东西都买来了？一眼瞥去，看他没拿回来多少东西。就问，又是如何搞的，叫你买的东西都买来了？

扁金强自一笑，说麻婶娘，你都猜着了的。说着把豹皮扯了出来。他想，这不正是五尺锦布开花花么。麻婶娘的一张脸就垮下来了，说，扁金，你吃过了？拿活命钱换来一张畜牲的癞皮。

扁金说，这是好皮。再说，这正是拖走鬼共农腊的那只豹。

麻婶娘叹了一口气，说，那又怎样？没想到你却是个败家精。钱在你手里，难道只是块铁吗？

供粑到底是弄来了，当晚摆开桌，能给戒灵留个位子，不让这神瘟了肚皮来又瘟了肚皮去。吃完饭，麻婶娘又数落起扁金。她没想到扁金竟是这么个不会过活的人。嘴皮子说干了，扁金都不搭一句话，麻婶娘看看夯着脑袋坐在火塘边的扁金，心想，他从来没见过钱，哪知道怎么用度呢？

过几日，麻婶娘又掏出一支镂花银钗，跟扁金说，就这一只钗了，分量轻些，但做工细，是值钱的。拿去换糙米，能换几斛换几斛，别怕费了唇舌，多讨几口价。这以后，我再也拿不出值钱物件了，你别半道上又中了邪，买一堆摸不着头脑的物件回来。

之后老长一段时间，扁金脑袋里时常泛起雪花状的模糊图景，使得他有了窥见底里的欲望，直至渐渐清晰。于是，他会记起岩崖上那只母豹巨大而且孤独的身影。他想，若这只死豹是跟大豹一起过活的，那么，而今母豹岂不是要独自过活？母豹独自过活，又会是怎样的状况呢？它总不能，也去开堂会吧？

这个夜晚扁金听见遥远的地方传来枪响，以为哪个寨突遇匪灾了。次日早起，却听寨里人说，是磨盘寨昨晚来了豹子。

磨盘寨一带尽是井水田，天旱依然有收成，所以这荒年还留下了不少狗。有月亮的夜晚，磨盘寨的狗吠声欢腾得起劲，使周边别的村寨愈加显得冷清凋敝。周边村寨的人在这些夜晚才深深地意识到，寨里得有狗吠声，方才显现出兴旺气象呵。这以后，不到最后一步，狗是万万不能宰杀的。

但这冬天磨盘寨来的豹子也多。磨盘寨的人从散匪手里买来了枪支，遇到有豹的声音传来，赶紧聚集了人四处巡查，护住寨子。昨晚那枪就响了若干下，也不知是否擦着豹子的皮毛。

扁金起个大早，走出去问了别人，昨夜枪响是怎么回事。很奇怪寨里人竟然说得明白。消息像枪响一样传了过来。他问，那豹子叼着狗了吗？寨里人回答，嘿嘿，你又有生意了——叼去一只大黑狗。扁金也不多想，背了把柴刀就往寨子外走去。

他再一次想到母豹。他越来越能确定那是只母豹。然后他赶往曾经遭遇豹子的那片区域，他揣测昨晚是那头母豹进到磨盘寨。这也没个根据，但扁金愿意就此去看看。

黄茅草已经焦枯并匍匐在地面，扁金的眼前空阔起来，一切的事物不再隐藏。他没有往草地走去，而是攀上一根莴苣状的石柱，上面有一丛矮小的皮树。他就伏在那里，俯瞰周遭好大一片地域。结果真把那只豹子等来了。豹子的身形显得臃肿，步幅缓慢，叼着一块血糊糊的东西行经草地。不难看出，那正是半爿吃剩的狗肉。磨盘寨的那帮蠢人，根本奈何不了这头豹子。扁金看得出来，豹子肚里驮着东西，一如麻婶娘几个月前的模样。

　　母豹到得草地中间，就显出了疲态，行走时拖起了步子，肚皮的下沿几乎垂在地面上。放缓步子之前，它没忘了环视周围一带。扁金下意识把头埋低，却也知道自身不会暴露。豹子叼了狗肉，狗血的腥味早已把母豹熏得够呛，使它丧失了往日敏锐的嗅觉和警醒。母豹确信周围没有异类，便把狗肉丢弃在地上，自个儿伏在不远处一窠草里。这日出了太阳，母豹被煦暖的日光很快挠出睡意，眼皮开阖不定。再过得一阵，身背暖和了，它便侧了身躺下，并扭动身躯与底下的草梗反复摩擦。豹皮里面易长虱子，扁金晓得，母豹做这样的动作，便如同人去抓挠痒处，是很惬意的事情。

　　扁金一动不动伏在皮树丛里，看了半天，看母豹打盹。母豹累得不行，躺了一个多时辰。醒后恢复些精神，又来了玩性，把那半爿狗肉叼着抛了起来，而后又猛地蹿开两步，仿佛怕狗肉落下来砸着自个儿的头。狗肉落地，它拢过去嗅了嗅，又故做出惊惶样倒退了几步，然后又拢过去撕咬……母豹再三重复这一系列的动作，看在扁金眼里，倒看出些许小孩的稚拙神态。

　　母豹突然竖起耳朵，听见哪个方向传来了声音。扁金紧跟其后，也把两耳支起来，却只听见空空的风声。母豹踱着细步朝扁金的反方向跑去，很快隐匿在一片灌木林中。扁金又是等了许久，没见豹子折回，这才蹑手蹑脚爬下石柱，走上前去，把那半幅撕开的狗肉拾了起来。他也惊骇自个儿的胆大，分明是豹口里掠食。上回，看到母豹蹲在岩崖上对自个儿视而不见的样子，扁金就隐约觉得，这头母豹对于人仿佛有一种善意。但它一头豹子，哪又晓得"善意"是怎么回事？反正，扁金认定，母豹眼里闪烁着一层与人互不往来、相安无事的意思。

但扁金的头皮还是发紧，每退回一步都听得心子甩了一下，如同大户人家的钟摆，左右大幅度地晃开。母豹始终没来。进入石林地带，扁金心思稍稍放下来些。再看看手中的狗肉，狗毛沾满了血污，但仍看得出来是一头纯黑的狗。

有一阵风贴紧后耳垂吹过，脖颈上微微发凉。扁金觉得不对路，再偏了头，看见母豹几时又爬到了最高的岩崖上，正往自己这方看来。母豹并没有嘶嚎，用声音震慑扁金。它把那个短小的脑袋偏了起来，侧看向扁金，那模样，仿佛也是蹊跷得紧，不知这两脚兽何时又冒了出来。它大概认出扁金是曾经见过的人。

扁金心底还不断地提醒自个儿说，不须怕它，越镇静越好。但星星点点的汗水仍从身上每一处泛起。另外，扁金也有些底气不足，觉着自个儿像个贼。这也是怪事，他好多回捡得豹子吃剩弃下的狗肉，都是心安理得，而且在人前还有些得意之色。唯独这次，扁金有了做贼心虚之感。

又是一阵僵持。当然，母豹蹲在岩崖上一直不动，并不像前次，个头稍小的那头豹满脸都是咄咄逼人的气势。扁金思忖一阵，把手中攥着的狗肉扔下，然后从容走开。扔下狗肉以后他心里便宽松了，步子稳当地穿过石林地带，用不着三步一回头，窥看那母豹追过来没有。

这一路也确实顺当。

回到屋里，麻婶娘问，是找狗去了么？看样子，寨里的人已经跟麻婶娘说了。扁金点了点头。麻婶娘问，捡得了没有？扁金又摇摇头。麻婶娘见扁金手上有血，吓了一跳，说造孽啊，手还弄伤了。于是舀一勺水给扁金洗去手上的血渍，闻到这血里分明弥散着狗腥味。把扁金那只血手洗净，找不出一点伤口。麻婶娘就弄不明白了，一再追问，扁金只是笑笑，不说。

麻婶娘去灶房弄饭。扁金将麻狗子的襁褓用背绳扎好，挂在自个儿脚尖。他在火塘边坐稳，把脚尖轻轻地摇晃起来，麻狗子一张半皱的小孩脸就时时挤出了笑容。扁金越来越喜欢麻狗子，因为他越来越觉着麻狗子跟自个儿挂相。前几天，他就跟麻婶娘说了一回，说麻狗子怎么越看越像我啊，还是换个姓，叫石狗子好了。

没想到麻婶娘听了这话就哭了，这以后扁金再也不敢提起。

扁金又想起母豹的模样。它蹲踞在岩崖上雄视一切，又对一切视若无睹的神色，盘旋在扁金脑际久久不能散去。自小就听老人和神汉说起唱起梅山神戒灵的事，扁金对这神得来非常模糊的印象。而今，那母豹高踞俯瞰的模样，在扁金头脑中自然而然地和"戒灵"这个名字契合了起来。他想，若戒灵神确有形体模样，那大概也会踞在高处，稍带傲慢之气看着下面的山、树木、溪涧、人，还有狗。扁金无端地相信，还会碰见那只母豹。于是他擅自给母豹拿了名字，就叫戒灵。他把这名字默念几遍，把母豹的样子再翻出来想几遍，两者配搭真是再合适不过。

——魂跑到哪去了？别把狗子撂下来。麻婶娘端一钵粥进来，提了个醒，把扁金从无边的臆想当中拉回来。

呃。扁金说，我在想，狗子长大了肯定雄壮得像头豹子。老叫他狗子并不好，把人给叫贱了。不如改个名叫豹子怎样？麻婶娘说，不好，就叫狗子。豹子都是偷狗贼，名声不好哩。扁金便不作声了，脚尖用一用力，把脚上挂着的狗子晃得更舒坦些。他想这小孩也真够冤枉，竟然成天被唤作狗子。再一想又觉得恰切：狗子呵狗子，你那个爹，不就是狗爹么，缩头缩脑不敢出来。

破春后日子一天天眼见着不同，山上的绿色起势得早，不经意就已是绿色弥望的景象。寨里上年纪的人都看得出，这年应是个好年景。神就是这样一个面目晦涩的角色，让你失去些，回头又会多补给一些，似乎是要让人体察到他的苦心。

扁金决意还要去看看那头母豹，他心目中的戒灵。这事他没跟别人说，寨里的后生要是晓得了，说不定会扛着枪去。闲下来，坐在田垄地头，扁金会无端涌来一阵得意。他想，在别人心眼里，戒灵是个不具体的东西，被聚毛一唱，愈加地懵懂了。他很庆幸戒灵在自个儿心中是那么确切的形象。在一种自我暗示中，扁金确信即便戒灵神不完全是豹子的模样，那也差不到哪去。

再去往那头母豹活动着的领域，扁金心中全无怕感。这一路走得轻快。到地方以后他又攀上石柱，在那个固定的位置上往四周瞭望开去。黄茅草没有去年旺势，那一块地，贴着地皮的矮草蹿起来了，黄茅草还没有动静。再远一点，石块上藓痂脱落，青黑的颜色比以往更重。看得久了，扁金的眼底越来越枯寂。母豹却并未出现。这样他心底的期待就更为炽烈。他相信母豹一旦出现，浑身的斑纹一旦随着步子抖动起来，眼前所有的一切会立时鲜活起来，灵动起来。

但母豹并未因扁金的盼望而出现。扁金时不时扭头往数处耸峙的岩崖上看去，他老疑心，就在自个儿转过头的一瞬，母豹就在岩崖上闪现出来。这样的状况也未出现。

那天扁金两眼扑了个空，午后快快地回到寨子，被麻婶娘数落了一阵。麻婶娘近日老想着得把圈柴请来，帮扁金看看。扁金做起事来老有些心思飘忽。这让麻婶娘的心思悬了起来，想这后生是不是对自个儿有看法了？才过了一冬，自个儿那些家当用得差不多了，这扁金就生出二心？

那一晚麻婶娘哭了，要跟扁金掏心窝子说说话。扁金一听这意思就笑喘了。他说，哪是你讲的那回事呵？我可是跟你跟上了，你就是拖把锄头敲我走，我也死赖着不走。这辈子缠定你了。麻婶娘一看扁金的脸色依然明朗着，毫无躲躲藏藏的神色，这才信了，破涕为笑。再问他，何事近日心思飘忽，隔个丈把远却老喊不应。扁金说，哪有这样的事？你真是多心。

麻婶娘又想起一件事，再问，那回空了手出门一天，到底去了哪里？

扁金翻了翻眼皮，答说，找狗。还能是干别的什么？

当时麻婶娘一颗悬心暂且放下来了。但这以后，扁金不打招呼便成天寻不着人的日子就多了。麻婶娘阅事多了，晓得男人都是那股子贱性，嗅到了新鲜女人就如同豹子嗅到了狗肉臊，心子里腾得出手去抓捞。麻婶娘满心的不安稳，这日看着扁金又不打招呼，吃了早饭独自趸出寨子。麻婶娘便把狗子交给别的妇人代看一时，她自后头跟上扁金。

都说扁金曝过几口豹奶，有一股豹劲，看样子是不假，这一路走得飞快。麻婶娘在女人里头也算得有脚力的，以前挑担爬山

当代中国最具实力中青年作家书系

过河都跟男人搭帮，但撵扁金的后脚，煞是吃亏。扁金专拣僻静的、少有人去的荒路，往山脉纵深地带去。麻婶娘的头皮一阵一阵发麻，看这架势，哪能不是去会野女人？

前面的路便是贴着马鞭溪了，弯折不断，找不出两丈长的直路。溪水现在还是很细弱的样子，还没从灾年中恢复元气。前面又是一个疾拐，麻婶娘往前看不见扁金的身影，心里一慌，嘱咐自个儿还得走快些。但一拐过去，脑门差些就撞在扁金的尖鼻子上了。麻婶娘尖叫一声，捏了拳头去敲扁金厚厚的肩，嘴里说你个悖时砍脑壳的。

扁金兀自一笑，说，怕我去会野女人了？麻婶娘用不着隐瞒，说，是哩。你看你这模样，能让人放下心吗？扁金暗暗地一想，嘴上说，还真是哩，会一个浑身长了毛的女的。说着，扁金嘴上还挂出浅笑。麻婶娘正要嗔他几句，扁金却拽着她的手，说我带你一齐去看。麻婶娘见他说得坦诚直白，一颗心已经放下了，嘴上却说，看鬼打架么？

又到那个地方。扁金经常攀爬的石柱，柱身已经找好了几个石窝窝，正好把脚放上去一路爬高。麻婶娘被扁金从底下顶着往上爬，到得顶端，见一丛矮树里被人躺出几个空隙，知道扁金原来都是来了这地方。

往前看去，那一片几百亩的草地，草秆子上已经绽出淡白嫩黄的花，岩崖子下是好几丛红踯躅，开出的花着了火一样，大片大片，繁茂抢眼。母豹从红踯躅里拱出来时，扁金摸见麻婶娘浑身筛糠般哆嗦起来，忙拿一只手摁住她后背，稳了稳她的心神，轻声说，没事的。

在母豹的身后，又蹦出两个毛茸茸的、看着跟家猫别无二致的小东西。母豹破春不久就产下两头小豹，成日带着它俩来到这片草地撒欢。看见那两头小豹，麻婶娘明显安神了，这才察觉到，母豹也跟女人差不多是一回事，得有娃娃，得全心全意照应着。

母豹这日心情蛮不错，来回短蹿着，并不时把豹崽子掀翻在地。时不时地，母豹会撇下崽子，忽然一气蹿着老远，朝着红花似火的灌木丛扑去。那些花的颜色惹人眼目，同样也招得母豹兴致大起。一扑下去，花丛里藏着的虫子四下里飞起。母豹还盯着肥硕的飞虫不放，腾起老高向空气中空空地咬了几口。这边，两头豹崽子捉了对啃起来，先是嬉闹，爪上牙上却没个轻重，闹着闹着便动了火气，撕扭得不可开交。母豹只好甩开花树，低嚎着又朝自个儿崽子奔去。

母豹在草地上跑动，豹皮是麻溜溜的铜钿斑纹，仿佛能晃荡出声响。定睛看上一阵，会让人眼晕得厉害。

那母豹扑向红踯躅花丛的动作，让扁金觉着，那和大姑娘看见花朵时，又有什么两样呢？母豹毕竟是母豹呵，也会被乱花迷了眼目。

日头升高了，母豹动弹半天得来一阵倦意，就近找一块斜面的石壁，爬上去伏下了。那两头豹崽子也一颠一颠跟过去，爬上斜石壁，趴下来想休憩。但斜角大了些，豹崽子好几番滑下去掉在草丛中，发出呜呜的声音。但母豹摆出不管不顾状，懒散地看向远处，任小豹自个儿再爬上来。多有几次，它们自个儿便能揣摩出心得，怎样才能在斜面上趴得牢实。

偏了头，扁金看见麻婶娘也看得入神。麻婶娘脸上泛起红色。到得这野外，她看着比在那阴晦的屋里强了许多。扁金这才想起，两人把屋子合用了，把铺床稻草累加到一起了，但还没像年轻男女一样去到野外交交心，说几口撩拨对方的骚话。他把麻婶娘搂紧了些，麻婶娘眼光还没拨回来，身子却轻轻地靠紧了这方。

扁金本想说，麻婶娘，你仍是蛮好看的，说出了嘴却变成一句问话，好看么？

麻婶娘没有回答，只是点了点头。

小戒灵

那天，麻婶娘如同梦游般跟着扁金去看了母豹。到得当场，麻婶娘觉着满目生趣，那小豹憨头憨脑招人喜爱。回到自个儿屋里，麻婶娘却得来一阵阵后怕，一个晚上都直打哆嗦，背脊冷飕飕地。晓得扁金不是去会野女人，而是去看豹子，麻婶娘更是不得心安。她跟扁金反复交代，扁金，再也不能去那个鬼地方了。你死了，我和狗子往后该如何过活？扁金见她两眼光芒涣散，病态一般，也不好拂逆她的意思说话，口上答说，好的，不去就是了。心里却说，不去看看，放得下么？跟麻婶娘做出的保证，扁金自个儿是不信的。

那一阵麻婶娘把扁金盯得紧，不是女人盯着男人，而是当娘的盯着不谙世事的孩子。她本想告诉寨里人，那地方有头母豹，打下来抵半头年猪，但见了人却说不出口。一来怕这以后扁金翻了脸再也不跟她过，二来想着母豹带着两个崽子谋生，要害它性命，确实也不落忍。

这日扁金说去到河滩的那块地做活，出门时扛了锄头畚箕，备着来回走路都不空闲，捡几团牛粪。看这架势麻婶娘也就放心了，没有跟去。到得河滩，扁金把锄头畚箕往灌木里一藏，又去看母豹。隔了这么些日子，扁金心里仿佛装着二十五只老鼠，百爪挠心。

去到地方，草更高了，花簇正开到最繁盛的时候。扁金先是去石柱上待得个把时辰，看着草地上一反常态地清寂着，心里有了某种不祥之感。他故意把皮树摇撼出簌簌的声响，又弯起食指放到嘴里嘬出尖锐绵长的哨音，心想，闹出这般动静，母豹没有不现面的道理呵。但草地上一切如故，空气死去一般停滞在草木间隙中。

扁金在这一片静寂中逐渐拨大了胆气，爬下石柱，在石林里逡巡游走，到处探找。石林里阴湿，草长不起来，喜阴的灌木却一丛丛生得紧凑。石林中石洞到处都是，三步一小的罅隙五步一稍大的窟窿。风蹿进石林，被石棱角割成碎裂的声音。还有一窝窝芒丁雀，待扁金挨近，忽然一齐飞起来往天空撞去。

寻了老半天，看着时辰已经不早，扁金心里想，难道那母豹已离开了这块地方？这里没有猎人结伙来过的痕迹，按说母豹没有离开的道理。

石林太过稠密，天色稍晚就布下一层层暗影。扁金往上面看去，那天天象怪异，天边分明抹得有一丝橘黄，头皮上的那方天穹却满是包菜头状的疙瘩云，低低垂下来。扁金不敢久待，摸了出去。转到屋里，麻婶娘早已支了灯盏。扁金进门，麻婶娘也不扭脸看他，看似顾着手上活计，实则摆出问罪的架势。但扁金这时分已经顾不上看麻婶娘脸上是哪种神情了。回来这一路上，他心底那种不祥之兆在慢慢生长、堆聚，压得自个儿心窝子有种锐痛。麻婶娘没说上几句就哭了起来，屋里回响着嘤嘤嗡嗡的声音，好似夏夜河滩上的花脚蚊席筒般卷了过来，铺天盖地，抑人鼻息。

锅里剩得一大钵麸皮粥，扁金剥两头瘪蒜把一钵粥对付下去，横了身子上床就睡。耳底，麻婶娘啜泣的声音一直不断，幸好扁金累得不支，打雷也耽误不了。

次日醒个大早，看看身侧，麻婶娘和狗子都还睡得沉。扁金爬起来又出门了。其实他心底也不甚明了，去到那地方，找出母豹是万分危险的事，找不到，岂不让自个儿心里更堵？横竖没个好。

雾障很深，太阳探不出来，天就行雨。扁金冷透了。到中午，方才想起，这石林里阴冷，豹子也是脑子多转的兽物，栖身的洞穴定然也得干爽才是。望望依然高耸在视野上方的岩崖，扁金突然明白，那母豹何事老蹲伏在上面。

去到岩崖背面，扁金把乱草藤蔓一片片砍倒下去，几处洞穴现了出来。一找，果真找着了。那洞不深，借着光看得到洞底。里面冒出的尸臭，被这早春的寒气压抑着，弥散不开。扁金麻起胆子钻进去，母豹死了。小豹有一只还活着，叫声轻若蚊蚋，咬着一只瘪奶不松口。那只奶早已经被豹崽子抓咬破了，血淤积了一片，是极黯淡的颜色。扁金想把尚存活的那只豹崽子取走。豹崽子只有家猫大小，看着是气息奄奄的样子，扁金拿它不当回事，伸手去捉。豹崽子提起神猛地一阵抓咬，把扁金两手弄伤几处。扁金腾起一股怒火，拊了豹崽子几巴掌，它才稍见消停，一任扁金端在手里。

出到洞外，扁金还没忘了用砍断的草把洞口掩盖牢实。这个冬春的时日，附近几个寨的猎户都猎豹心切，不惜动用了往日不齿的手段，廉价买得病灾猪肉的下水，抹上七步倒或者断肠药，搁在豹子时常出没的山野矮梁上，等豹子撞着。扁金估计，这母豹八成是弄不够吃食，半道上捡着的下水也吃进肚里。豹子喜好啖食腐肉，这习性，使得猎户有机可乘。

把洞口掩藏了，扁金扭头一看，那豹崽子盘踞在一块石板上，咧出尖牙。除了外貌，别的神态气质都与猫有着截然的区分。扁金笑了笑，心说小把戏模样倒也唬人，只是个头太细，一个囫囵鸡蛋都噎得死你。

他捏起豹崽子后脖颈上的毛，一路提着走。雨下得紧了，只好把豹崽子揣在胸口。小东西蛮灵性，只这一阵工夫就感受到扁金不是要伤它的人，便撇了毛茸茸的脑壳往扁金胸口抵去，上下蹭起来，弄得扁金忽然心窝一暖。他想，这畜牲，看样子倒像是蛮有良心的，识得温存，辨得好歹。

麻婶娘一早起来见扁金又没人了，心里一片瞀乱，头发都懒得梳理，疯婆一样在屋里乱窜。寨里窜来个婆子，路过麻婶娘屋外，一扯鼻头闻见煮猪潲的气味，奇怪得紧。走进灶房，看见麻婶娘剁了好大一堆草料放锅里煮成猪潲，就问她，麻家妹子，又喂上猪了？麻婶娘被这一句喊醒，这才想起来自个儿好几年没养得猪了。那婆子心里一惊，瞧着麻婶娘的脸色眼神，还有一头乱如败棕的发毛，当是她来了失心疯症，倒转了头回往山上走，去叫圈柴。

圈柴到了以后，见是疯症模样，说这好治。去屋前阴湿处刮了些霉藻，和些盐粒兑水让麻婶娘喝下，不见起色。圈柴这样的草药师，治病从来都用单方。师傅传下来的说法，这山中的百草，和人身上的百病是一一对症的。每种病，只消一味药便能治愈，多了无益，那是市镇里的药师怕别人偷了方子而使用的障眼法。但这天，下了药后半个时辰，麻婶娘毫无好转的迹象。婆子就数落圈柴说，圈柴，你这一手今日不管用啊。圈柴说，按说这药得用阴阳碗盛着，一时我哪去找阴阳碗？并不是我方子不灵呵。

扁金那日回来得早，老远看见扁金，麻婶娘的疯症立时消掉了，破口笑了出来。待扁金走到屋门口，才见扁金怀里揣着个活物。活物只把脑袋露了出来，黄黑毛色，两只眼珠黢黑地，见了人就飞快眨动起来。

哪里还弄来一只猫呵？麻婶娘疯症过去，心绪大好，拿了手往猫头上抚去。扁金赶紧护住怀里的小家伙，担心这豹崽子会用牙齿在那手板上豁出血道道。圈柴和那婆子都没有走，扁金留了心眼，不让他们看出真相，只说是从车砂寨弄来一只猫。

圈柴和婆子眼神不好使，粗看一眼的确是猫。圈柴就问了，人都缺吃的，还养只猫。扁金说，灾年过后，开了春，老鼠多得满地蹿。养只猫，用不着摊了粮食喂它。圈柴想想也说得过去，没再问。见麻婶娘也醒过神了，不久待，回寨里去。

麻婶娘当天没看出那是只豹崽子。白天，豹崽子软奄奄地伏在床脚，有气没力，全然是只病猫。扁金舀一盆煮好的猪潲拿过去，放在豹崽子身侧。他心里也晓得，这可是只豹呵，如何能吃下猪潲？到得夜晚，那豹崽子竟然抹开舌头舔食猪潲，舔了几口，实难下咽，又闪到一边了，快快叫得几声，乍听去，也是猫嘴里的气象。

第二日扁金心底很是愁苦，这豹崽子眼看是活不了几日。麻婶娘也看得蹊跷，说这猫看着也好大一坨，何事不能走动？还图它逮老鼠么？麻婶娘说话时候，正抱着狗子喂奶，奶腥味扑腾出来，扁金瞥见那豹崽子蒜鼻头仰天探去，费力吸扯着屋里的气味。扁金一时有了想法。

上次弄来的豹肉早已炖吃，还剩一根棒骨，几块砸碎的铲骨。扁金找来先前挖来的茯苓块，又去了山上扯新蕨嫩笋，下河摸了些细河螺，回到屋里就给麻婶娘炖汤，用急火炖上两三个时辰，直煮得锅里汤和料面目不清，又浓又稠。那棒骨早摆干了，自中间敲断，一同添进汤锅里。汤里有种异臭，扁金只有添盐。一锅汤全给麻婶娘喝了。扁金诳她说，这都是圈柴交代的，说她连日忧愁伤了气血，要炖汤补一补。麻婶娘要扁金再不去那片荒野看豹子。这日扁金口巧得很，答应下来，还对天骂娘，赌咒发誓愿。麻婶娘见扁金真心诚意的模样，心情大好，胃口顿开，一锅汤都喝下了。

这办法奏效了。那日麻婶娘果然发奶发得多，挤起来像唧筒唧水。拿去喂狗子，把狗子喂呛了几口。剩得又多，扁金摇了摇头不吃，说憋的话就挤出来，回头烫一烫再拿给狗子吃。

挤出来的奶，扁金偷偷端过去给豹崽子吃。豹崽子闻见别样不同的奶腥，也晓得是好东西，缓缓站立了起来。扁金闪个神的工夫，豹崽子已经把奶喝尽。扁金看得欢喜，他都想好了，待会儿麻婶娘要问到，只说是口渴，嘴一抹全都喝了。

豹崽子好不容易得来饱食，四条腿也站得直了，抖抖浑身稍有板结的毛，尾巴翘起来老高。麻婶娘这一下看出来了，那可不是家猫。猫尾顶端很细，而这豹崽子尾端蓬松如同长柄舀勺，挥动起来，舀得那团空气尘埃浊了许多。

麻婶娘看着不对劲，把灯盏推近一点，这才妈呀一声叫出来。她斜了眼向扁金杵去，说，天杀的，弄来只小偷狗贼。

扁金把脸藏在暗里，平静地说，是豹崽子咧。

麻婶娘说，这怎生得了？是只豹子。

扁金说，把它当只猫养着，它就认你是它主人；把它当狗养着，它看家比狗还看得好。那么大一坨，用不着怕的。

麻婶娘瞧出端倪来，问扁金，那只母豹呢？难道死了？

扁金也不瞒她，说，死了，死在窠里，我只好把这小把戏捡回来。

麻婶娘不作声了，看这豹崽子，牙口还张开，模样顽皮，没现出凶相来。豹崽子得了力气在屋里乱窜，扁金不得不从床榻下抽一把稻草，现搓成细草绳，缚住豹崽子一只后腿，另一头拴在门角。豹崽子呲了嘴叫嚷了一阵，这才消停，在门角处蜷成一团。扁金说，看呐，比猫还蜷得好看咧。麻婶娘睃了一眼，说，扁金你真是不与人同，看见豹子就满心欢喜。我死了，你可以跟它过。扁金只是笑笑，说，未必是只母豹？

当夜熄了灯，扁金要睡，麻婶娘却拖着他说话。麻婶娘说，以后你怎么养得活它？豹子是要吃肉的。扁金说，过一天看一天，哪想到这许多。麻婶娘推了推他，说，你这苕人，那母豹不是有张皮么？拿去换钱，够给这豹崽子买猪下水吃。扁金说，那是没有良心的事，那是豹崽子它娘。再说，屋里不是还有张豹皮么？可以拿去换钱。

这张豹皮是我的，养这豹崽子可是你自个儿的事。我发羊角风了，贴钱帮你养只畜牲？你要分清白点。麻婶娘说，哪有你那么迂气的？这张豹皮沤坏了，就白扔给土地了。这张豹皮我不给，也再掏不出钱，帮你养豹崽子——再说了，我的钱是卖肉的钱，难道你又舍得？不怕坏了良心？

扁金捂着耳朵说，我叫你一声娘行不？叫你一声嘎婆行不？就不得把话说得好听点？麻婶娘也没个忌口，说得扁金太阳穴上的筋脉都暴起来，耳朵也痛起来。

就开始嫌弃我了？麻婶娘却不肯完事，把扁金的手扒开，继续同他摆道理。两人嘀咕一阵，扁金耳根子软奄了，答应改天把那张豹皮卸下来。麻婶娘仍叨叨不休地说，你没动过刀，明天动手仔细点。——可惜母豹是被七步倒药死的，一身精肉都糟蹋了。

母豹皮尺幅大，比先前那张公豹皮宽了两拃，纹色也鲜亮悦目。麻婶娘把两张皮摊在屋里，比了比。她眼光铺到母豹的这张皮上，乍然敞亮许多。麻婶娘看到了豹皮的纹路，就如同大姑娘看见上好的杭绸，眼光收不回去了。麻婶娘让扁金把公豹的皮拿去换钱，那母豹皮，自个儿留下。

母豹皮铺开在床上。豹崽子醒了，忽然闻见什么气味，一个劲往床这边扑腾，嘴上也不停嘶叫，声音尖锐侵骨。麻婶娘不难瞧出来，那是嗅到它亲娘的味道了。麻婶娘听得烦躁，心说，这蒜鼻头倒真比狗还管用。她只好把豹皮卷了起来，藏在床榻下面。屋里没有箱柜，麻婶娘把一应什物都塞往床底下，要用的时候也不须弯了腰找，把木棒子凿进去一掀，要什么就滚出来什么。

扁金给豹崽子买来猪下水。今年年成看着有了起势，地里已经茬茬出青菜了，稻秧等着下地。水溪镇从半月墟恢复到十天一集，这一集上面，扁金得给豹崽子弄够十天的下水。弄回来，也俭省着用，捡出下水里的油和肉渣留给麻婶娘娘俩，剩下的剁细碎了，拌杂食煮熟，让豹崽子早夜三餐对付过去。

那下水摆几天就臭了，而屋门又老是关着。养一头豹子这样的事，扁金不想让云窠寨的人知晓。那豹崽子吃了腐肉也没太多反应。那一副跋山涉水的身板，那山野兽物的肠胃，远不像人这般娇气。麻婶娘时常被下水的腥臭气熏得直犯恶心，看着豹崽子便来气，嘴里骂着，有时扁金不在，也动动手脚。豹崽子一圈一圈长起来，长粗长横，也增长着脑髓，晓得这屋里两头两脚兽，一头对自个儿好，另一头却不时显出凶神恶煞样。豹崽子自然会对扁金多了份亲近。

扁金看出来麻婶娘脸色越见不好，用话先稳住她，说和水溪镇一家富户讲定了，等这豹崽子长满一岁，便大价钱卖给对方。麻婶娘撇了嘴问，说好几钿？扁金说，哪有个准，还得看这一年喂养得如何。去卖菜，新鲜老滑都不同价哩。这番诳语还是立竿见影的，回头麻婶娘不再经常拿手脚照应豹崽子。那腐臭的下水，扁金也有法子，先煮熟了放在灶房里，减去几分气味。

有时扁金和麻婶娘都在，撤了豹崽子身上的绳，豹崽子也不乱窜，猫似的喜欢匍匐在人脚边，挨着人脚跟子打起短盹。屋外有什么声响，也挺警醒，卵圆的耳朵支起老高，脖颈扭向声响传来的方位。扁金便把豹头摁下去。有时豹子找着扁金的脚跟蹭起痒来，伴以轻轻叫唤。扁金被这小把戏蹭得来了倦意。眯了眼看去，屋里有个热腾腾女人，有个白胖崽子，脚下还盘着通人脾性的豹崽子，扁金就觉着人的际遇真不可思议呵。早几个月他还光人一个，闪个神的工夫，就样样齐全了。

但豹崽子长到一定大小，得放任它回到山里。老待在寨子，别人是容不下的。这样的想法，他不会跟麻婶娘透露。麻婶娘已经划算把豹崽子卖掉以后，得给屋里添一台嵌有照镜的柜子了。衣服老当枕头垫着，一年到头都皱巴巴的。

麻婶娘想着要给豹崽子取个名字。扁金却笑笑，说哪还轮到你操心，我老早就拿了个名字，叫它小戒灵就是。麻婶娘不依，说悖时的，梅山神的名字不要安到畜牲身上，被神晓得了，不得了的事。扁金却不信，说，都是一路叫下来的，以前给母豹都拿得有名字，叫戒灵。生下这小家伙，自然就是小戒灵。——没准，梅山神就是这个样子。

麻婶娘说，以后真要是招了灾，你哭都哭不及。

哪有那样的事？扁金说，那公豹母豹，按说要算我俩的媒人咧。它们不把你家讨卵嫌的鬼共农腊叼了去，我哪这么容易跟你过上日子？我看，这豹子带来的都是喜兆。听我的，以后就叫它小戒灵——当初狗子跟你姓，我依了，这回就我说了算。

家里藏着豹崽子的事，委实隐瞒不住，寨里人一旦晓得，就全晓得了。一听是扁金捉住只豹崽子，也不奇怪，换是别的谁，那才不可思议。听说这豹崽子还没长到成年家猫大小，也都不惧怕，吃饭时端着碗就过来看稀奇了。果然好看得很，豹子的毛色很亮，斑纹布得细密，特别一条鞭尾，直直地翘起。谁拿手去捏一下，那豹崽子反口就咬过来，嘴里迸出唔唔的声音，倒招得来人都要在它尾端揪一下，胆大的还扯得它两只后脚离地。这样，豹崽子便无计可施了。

来人都问，这豹崽子拿了什么名？

扁金就答，小戒灵。

那是神的名字，乱叫烂了舌头。

何事好怕的，偏叫，烂舌头也认了。扁金嗤一声，一脸不信邪的模样。于是寨上人都晓得了，朝着地面唤一声，小戒灵！还把碗里的菜渣挟一些扔地上，看这豹崽子舔食。它舌头一下一下探出来的样子，谁都不免多看两眼。多喊它几口，豹崽子就有反应了，耸耸耳郭，心想这叫唤挺熟的，莫非是叫我？

见它有了反应，寨上人就叫得更欢实，有事无事都朝着它喊两口。豹崽子慢慢地能认定，小戒灵就是它的名字。

毕竟是只豹子

外寨有钱的人，好几拨寻上门，要买小戒灵去。开出的价码，一次次攀高。麻婶娘心动了好几回，无奈扁金死活不肯。

麻婶娘瞧出端倪来了，说，扁金，莫非你诳我？你根本就没有把小戒灵卖走的心思，想当成儿子养在家里么？扁金就说，定然是那些大户屋里有得风湿病的，买了豹去，剥豹骨做药引子。这豹子迟早要卖，再忍些时日，把小戒灵养大几圈，毛色更鲜亮了，还有价钱可谈。麻婶娘一想也是这道理，价钱一路走高，倒不心急这一时半会儿。

想想小戒灵才两三个月大小，狗子两三个月还日日尿了襁褓，两相对比，心里着实不落忍。麻婶娘想，好歹也是只活物呵。唤它一声，它还晓得朝你靠近几步，眼巴巴的，那是要讨些吃食。

小戒灵便在这穷家蔽户待了下去。扁金见小把戏蹿个蹿得快，觉得得和狗子隔开才行。小戒灵四趾上，尖爪已经慢慢自肉垫里探出芽来。那东西在狗子脸上身上挠一下，只消轻轻一下，也不轻省。

关在外面，又怕别人偷了去。扁金又把墙上那窟窿捅开。扁金在屋外贴着墙皮搭了个窝，窝门就着那窟窿用，朝里开。又用硬木条子楔了个栅门，装上去。白天扁金和麻婶娘都在，四只眼照应着，也不惧小戒灵对狗子造次。晚上，给小戒灵喂了食，便把它驱进窝里，挂上栅门。小戒灵对人有了依赖，一开始的两天，晚上到了钟点，死赖着不肯进去，非要扁金拧起它后脖颈上的毛，把它扔进里面不可。而后把栅门合上，扎两个楔子。

豹崽子的哀号听着像是遥远地方传来的声音，一声一声针一样扎进扁金耳里。扁金心里听得难受，就像狗子哭得喘了他也会难受。后来他把桐油灯移到窝前，这畜牲连日里把灯火看习惯了，不晓得怕，反而得来一种安稳，哀号之声便渐渐浅了，停止了。扁金看着小戒灵蜷作一团睡去，才把灯移开。

不多久，小戒灵晓得晚上吃那一顿以后，自个儿进到窝里。虽是怏怏的神态，毕竟还是往里面钻了。扁金见好就说，看呐，这小戒灵真的蛮有灵性，哪一点比你的狗差嘛。麻婶娘没有作声。她渐渐把鬼共农腊给忘了，这一段时间与豹崽子相处，免不了会喜欢上这鲜活的小把戏。

随着身子一点点拉长，一圈圈长肥，小戒灵自然而然掌握了用舌头清理自个儿的毛。其实豹子是蛮讲究的畜牲，一身毛光亮鲜丽，八成也和这习性有关。初来时那种脏兮兮的模样没了，身上的怪味日渐淡去——或许是扁金两口子业已习惯了，久闻而不觉其臭。反正，扁金和麻婶娘都把小戒灵当成屋里的一口子。看着它毛茸茸的样子，眉梢就得来喜色。

屋外被扁金垒石削木楔弄出了齐胸高的矮墙，小戒灵四肢还没硬得起来，就试图越过那矮墙，去到更远些的地方。但那矮墙于它来说，还过于高。它灵性在于，不久就发觉那石基固然坚硬，不能用牙去碰，但木条子似乎有松动的可能。小戒灵晓得每天都用爪子抓挠同一个地方。麻婶娘看那木条够粗，而这豹崽子的爪尖眼下还绵软着。不料用不着几天，小戒灵竟然一下子弄断两根木条，可见也是攒足心劲的。它的脑袋一旦可以钻出去，身子便也很快像水蛇一样滑了出去。它还扭头看看里面的麻婶娘。

那是个白日，院里只有麻婶娘和她的狗子。狗子在吃奶。麻婶娘不得不把狗子的嘴扯脱，疾步走去拉开了院墙的门，倚着矮墙朝着小戒灵一阵恶骂。这畜牲竟然听懂了，还试探着要多跑开几步，见恶骂声更高更密了，思忖一番，又折了回来。麻婶娘驱赶它进屋内那个窝里，小戒灵不敢造次，把勺状的尾巴卷到腹部下面，迈了进去。

扁金回来，麻婶娘说起这事，一口地赞许，说这小畜牲有灵性哩。扁金就说，那当然，以后说不准还可以守着狗子。到农忙的时候，把狗子闩在屋里，把小戒灵弄根铁链拴在院心，鬼都不敢进来。

麻婶娘说，那不行。不是要卖掉么，你还打算长久养下去？

扁金嘿嘿笑笑，眼神试探地看着麻婶娘。他心里确实是这个意思，而且，迟早得跟麻婶娘说明白。但麻婶娘态度也很硬，说养到一定尺寸就得卖。除非，这小戒灵能像羊一样上山吃草，不须贴钱养活。

扁金悻悻地说，那还能叫豹子么？

看看麻婶娘的那脸，没留商量的余地。麻婶娘反过来饬一句，扁金，你倒想把它喂养多久？

扁金回一句，还不是你说了算。

麻婶娘说，纵是养头猪，顶多也让它活到年尾哩。

扁金心里就有个概数了。

回头还到水溪镇给小戒灵定制了一条铁锁链——这也费了扁金半天唇舌，说动麻婶娘拿出钱来。扁金说，到时候这铁锁链的钱也得算到买家头上。他怨这女人把钱看得重了些，回头又想，这也是好处呵，穷家穷业，没个手紧的婆娘主事，那更没法过了。

小戒灵被链子拴起来，看着就跟狗没多大不同了。起初几天，它还不相信自个儿有那么命蹇，脖子上平白无故多了道箍，整日挣扎，挣不脱，只搞得脖颈被勒得一阵紧过一阵，气都吐不匀。多有几天，它便认命了，以为这是与生俱来的，早一天晚一宿，脖颈上活该被这道箍勒着。

上了铁锁链，小戒灵留在院心的时间多了。它气色不好，脑袋里很多东西被这锁链禁锢了，爪子也在石板上磨钝了。到了饭点，扁金或者麻婶娘不会少给它一钵或稠或稀的吃食，了无滋味，不吃又不行。吃完了，大多数时间它会侧伏在地上，阖了眼皮没完没了地睡，一任阳光或者微风涂抹在毛皮上。

有时候，它会突然睁开眼，往又加高了的院墙外看去。那些油绿的山起伏着，牵牵连连没个头尾。小戒灵仿佛听见了什么声音，自那些山里传来，仔细一听，又是没有。但它脑袋毕竟活泛了，血往上涌，站起来死命地挣，那锁链还牢固依旧。自个儿的一番努力，终是毫不见效用。

到夏天，扁金不忘了给小戒灵搭个荫棚。这样，再强烈的阳光也只能斑斑点点渗到小戒灵的身上。有时候，扁金看着它，便得来几分心酸。他觉得它不太长个。扁金也不晓得到这月份，一头豹崽子该长多大。他只是觉得小，戒灵越来越像一只猫了，病猫。当然，它能活下来，已是天大的不易了。

但麻婶娘感觉很好。看着它成日恹恹欲睡的样，她有时候都忘了它是只豹子，是本该在山林里腾挪跳跃的兽物。她甚至经常把手搁在小戒灵身体上，捋它的毛。小戒灵觉着受用，蜷作一坨的身体会逐渐松懈。如果反捋，它感到极不舒服了，也只是咧咧牙齿，还提心吊胆。小戒灵晓得自个儿咧出豹牙的样子吓不倒身边的两脚兽，说不定反倒招来几个爆栗子。

翻过年，扁金还是舍不下小戒灵。这一年搭帮年成好，再说扁金以前只是耕种河滩上薄土多砂的荒地，而今侍弄上麻婶娘家的肥田又特别来情绪，所以收成不错。扁金拿这个当借口，说，你看哩，今年有这样的收成，都是小戒灵到我家的缘故。把它卖了，说不定就破了运气——我算是看明白了，养只畜牲不会败家，就怕天灾降下来。扁金说这话，也是半开玩笑的。麻婶娘被说得有点疑惑，问，是么？

经过这一年，她瞧出来扁金是条上好的庄稼把式，心下里欢喜得紧，所以口头上更不好拂了他的心愿。

狗子已经蹒跚地走路了。他的腿杆子比同龄的孩子都硬得快，别家的孩子常常要到一岁半才下地行走，他长到岁把就行。寨子里的人都啧啧称奇，一想又明白了，这小杂种，长大准又是个到处乱跑的。背着扁金两口子的时候，他们就拿这事说笑。

狗子在院里学走路，麻婶娘一开始还护得紧，不让它挨近小戒灵。但这崽子偏要向小戒灵靠近，要不然就扯了嗓子哭。麻婶娘只好麻着胆子，带狗子走到小戒灵身边。小戒灵也挺喜欢小主人。它晓得个头最小的这只两脚兽没坏处，走路都走不稳当，不会对自个儿动手动脚。最大个的那只两脚兽，待它虽说也不错，但有时来火头了，也会朝它脸上搌两个耳巴。山民都有打孩子的习惯，别说一只畜牲了。所以小戒灵见了狗子歪歪斜斜地走来，尤其显得亲热，尾巴搌起来老高，但不会甩起来。扁金在的时候，更是大了胆子，捉起狗子的手去抚摸小戒灵的脑袋。一摸着，狗子就笑了。狗子笑起来会把舌头拼命地舔出来，往下挂，像是扮鬼脸。小戒灵看见狗子舔了舌头，它便也跟着把舌头舔出来，还想舔着小主人的脸。扁金先是摁着小戒灵的脑袋，禁不住小戒灵一个劲探脑袋，也就把手稍稍松开了。结果小戒灵的舌头真就舔在了狗子的脸上，舔得狗子直乐。扁金这才放心了。

这以后，扁金觉着自个儿还能掌控局势，又让小戒灵和狗子亲热地贴近了好多回。都没事。所以也越见放松了。

扁金乐得把这事跟云窠寨的人讲。他和麻婶娘的屋子离寨里别的人户都很远，但到吃饭的时候，他不嫌路远，端了饭钵一家家去串门，把这事告诉别人。寨里面确也没太多有意思的事，别人一听，这还蛮稀奇，抽个空，挤到麻婶娘的院子里看把戏。

扁金就拖了狗子挨近小戒灵，小戒灵从来都是欣喜的神情，拿舌头帮小主人抹脸。来人算是开眼了，又问，扁金，小家伙都有这胆，你敢么？扁金说，一头豹崽子有什么好怕的？它的老娘我都不怕哩。于是低下身子把脸凑过去让小戒灵舔。扁金脸上皱得紧巴，又长满疙瘩，小戒灵不乐意，却又不敢拂逆。它晓得主人的意思。

旁边的人就起哄了，觉得这事看着也不难，蛮安全的。于是有人走得近了，也想半蹲着拿脸往小豹那边架势。但看看小戒灵隐隐露出的尖牙，眼角挂下的两道黑条纹，心里还是惧怕，不敢造次。

有人提个醒说，扁金，以后也别干活了，把狗子和豹崽子都喂养大，带出去，到各处乡场上耍把式，钱就来了。

扁金一拍脑袋，说，是啊，钱就来了。

回头便把这话说给麻婶娘听。麻婶娘嗔他说，鬼迷心窍了，这豹子是带灾的，让你成天胡想。尽快找家大户，把豹子卖了，你也好安心弄庄稼。

扁金不作声了。他看出来麻婶娘也就是口硬，到时候她会想通的。赚钱的事谁不盼望啊？有机会还舍得让它漏掉？

当代中国最具实力中青年作家书系

开春了，天却是最冷，阴风冷雨不断。这日还好，没有雨雪，太阳时不时蹭出云层来。小戒灵还照样拴在院里。以前那个窝捣掉了，重新砌得一个，紧挨着灶房。

地面上阳光花花麻麻的样子，还有小戒灵日渐镀了光泽的毛色，让麻婶娘突然想到床下面还藏得有一张豹皮，隔得这么久，不晓得生虫了没有。用棒头撬出来看看，豹皮外裹着数层油纸。里面的豹皮还好。门打开着，麻婶娘扭头看看外面，狗子又和小戒灵扭在一起了。狗子趴在地上，身子倚靠着小戒灵毛茸茸的肚子。

麻婶娘心一动，把狗子拽回来，把母豹的皮拾掇一阵，用草绳捆扎到狗子身上。狗子也喜欢这身新衣，舌头又挂出来了。豹皮被折成双层扎在孩子身上，里外都是毛。

麻婶娘在屋里捶扫帚草，想扎几把扫帚，逢集的日子叫扁金带去卖，换些油盐钱。不提防狗子又走到院里去了。狗子还一脚跨不过门槛，得骑坐着，两腿前后放过去。麻婶娘不担心，她想，豹皮穿在身上，再怎么也冷不着孩子了。

忽然听得几声豹嚎，和往日不同。麻婶娘赶紧走出去，一看，小戒灵的脸上闪现的是以前从不曾露出的凶样。以前它顶多只敢把左右两侧的尖牙露出来唬唬人，这日，竟把所有的唇肉都翻卷起来，露出高低错落的大牙，和上下颚鲜红的肉。麻婶娘人未走到就先骂了起来，还拾起一个苞谷芯扔过去，正中小戒灵的面门。小戒灵嘤的一声，往后闪了两步。它晓得这发毛很长的两脚兽最是厉害，吃了她不少的亏。

那扎豹皮的草绳已被小戒灵抓断了。麻婶娘乍一下醒悟了，定是狗子身上的豹皮激起小戒灵有了异常反应。麻婶娘来不及多想，把掉地上的豹皮拾起来拍拍灰尘，还找了找是否被抓得有洞眼。一张豹皮只消有一两个虫眼，价钱就要减去几成。还好。麻婶娘把豹皮重新卷起来，拿到屋里去。

等把豹皮扔床上了，麻婶娘才想起得把狗子抱进来。刚走到门槛处，就听得一声惨叫。小戒灵刚才挣得猛烈，竟把锁链挣脱了，刚才，它不知何事把狗子扑倒在地。在麻婶娘眼光杵到的一刹那，小戒灵发觉自个儿的口奇怪地张开了，朝倒在地上的狗子咬去，一咬就咬在脖颈上。稍稍用几分力，那牙就轻松钻进皮肉里。小戒灵觉着这是蛮有趣的事，一股咸腥味顺着牙根淌进嘴里。扑猎兽物，得先咬中对方的脖颈，脖颈这地方最是纤细，而且血管都盘结在那里。这事也没谁教过小戒灵，当时，它脑子里突然有醍醐灌顶般的感觉，晓得下一步该怎样去做，毫不含糊。

麻婶娘看到这一幕，血往上涌，身子向后一翻就晕过去了。

小戒灵还等了会儿，看那长头发的两脚兽不再骂骂咧咧，当自个儿没做错事。想想那血液咸腥的味道蛮不错，它的嘴又照狗子的脑袋咬了去。狗子才岁把大，脑顶上的囟门还未完全闭合。

麻婶娘很快醒转过来，脑袋是如遇雷殛般嗡嗡作鸣。她爬起来，看那小戒灵把狗子的头吃去半个，嘴沿挂了两线血滴，正用一双豹眼优哉游哉地往这边看来，满是奇怪，仿佛在问，有这般好吃的东西，以前何事藏着掖着不把给我吃？

小戒灵挨到麻婶娘第二棒，才晓得大事不好。这棒子砸在身上，可不似以前那般轻描淡写。小戒灵于是弓起了腰身。麻婶娘看那架势，像要朝自个儿这方扑过来，毕竟心有忌惮，往后退得两步。没想到这畜牲换了个向，一蹿蹿到矮墙上去了。憋了这么久，它体内蓄满弹力。它都不晓得自个儿到底能够弹跳多高。它站在矮墙上不动，掉过头又看了看麻婶娘。见她再次把那长长的家什拎起，还要往自个儿身上照应，才怪眼一翻，跳下去了。小戒灵被土里的泥腥味激得浑身打颤，被风里羼杂着的花粉弄得直打喷嚏。它这才发现，矮墙外是平展而又宽阔的地域。往前看去，前面郁郁葱葱的树丛，一看就是自个儿应去的地方。它撒了腿跑开了。麻婶娘跑出院子，在后面追，大声呼喊着它的名字。

但小戒灵再也不听她的呼喊，僵硬的身体这会儿工夫完全动弹开了。每跑十丈远，麻婶娘就会被甩下八丈远。

扁金闻讯回来，事情都已经过去了。麻婶娘被圈柴弄醒，但一脸呆相，看上去把魂全丢了。寨里有人去请聚毛，要他来把麻婶娘的魂赶快归位。要是挨得久了，魂归不了位，那么寨里又要添一个疯女人。

扁金还看见狗子的尸体。本来狗子算不得胖，死了以后，浑身像是肿了一样。他不敢多看，这孩子死相，一看就晓得不是人干的。

寨里人说，你那小戒灵肯定离得不远，可是个祸害，得除掉。——毕竟是只豹子。

是要除掉，留它不得。扁金咬牙切齿地那么说。到这个时候，他比谁都想宰了小戒灵。以前他时常觉得，狗子是自己的大儿子，小戒灵是二儿子。但狗子死掉以后，他发现自己心里只有一个儿子。

那天晚上寨里的精壮男丁都持了枞油火把，往寨子四周的林子去。扁金夹在里面，一声声喊起小戒灵的名字。他还故意让声音显得软点，不让小戒灵听出他一腔子怒火。他认识到，这小戒灵比他估计的还要聪明一些。闹到半夜，小戒灵还是没有现面，众人只有回去。

次日扁金去找牛秧借枪。牛秧问他为什么借枪，是要打豹么？

扁金依旧咬咬牙，说，嗯，打豹。先练练枪法。牛秧说，是要先练练枪法，不过你带着一肚子怒火，练不好的。枪也不能多打，把我枪打坏了可不行。那以后几天，牛秧每天守着扁金，去河滩上练枪法。每天只能打十枪，多一枪也不行。牛秧说，现在我没有老婆，枪就是我的老婆。

扁金手稳，敛得住气，只几天工夫，在河滩上瞄哪块卵石，哪块卵石就跑不脱。这天正要往枪里填火药，寨里一个后生飞跑而来，说，来了，来了。

扁金问，豹崽子么？

后生说，对，小戒灵。

扁金说，屁小戒灵，不要侮辱梅山神的名字。那是只畜牲。

他脸上的杀气很重，眉心挤成了几字形，就这几天的工夫，就皱成那样了。

小戒灵迟早要往寨子里来。它在山里头待几天，又想到那些两脚兽的好处，禁不住回了。它隐隐感觉到自个儿闯下不小的祸端，但隔了这几天，它又侥幸地想，那帮两脚兽，怕是应该气消了吧？

它老远看见寨口围着很多人，心里还是有些怵，隔着百来丈远，它就停住了。它晓得这个距离是蛮保险的，那些两脚兽跑得都不快。

过不久，它又听见那个熟悉的声音，一声一声地叫它。它仔细地听听，没错。然后它看见了那个人，站在一堆人中间。它试探着往前走几步，那个人还是没有口出恶语骂它。这使得小戒灵愈加相信，两脚兽已原谅它的过错了。

扁金站在中间。寨里十几把火枪都来了，扇形排开。牛秧没有枪了，心里却痒了起来，只好站在扁金的后头一个劲提醒，说提一口气，慢慢吐出来，一点都不要慌。手杆要稳，等那畜牲挨近了再扣响。

自制的火药药性皮，射不远，顶多也就十来丈。要想有把握，还得等它挨得更近。扁金嘴里也不闲着，继续喊小戒灵的名字，还舌头一卷弄出咿里呜噜声音，以示亲近。以前，他去给小戒灵送吃食，通常也弄出这样的声音。

小戒灵一步一步挨近了。很奇怪这么多两脚兽都来看它。它越走越近了，又闻到村寨的气息。

这时候扁金把枪托子往眼前搁了，眯上一只眼，那是瞄靶子。他急不可耐地打了一枪，打空了。小戒灵一怔，转身就往后跑。后面乒乒乓乓冒出一片爆豆子的声响。这些声音让小戒灵彻底弄明白了，那两脚兽聚集的村寨，再也不是自个儿要去的地方。它闻见林子里的树木散发出一种气味，曾在小两脚兽的身上闻到过。那天，正是这样的气味让小戒灵浑身燥热不已，变得抓狂，所以就朝小两脚兽扑过去。但现在，这种气味，使它感到一种安详，使它相信，前面绵密的绿色，正是自个儿该去的地方。

那只豹子已经跑出所有人的视野。

牛秧对扁金说，你枪打偏了。

扁金说，是呵，他娘的打偏了。

牛秧说，偏得太多了。

扁金吐掉叼在嘴里的草根，说，是呵，他娘的偏得太多了。

麻婶娘的魂到底是让聚毛复位了。聚毛唱了好几堂歌子，搬动诸多不便现面的师傅，把麻婶娘的魂又挪回了原处。麻婶娘把这事怪到扁金头上。于是扁金从她屋子里搬了出来，重新把灶房弄成人住的茅棚。两人恢复了一年前比邻而居的情状。

扁金跟寨里每个人都说，放心吧，我会一直照看她的。

也许别人没有什么不放心，但被扁金撞见了，还是会听到这么一句。

豹子还会溜进周围寨子偷狗。扁金夜里听见了风声，依然赶早去寻找豹子的踪迹，一路撵脚，屡有所获。他爱吃狗肉的嗜好是改不了了。

一晃到了五几年，解放了。水溪镇的集场改成五天一集。有一次扁金去了，看见茶水摊堆了好些人，在听谁扯白话，就拢过去听。是一个行脚贩子在说县城里的事。说是前不久，有一头花豹进到城里偷腊肉。县城是几条老弄，那花豹在瓦顶上从容地踱着步子，走进一户人家的阁楼叼了一块腊肉。把那户人家的人吓吓也就算了，没出事。但那花豹吃上瘾了，过得几天又来。有人看见花豹大白天从城墙的一段豁口进到城里，仍然在延绵的瓦顶上游走，寻找腊肉的气味。城里有很多警察的，现在都叫作公安了，带着很多把枪来打那豹子。其中还有两挺歪把子机关枪，一打就是一梭子弹。公安找好了地方，专等豹子露头……

说话的人顿了顿。别的人都问，打着豹子了没有？

没有。那人说，这帮苕人，子弹全都打偏了。豹子也不怕枪响，几个腾挪躲过去，还往豁口出了城。

别的人都嗤了一声，听这一阵，却是这样狗屁倒灶的结果。说话的人也感到无趣，但事情就是这样，他没法编排出更好的结果。说话的人正要呷口茶，忽然心里有些奇怪，赶紧往四下散去的听众看了看，看到的尽是一些背影。

刚才，大家嘴里都冒出失望的叹息时，他分明听见有个细弱的嗓音夹在里面。这嗓音说，好样的！

当代中国最具实力中青年作家书系